朱婧 著

上海复兴和文学研究

20世纪八九十年代

江苏人民出版社

图书在版编目(CIP)数据

20世纪八九十年代上海复兴和文学研究 / 朱婧著.
南京：江苏人民出版社，2025.10. — ISBN 978-7-214-
29842-3

Ⅰ. Ⅰ209.951

中国国家版本馆 CIP 数据核字第 202540HX35 号

书　　　名　20世纪八九十年代上海复兴和文学研究
著　　　者　朱　婧
责 任 编 辑　周晓阳
装 帧 设 计　soleilevant
责 任 监 制　王　娟
出 版 发 行　江苏人民出版社
地　　　址　南京市湖南路 1 号 A 楼,邮编:210009
照　　　排　江苏凤凰制版有限公司
印　　　刷　江苏凤凰数码印务有限公司
开　　　本　652 毫米×960 毫米　1/16
印　　　张　20.75
字　　　数　240 千字
版　　　次　2025 年 10 月第 1 版
印　　　次　2025 年 10 月第 1 次印刷
标 准 书 号　ISBN 978-7-214-29842-3
定　　　价　68.00 元

(江苏人民出版社图书凡印装错误可向承印厂调换)

目录

绪　论

一、上海摩登和上海复兴

李欧梵的《上海摩登——一种新都市文化在中国 1930—1945》由毛尖翻译成中文，2000 年由香港牛津大学出版社出版中文繁体字版；次年，中文简体字版由北京大学出版社出版。2010 年和 2017 年分别由人民文学出版社和浙江大学出版社再版。

不妨先对"摩登"的语源和流变作一点考辨。据 1934 年《申报月刊》的"新辞源"，摩登"即田汉氏所译英语 Modern 一辞之音译解"。[①]"欧洲现代语中以摩登一语之含义最为伟大而富于魔力"，"摩登者现代青年之梦乡 Dreamland 也"。[②] 在这里，经过语言置换，汉语的"摩登"对应了英语的"Modern"。但在此之前，"Modern"已经意译为汉语的"现代"。经过再置换，"现代"之"自由的、怀疑的、批判的精神"被赋予了"摩登"，"摩登"就此和西方知识分子的启蒙运动发生关系。

其实，"摩登"一词是汉语的"旧词"。不过，在汉语中，"摩登"也是经过语言置换的外来词，是佛教词语的梵语音译。有研究者认为："'摩邓'是'摩登'原始音译，译出者是佛经汉译的第一人安世高（约 2 世纪）。"而"摩邓"改为"摩登"则是"在中国南方的玄学场域中汉译而出"。"摩登"得到中国本土化

---

① 参见《申报月刊》1934 年第 3 卷第 3 号。
② 参见田汉担任主编的《中央日报》文艺副刊《摩登》上发表的《摩登宣言》。这篇宣言写道："摩登者，西文'近代'Modern 的译音也。"《中央日报·摩登》1928 年第 1 卷；参见张惠娟、李永东《"摩登女郎"概念及形象的跨界生成》，《中国现代文学研究丛刊》2020 年第 10 期。

之后，又经过宋朝的世俗化改造，脱去佛教意味，"意指世俗女性"。明清之交，"摩登"女不再专指市井凡俗女子，而是开始"指向青楼女子"。到了清中后期，"摩登"女专指青楼女子，其"风雅才情已荡然隐没，惟剩庸俗鄙陋的物化身体四处浮荡"。及至清末民初，"摩登""逐渐开始指代无任何文化资本可言的下层时髦女性"。① "摩登"在"时髦"的意涵上，则不局限于"下层女性"，而是扩展到"唯外是佳"的"一班青年男女"。1911 年《新生会刊》的《闲话摩登》记录当时的风尚："太太小姐们更从电影里学到了好莱坞的极度文明，穷奢极侈的艳装异服，谁最先学到谁就称最摩登了"。② 据此观之，"摩登"联系的是与"外货"及好莱坞电影文明发生关系的上海"摩登"男女。李欧梵的《上海摩登》肯定"城市文化本身就是生产和消费过程的产物"，也认同"西方现代性的物质层面比它的'精神'层面更容易被中国人接纳"。③ 这意味着李欧梵并不排斥在对应"Modern"之前，"摩登"所包含的艳羡西方物质文明的"时髦""时尚"和"新潮"意味。值得注意的是，在"Modern"音译为"摩登"之前，"Modern"先后音译为"摸腾""摸隆""摸灯""磨灯""磨登"等，④ 但最后"摩登"得到了普遍的接受。20 世纪 30 年代，"摩登"渐渐成为热词。

如果"摩登"所指的对象不从"青楼女子""下层时髦女性"

① 关于"摩登"的中国本土化和世俗化，参见郭双林、史敏《"Modern"之前的"摩登"》，《北京社会科学》2005 年第 5 期。
② 丁德生：《闲话摩登》，《新生会刊》1911 年第 2 期。
③【美】李欧梵：《上海摩登——一种新都市文化在中国 1930—1945》，毛尖译，北京大学出版社 2001 年，第 6—7 页。
④ 参见郭双林、史敏《"Modern"之前的"摩登"》，《北京社会科学》2005 年第 5 期。

转移到都市中艳羡西方文明的时髦青年男女，"摩登"不可能被如此广泛地接受。差不多在《摩登宣言》以"摩登"对译"Modern"的同时，日本"摩登女郎"文化风潮传入中国。张真在《银幕艳史》中举徐霞村 1929 年发表于《新文艺》的小说《Modern Girl》为例来说明这股风潮。① 小说的女主角是日本摩登女郎、租界咖啡馆女服务生信子，随着小说叙述者 S 先生的漫游，小说里出现了街道、饭店、商场、电影院、日本舞场……这大致类似《上海摩登》中的"重绘上海"所涉及的现代城市景观。不仅如此，《Modern Girl》里的信子是一个真正的"Modern Girl""社交浪蝶"。在《上海摩登》中，李欧梵以刘呐鸥、穆时英的小说为例讨论"脸、身体和城市"，其实在这方面最典型的可能还是徐霞村的小说《Modern Girl》。

《上海摩登》认为："英文 modern（法文 moderne）是在上海有了它的第一个译音。据权威的中文词典《辞海》解释，中文'摩登'在日常会话里有'新奇和时髦'义。因此在一般中国人的日常想象中，上海和'现代'很自然就是一回事。至于我的探讨就只好从这里开始：是什么使得上海现代的？是什么赋予了她中西文化所共享的现代质素？"② "成为'现代的'，这在五四时期，就表层意义上来说，意味着'摩登''时髦'，与西方的最新款式保持同步，从服装、发型的样式到文学的思潮，都是如此。但是就深层意义而言，正如鲁迅所表现的那样，这显示出主观

---

① 张真：《银幕艳史——都市文化与上海电影 1896—1937》，沙丹等译，上海书店出版社 2019 年，第 382—383 页。
② 【美】李欧梵：《上海摩登——一种新都市文化在中国 1930—1945》，毛尖译，北京大学出版社 2001 年，第 5 页。

性，这种主观性存在于走向民族现代化——在一个新的、更美好的未来世界中建设一个新中国——的前途中产生的那种深刻的张力中。"① 资产阶级的现代性有表层意义和深层意义，还有与资产阶级现代性针锋相对的"文化上的现代性"或者说"艺术上的现代性"，"这种现代性不仅仅是反资产阶级，也就是反平庸，而且是反传统，反功利，反人性（用奥尔特加·加西特'非人性'的含义），反理性，以及（如卢卡斯和别的批评家所指责的）反历史。""中国作家并不愿意（也觉得没有必要）在追求'现代'意识和现代形式时区分资产阶级的现代性和艺术上的现代性这样两个领域。""而《现代杂志》正是兼两者而有之"。②

现代中国，"摩登"一词与所指对象的关系经过不断本土化和世俗化转移，最后接驳到追求近代西方物质文明的"摩登"，也就是所谓的资产阶级现代性的表层意义上。"摩登"上海发展到 20 世纪 30 年代，"正好达到了城市的一个新高度——新造了很多摩天大楼、百货公司和电影院"。*Shanghai Modern* 翻译为《上海摩登》，而不是《上海现代》，或许也与李欧梵的下述看法有关："在大都市上海的文坛上'modern'一词被音译为'摩登'，披上了一件很具西方风味的商业外衣并实实在在地获得了一个'精致'的别称，成为了上海繁荣的资产阶级文化的产物。"③ 这样，所谓"上海摩登"的构词中，就包含了音译和意译的、中国的和西方的、表层和深层、资产阶级的现代性和艺术

---

① 【美】李欧梵：《现代性的追求》，生活·读书·新知三联书店 2000 年，第 238 页。
② 参见 【美】李欧梵《探索"现代"——施蛰存及〈现代〉杂志的文学实践》，沈玮、朱妍红译，《文艺理论研究》1998 年第 5 期。
③ 【美】李欧梵：《探索"现代"——施蛰存及〈现代〉杂志的文学实践》，沈玮、朱妍红译，《文艺理论研究》1998 第 5 期。

上的现代性等等"混杂的现代性"的复合语义。

20 世纪 20 年代末"摩登"这个词的时髦、艳异叠加上"Modern"的"现代"含义，其复合语义恰当地命名了 20 世纪 30 年代的上海。事实上，上海可谓最能呈现出也接纳得住如此流动不居又混杂暧昧的"摩登"意味的现代中国城市之一。用地名加"摩登"来构词，在中国搭配得毫无违和感的并不多，"上海摩登"便是其中之一。2010 年人民文学出版社再版的《上海摩登》的图书介绍里有这样的话："明明是一部极其严肃的文学批评专著，有时候却更像一本书写上海的颓废放荡的小说，或者像一篇妖艳华丽的散文，厚重的文字铺展开来又形成一张时空错落的文化地图，将上海这座城市在大时代中悲情传奇的命运细细勾画出来。"① "颓废放荡"和"妖艳华丽"不只是《上海摩登》的文风，也是 20 世纪 30 年代上海的特点。

《上海摩登》沿着现代性—现代主义—都市文化—上海的路线图勘探和发现 1930—1945 年的"上海摩登"——一种中国的新都市文化。李欧梵其实预设了他研究的起点和终点。《上海摩登》不是一部关于整个上海现代性和现代文学想象的关系史的著作。从 1842 年上海开埠到李欧梵完成《上海摩登》的 2000 年，150 多年的上海现代性的历史，李欧梵只截取了其中的十分之一，即 15 年。为什么是 1930—1945 年这 15 年？开埠 90 余年，20 世纪 30 年代的上海已跃升为世界第六大都市，是"东方巴黎""西边的纽约""一个名副其实的巨型摩登城市"。这些出自一部 1934—1935

---

① 【美】李欧梵：《上海摩登——一种新都市文化在中国 1930—1945》图书介绍，《书城》2010 年第 5 期。

年间上海英美侨民编译的指南 *All About Shanghai* 的评价①，显示出上海已被完全纳入世界资本主义地理版图。《上海摩登》出版之前，李欧梵的论文就多次提到，"30 年代的上海是一个繁华的城市，一个五光十色、沓杂缤纷的国际大都会。"② 因此，开埠以来的上海，并不是任何时间都适用"上海"加"摩登"来构词的"上海摩登"。"上海摩登"，"Shanghai Modern"，意味着一个在"现代"和"摩登"方面都发展到充分的上海。所以，李欧梵要用 1930—1945 年来框定"上海摩登"。正是这 15 年的上海才最充分地体现了"上海摩登"丰富、饱和的"混杂的现代性"。"混杂的现代性"的"上海摩登"最表层的就是城市工商业和消费的繁荣，这也解释了为何《上海摩登》首先从"重绘上海"进入 20 世纪 30 年代的上海。

1945 年以后，"因通货膨胀和内战使得上海的经济瘫痪后，上海的都市辉煌才终于如花凋零"，"在新中国接下来的三十年中，上海一直受制于新首都北京而低了一头"。李欧梵将此描述为"一个世界主义时代的终结"。③ 直到他写作《上海摩登》时，"上海终于在一个世纪的战争与革命的灰烬里重生了"。这个开始于 20 世纪 80 年代晚期的"中国新都会上海"时期，李欧梵称之为"上海复兴"。"上海复兴"是《上海摩登》的最后一章——"第十章"——最后一节的标题。《上海摩登》描述"上海复兴"

---

① 参见张真《银幕艳史——都市文化与上海电影 1896—1937》，沙丹等译，上海书店出版社 2019 年，第 91 页。
②【美】李欧梵：《中国现代小说的先驱》，【美】李欧梵：《现代性的追求》，生活·读书·新知三联书店 2000 年，第 111 页。
③ 参见【美】李欧梵《上海摩登——一种新都市文化在中国 1930—1945》，毛尖译，北京大学出版社 2001 年，第 336 页。

的表征是："自 80 年代晚期起……上海正经历着令人兴奋的都市重建——浦东地区的新的天空线与香港的惊人相似。同时原先占据外滩大楼的有些老牌殖民公司，像怡和、麦迪生公司，又从政府机构那里'租回'了他们的'旧居'。新的顶尖饭店和大舞厅正在兴建"。[①] 这意味着《上海摩登》所说的"上海复兴"，强调的是音译为"摩登"的"Modern"的时髦和艳异之意。对应上海复兴的、音译为"摩登"的"Modern"，在李欧梵看来应该包含西化的或者世界主义的维度。随着跨国资本主义的投资和租用，20 世纪 80 年代后期的上海回到了跨国资本主义的世界版图，同时也回到了 20 世纪 30 年代"混杂的现代性"的上海摩登。也正是在这种意义上，李欧梵把 20 世纪八九十年代的上海复兴理解成时间和空间意义上的"再造上海摩登"，亦即重建"混杂的现代性"。

和李欧梵稍有不同的是，我们将上海复兴的起点放在思想解放和改革开放启动的 20 世纪 70 年代末。这是因为所谓的"上海摩登"之"Modern"，既可音译为"摩登"，也可意译为"现代"。"摩登再造"的上海复兴不等于"上海摩登"，而是"成为上海摩登"。"成为上海摩登"是一个有时间长度的过程。适用"Modern"的意译"现代"的"上海复兴"，是和中国 1978 年的思想解放和改革开放同时启动的。"上海复兴"首先表现为"文艺复兴"，其标志是以宗福先的《于无声处》、卢新华的《伤痕》、巴金的《随想录》、戴厚英的《人啊，人》，以及谢晋的《天云山

---

①【美】李欧梵：《上海摩登——一种新都市文化在中国 1930—1945》，毛尖译，北京大学出版社 2001 年，第 352 页。

传奇》《芙蓉镇》《牧马人》等反思电影为代表的五四现代启蒙文学的复苏和启蒙现代性的重建。与此同时发生的是，李欧梵所提出的，印刷文化参与的现代性建构以及书刊里发现的现代主义的"文本置换"。20 世纪 80 年代"上海复兴"时期的现代主义文学提供了一个和 19 世纪末到 20 世纪 30 年代现代都市和现代主义文学相互建构的不同个案，亦即现代主义文学可以发育在整体都市化和世界主义程度不高的城市，依靠文学内部的对话和交流完成"文本置换"，从而主动嵌入世界现代主义文学版图。事实上，这是欧洲之外，尤其是第三世界国家和现代主义的关系方式。而以此反观 20 世纪 30 年代的上海和现代主义，它们是帝国主义殖民扩张的东方奇观。也可以此观照 20 世纪 70 年代末"上海复兴"重启和与西方对话的现代性，以及开埠以后中国和西方之间不同的关系方式。

2001 年，《上海市城市总体规划》提出建设"现代化国际大都市"，国务院批复了将上海建成国际经济、金融、贸易、航运中心的目标。正是这一年，中国正式加入世界贸易组织。同样是 2001 年，"以通过上海向世界展示中国改革开放的巨大成就和国际大都市的风采，让世界了解中国，让中国了解世界"为目的的亚太经合组织（APEC）会议在上海举办。美国有线电视新闻网（CNN）关于会议的报道提到，"在改革开放的浪潮中，上海重现其'东方巴黎'的迷人风姿"。① 因此，我们将 2001 年作为讨论"上海复兴"的下限。巧合的是，2001 年，《上海摩登》中文

---

① 中共上海市委党史研究室编著：《上海改革开放史话》，上海人民出版社 2018 年，第 145 页。

简体版出版。"上海复兴"期间的上海经历了"20世纪80年代中国改革开放的'后卫'到90年代中国改革开放的'前锋'的历史转变",迎来了"20世纪最后10年推进浦东开发开放"的重大政策。[①]

二、研究意义及逻辑框架

为什么研究20世纪八九十年代上海复兴和文学的关系？因为"上海复兴"正是在20世纪八九十年代这个阶段，重启并开创了上海多元融合的新都市文化空间，这种新都市文化空间是由具体的城市景观、社会结构、代际、阶层和日常生活等共同建构出来的。20世纪八九十年代，在上海重新"成为国际都市"的进程中，上海和中国、上海和世界的关系被改写和重绘。从上海和世界的关系看，1930—1945年的"上海摩登"是帝国主义世界范围殖民扩张的"一种中国世界主义"；而20世纪八九十年代"上海复兴"时期的上海摩登，则是中国启动改革开放，主动融入全球化和跨国资本主义时代的"一种新中国世界主义"。艺术策展人侯翰如在阐释2000年上海双年展策展意图时提出："二十世纪九十年代上海的象征已经从原来的国际饭店变成了东方明珠电视塔"。这次双年展以"海上·上海（Shanghai Spirit）"为主题，"双年展的主办者和策划人都希望从上海的现实条件出发，来探讨当代艺术在上海这样一个处于高速现代化进程中的'东方

---

① 参见中共上海市委党史研究室编著《上海改革开放史话》（序言），上海人民出版社2019年。

大都市'中生存和发展的可能性"。① 世界性和开放性，是 20 世纪八九十年代多元性的上海都市文化的重要表征。城与乡、中国和世界，各种文化在上海交汇。从上海和外部世界关系的角度，讨论上海都市文化的想象边界与文学关系，有着重要的理论和现实意义。学界对上海和文学各自的特征和关系的研究多集中于三四十年代的现代主义文学上海，"上海复兴"时期的 20 世纪八九十年代，尤其是 80 年代，上海城市和文学缺少类似《上海摩登》中那种对其本质性的把握。在今天的研究中，"上海书写"不该被旧有的框架束缚，上海书写的价值应该在当下的社会现实与文学现场中得到梳理，从而使"上海想象"的新质从中凸显。

为什么强调再造上海摩登？着眼于历史的整体观，李欧梵提出，"从二十世纪初期开始的，是一种知识性的理论附加于在其影响下产生的对于民族国家的想象，然后变成都市文化和对于现代生活的想象。然而事实上这种现代性的建构并未完成，这是大家的共识。没有完成的原因在于革命与战乱，而革命是否可以当作是现代性的延伸呢？是否可以当作中国民族国家建构的一种延伸呢？一般的学者，包括中国学者都持赞成态度。这意味着中国从 20 世纪初，到中国革命成功，甚至四个现代化，基本上所走的都是所谓'现代性的延展'的历史。其中必然有与西方完全不同的成分，但是在广义上还是一种现代性的计划。"② 在 1843 年上海开埠以来的现代性进程中，1930—1945 年和上海复兴时期

---

① 侯翰如：《从海上到上海——一种特殊的现代性》，参见马钦忠编《中国上海 2000 年双年展及外围展文献》，湖北美术出版社 2002 年，第 32—42 页。
②【美】李欧梵：《当代中国文化的现代性和后现代性》，《文学评论》1999 年第 5 期。

的 20 世纪八九十年代，是最集中最典型地体现了上海"混杂的现代性"的摩登时代。这两个时段的"上海摩登"，都经历了各种权力资本推动的现实都市营建过程，也经历了借助大众传媒、学术研究、商业资本、政策设计，包括文学书写等完成的想象性建构。相对 1930—1945 年的上海摩登，"上海复兴"时期的 20世纪八九十年代的上海摩登，是一种基于同时代全球化资本主义的空间想象的现代性建构，原因在于，与客观存在的 1930—1945 年的上海摩登前史相比，"上海复兴"时期的上海摩登可以理解为一种再造的上海摩登；此外，由于上海独特的都市文化传统，在中国都市文化发展的每个历史阶段，上海都市文化想象都有着迥异于中国其他城市的异质性。从再造上海摩登的视角出发，通过不同历史时期的"两个上海"的双城互看，我们既可以重审中国现代性历史，也可以观照正在发生的现代性现实。

本研究的意义在于，不同于一般研究中认为作为特殊地域文化的上海都市文化影响了"上海的文学"或者"书写上海的文学"，使这类文学带上了"上海味"的设定，本研究所涉及的文学不局限于文本意义上的"上海的文学"或者"书写上海的文学"，而是覆盖了发生在上海城市空间的各种文学活动，文本的写作、发表和阅读都是它的内容。此外，本研究也是在文学不是被动地被地域文化塑造，而是本身就参与建构上海的现代性的观点之上展开。

本研究对上海都市文化的观察中，充分注意到"上海摩登"之"Modern"作为意译的"现代"和音译的"摩登"混搭所揭示的上海"混杂的现代性"。这种"混杂的现代性"源自上海现代性肇始于帝国主义在全球范围的殖民扩张这一事实。"租界"

客观上的"半殖民"性，使得上海作为一个马赛克城市有着典型的殖民主义和世界主义双重性的地缘政治特点。除了马赛克城市上海的"马赛克"特征体现在一般意义上的城市的建筑、文化、阶层等等空间的生产和占有上之外，更重要的是"半殖民"上海所隐含的世界地缘政治空间等级亦体现在这个城市的不同空间中。关于中国现代性的研究，有的过于关注现代性阶段性的主流、显性和宏大的时代主题，从而将中国现代性理解成不同时代现代性主题的推演和发展。同时，部分研究则忽视了中国现代性可能存在的城市与乡村、城市与城市、乡村与乡村以及同一个城市、乡村内部的"马赛克"特征。我们的研究则注意到，上海的现代性的逻辑不是单一的资本主义表面或者深层现代性，也不是资本主义现代性或者艺术上的现代性非此即彼的征服和替代，而是矛盾和张力造成的"混杂"和"两歧"的中国的上海现代性。

20 世纪八九十年代的上海复兴和文学研究，既将李欧梵《上海摩登》论及的三四十年代"混杂的现代性"体现出的"上海摩登"作为研究的前史和参照，来观察 20 世纪八九十年代上海复兴的变与常，进而研究此际上海和文学如何缔结关系、如何再造"上海摩登"，同时又是对李欧梵文化研究和文学研究范式的挪移和借用，以验证《上海摩登》的研究范式在处理当下上海书写和都市文学想象关系研究时的有效性和经典性。本研究将以李欧梵《上海摩登》全书最后的"上海复兴"为起点，认为全球化、城市化、市场化既是研究场域，也是文学场域。对于全球化、城市化、市场化与改革开放时期的中国文学研究，将着力于以下两个辩证的方面：其一，"全球化"语境与上海地缘空间和心灵空间的烙印；其二，上海崛起、摩登再造和中国文学的不断自觉于世界文学"新空间"的开拓。本研究虽然针对上海的"地方性"文化和文学关系展开，却将"上海摩登"的再造放在全球化、城市化和市场化的改革开放时期的中国文学的大背景下加以观察。

李欧梵《上海摩登》所讨论的现代主义文学的上海，虽然和同时期欧洲现代主义文学的城市处于同一张世界现代主义文学地图，但是上海现代主义文学并没有发育出真正意义上反抗资本主义现代性的"艺术上的现代性"，反而促成了资本主义的现代性和艺术上的现代性的奇妙"混搭""混杂"。上海的现代主义文学实践者偶然表现出的对资本主义现代性造成的摩登都市的批判，也被淹没于他们所沉溺其中的消费主义都市。所以，"混杂的现代性"也造成了城市知识分子和新市民、现代主义文学和新市民文学的混搭。李欧梵《上海摩登》选择"混杂的现代性"表现得最典型、最充分的1930—1945年上海现代主义文学为研究对象，把它和同时代的上海都市文化一起命名为"上海摩登"。

本研究的逻辑起点是李欧梵《上海摩登》所命名的"上海摩登"，但以此作为起点，并不意味着将其简单地当作研究范式来搬用。本研究将回到《上海摩登》所研究的上海、1930—1945年的上海，在第一章重新勘察马赛克城市上海，重审《上海摩登》，进而拓展《上海摩登》在都市文化之外的"复数"的可能性，对《上海摩登》的"重绘上海"进行"再重绘"。

本研究将"上海复兴"的时期界定为从改革开放启动的1978年到《上海市城市总体规划》提出建设"现代化国际大都市"的2001年，将上海作为现代化国际大都市的发展进程放置在整体中国改革开放史中进行考察。第一章在廓清了"上海摩登"的内涵和边界之后，将在1930—1945年的上海和改革开放时期的上海的整体性和延续性的历史逻辑中，查勘"上海摩登"史，探寻李欧梵所谓的"上海摩登"的流散和衍变，最终落脚于关于20世纪八九十年代上海复兴和文学如何再造上海摩登的讨论。第二章从李欧梵《上海摩登》中得到启发，在介入上海复兴和文学关系的研究之前，在"上海摩登"的历史脉络中研究上海复兴时期的社会转型、国家政策调整、媒体动员、城市空间生产、阶层重构以及一些重要文化事件，为研究上海复兴时期的文学提供一个"再重绘"的上海城市图景。第三、四章以再造上海摩登为中心，研究上海复兴和文学的相互建构关系。其中，第三章将文化和文学复兴作为上海复兴的重要组成部分，研究在都市营建和跨国经济未充分展开的20世纪80年代，现代主义文学文本置换和创作实践提供的"海上蜃景"式的上海复兴文化和文学图景；第四章则以上海复兴为现实背景，对其影响下的文学现象和作家作品作深入研究，进而在结语中对上海复兴时期文学的研究和上海文学未来的可能性作出瞻望。

三、主要参考文献述评

从20世纪80年代以来，在新感觉派和海派文学的"重写文学史"意义的再发现背景下，更大范围的文学的"上海书写"也被研究者关注。研究界普遍将上海开埠作为中国"现代城市"的起源，并从现代城市史和城市精神（一般是指所谓的"海派精神"）的角度出发，在"城市—现代"的框架中讨论"上海书写"。在诸多学者研究的推动下，海派文学，不同于中国现代文学中的乡土文学，形成了自足的文学形态和审美系统，其依据是开埠以来上海现代性提供的独特都市文化空间。20 世纪 90 年代，学术界出现从文学研究向文化研究的转向，而李欧梵的《上海摩登》则提供了对中国问题展开文化研究的样本，今天已经成为此方面的典范之作。在《上海摩登》中，关于上海，李欧梵从城市空间、建筑，谈到报纸、杂志，继而谈到文学。他的研究受到卡尔·休斯克的《世纪末的维也纳》的启发，而他在探讨叶灵凤、施蛰存、穆时英等作家时，则以马泰·卡林内斯库《现代性的五副面孔》中论及的"现代性的面向"——颓废、唯美、媚俗等，来观察中国现代文学。近年来，上海书写研究开始将研究对象落于文学想象空间里，从意义赋予与修辞策略出发，分析上海的"想象性书写"所承载的心理需求与期待。从陈思和《论海派文学的传统》把左翼文学置于"上海书写"中，到张鸿声《文学中的上海想象》将 20 世纪 50—70 年代社会主义现代化融入上海城市公共想象，无疑"上海书写"研究试图为"异质性的上海书写"寻找血统上的合法性，整个"上海书写"研究一直处在被重新发现的态势中，其包含的新的审美意识形态不断地从旧有文学评价框架中溢出并获得独立地位。本研究涉及大量文献资料，择其要者予以评述。

第一类文献涉及本研究的理论资源，包括亨利·列斐伏尔的《空间与政治》（李春译，上海人民出版社 2015 年第二版）中关于政治和空间生产关系，和哈贝马斯的《公共领域的结构转型》（曹卫东等译，学林出版社 1999 年）中关于公共领域的相关理论，它们启发本研究思考上海不同历史时期的城市空间和意识形态的关系。大卫·哈维的《巴黎城记：现代性之都的诞生》（黄煜文译，广西师范大学出版社 2010 年）分析了政治、巴黎改造、都市文化和巴尔扎克"人间喜剧"之间的复杂关系，为本研究提供了一个在各种权力斡旋的张力中把握文学的样本。马尔科姆·布雷德伯里和詹姆斯·麦克法兰编的《现代主义》（胡家峦等译，上海外语教育出版社1992年）是一幅19世纪末20世纪初世界都市现代主义的全景图。彼得·布鲁克的《现代性和大都市》（杨春丽译，江苏凤凰教育出版社2015年）则描绘了城市内部的文艺社群的马赛克图景。本雅明的《发达资本主义时代的抒情诗人》（张旭东、魏文生译，生活·读书·新知三联书店1989年）是关于巴黎和波德莱尔现代主义文学关系的个案，其关于都市漫游者和巴黎之间关系的论述对于世界都市文化和文学研究影响深远。马泰·卡林内斯库的《现代性的五副面孔：现代主义、先锋派、颓废、媚俗艺术、后现代主义》（顾爱彬、李瑞华译，译林出版社2015年）则提醒我们注意现代主义内部的复杂性。王瑞书策划的"世界城市研究精品译丛"①，汪民安等主编的《城市文化读本》②，薛毅主编的《西方都市文化研究读本》（第1—4卷）③，孙逊、杨剑龙、苏智良等主编的《都市文化研究》系列④等，以

---

① 江苏凤凰教育出版社2010—2018年。
② 汪民安、陈永国、马海良主编：《城市文化读本》，北京大学出版社2008年。
③ 薛毅主编：《西方都市文化研究读本》（第1—4卷），广西师范大学出版社2008年。
④ 包括孙逊主编：《城市史与城市社会学》，上海三联书店2013年；孙逊主编：《文学艺术之城》，上海三联书店2013年；孙逊主编：《都市文化研究第一辑 都市文化史：回顾与展望》，上海三联书店2005年；孙逊、杨剑龙主编：《都市、帝国与先知》，上海三联书店2006年；孙逊、杨剑龙主编：《全球化进程中的上海与东京》，上海三联书店2007年；孙逊、杨剑龙主编：《都市空间与文化想象》，上海三联书店2008年；孙逊、杨剑龙主编：《网络社会与城市环境》，上海三联书店2010年；孙逊、杨剑龙主编：《阅读城市：作为一种生活方式的都市生活》，上海三联书店2007年；孙逊、陈恒主编：《城市与城市生活》，上海三联书店2017年；苏智良、陈恒主编：《文化体验：城市、公民与历史》，上海三联书店2017年；苏智良、陈恒主编：《城市：历史、现实与想象》，上海三联书店2019年。

及其他在本研究的参考文献部分列出的、关于东西方城市史研究的个人著作，亦为本研究观察世界现代城市发展提供了充分的背景材料。

第二类文献涉及对近现代史，尤其是上海现代性的历史的相关研究。其中部分是宏观的、长时段的研究，包括熊月之、周武主编的《上海：一座现代化都市的编年史》（上海书店出版社2007年）和唐振常主编的《上海史》（上海人民出版社1989年），以及西方学者的个人著作，如白吉尔的《上海史：走向现代之路》（王菊、赵念国译，上海社会科学院出版社2014年）和罗兹·墨菲的《上海：现代中国的钥匙》（上海社会科学院历史研究所译，上海人民出版社1986年）。部分则是微观的、断代的研究，比如张济顺的《远去的都市：1950年代的上海》（社会科学文献出版社2015年）和安克强的《1927—1937年的上海——市政权、地方性和现代性》（张培德、辛文锋、肖庆璋译，上海古籍出版社2004年）等。本研究注意对不同时代中西方学者的结论展开对勘和比较，尤其是如下研究上海现代史中的上海城市性和文化品格的著作：杨东平的《城市季风：北京和上海的文化精神》（东方出版社1994年），李天纲的《文化上海》（上海教育出版社1998年），《人文上海——市民的空间》（上海教育出版社2004年），韩起澜的《苏北人在上海1850—1980》（卢明华译，上海古籍出版社2004年），许纪霖、罗岗等的《城市的记忆：上海文化的多元历史传统》（上海书店出版社2011年），熊月之的《上海租界与近代中国》（上海交通大学出版社2019年），魏斐德的《上海三部曲》（章红等译，岳麓书社2021年）等。这些不同时代、不同地域、不同文化背景的研究者对现代上海的观察，勾画出上海丰富的面相。

第三类文献是和本研究相关的、直接关涉1930—1945年和上海复兴时期的上海和文学关系的研究，主要有：吴福辉的《都市漩流中的海派小说》（湖南教育出版社1995年）、许道明的《海派文学论》（复旦大学出版社1999年）、姚玳玫的《想像女性：海派小说（1892—1949）》（中国社会科学出版社2004年）、杜心源的《城市中的"现代"想象——对20世纪20、30年代上海"现代主义"文学及其都市空间的关系的研究》（中国福利会出版社2007年）、张英进的《中国现代文学与电影中的城市：空间、时间与性别构形》（秦立彦译，江苏人民出版社2007年）、韩冷的《现代性内涵的冲突：海派小说性爱叙事》（黑龙江人民出版社2008年）、杨扬等的《海派文学》（文汇出版社2008年）、李俊国的《都市审美：海派文学叙事方式研究》（中国社会科学出版社2015年）、李今的《海派小说与现代都市文化》（北京大学出版社2019年修订本）等（以上主要是和1930—1945年上海文学相关的研究），以及王晓明主编的《在新意识形态的笼罩下：90年代的文化和文学分析》（江苏人民出版社2000年）、王宏图的《都市叙事与欲望书写》（广西师范大学出版社2005年）、王进的《魅影下的"上海"书写：从"抗战"中张爱玲到"文革"后王安忆》（广西师范大学出版社2006年）、聂伟的《文学都市与影像民间：1990年代以来都市叙事研究》（广西师范大学出版社2008年）、刘永丽的《被书写的现代：20世纪中国文学中的上海》（中国社会科学出版社2008年）、张鸿声的《文学中的上海想象》（人民出版社2011年）、杨剑龙等的《上海文学与二十世纪中国文学》（上海文化出版社2012年）、张鸿声的《上海文学地图》（中国地图出版社 2012 年）、周礼红的《消费主义文化与 90 年代都市小说白领书写》（中央编译出版社 2014 年）、曾一果的《中国新时期小说的"城市想象"》（北京大学出版社 2014 年）、陈思和的《海派与中国当代文学》（复旦大学出版社 2020 年）、靳路遥的《上海文学的都市性 1990—2015》（上海文艺出版社 2021 年）、朱军的《上海文学空间论：忧郁、理想与存在》（上海人民出版社 2021 年）（以上主要是和上海复兴时期文学相关的研究）。

这些研究基本上以"现代性""都市文化"和"上海文学"为关键词，以上海文学为中心，讨论上海的都市文化和文学的关系，也涉及本研究相关的文学思潮、作家群体以及具体作家作品。它们更多的是关心文学的上海书写或者文学史上的上海文学在不同阶段的文学症候和审美特征。相比之下，本研究则是以李欧梵的《上海摩登》为起点，将"上海复兴"时期作为一个相对独立、有着自身逻辑的历史阶段，在 1930—1945 年和上海复兴时期中的 20 世纪 70 年代末到 21 世纪初这两个时段的对读中，开展上海摩登和摩登再造的对话性研究，将文学纳入上海摩登史中，来考察上海复兴和文学复兴的双重建构和彼此建构。

第四类文献是 2001 年北京大学出版社出版的《上海摩登》中文简体版的有关书评和回应，如朱崇科的《重构与想象：上海的现代性》（《浙江学刊》2003 年第 1 期）、旷新年的《另一种"上海摩登"》（《中国现代文学研究丛刊》2004 年第 1 期）、张春田的《现代文化研究中的"上海摩登"》（《粤海风》2009 年第 2 期）、黄秋宁的《论 1930 年代上海文化公共领域与审美意识形态之关系》（《上海鲁迅研究》2012 年第 2 期）、王宁的《世界主义视野下的上海摩登（现代性）和上海后现代性》（《社会科学战线》2018年第8期）、余夏云的《魅惑表面和空白主体：从〈上海摩登〉到〈银幕艳史〉的表层现代主义》（《现代中国文化与文学》2019年第1期）等。

朱崇科的《重构与想象：上海的现代性》是比较早的一篇学术书评，主要围绕"现代性"梳理《上海摩登》的内容，认为其贡献在于重构与想象了上海的现代性，但未能充分认识到左翼和鸳鸯蝴蝶派这两大文学传统的现代性可能，而是偏向于关注都市现代派，且在论述都市现代主义文学时忽略了现代性内部的"反抗现代性"。旷新年的《另一种"上海摩登"》某种程度上是将《重构与想象：上海的现代性》指出的《上海摩登》在重构现代性过程中的缺失和遮蔽予以展开。但旷新年从明确的意识形态立场出发，认为："《上海摩登》重绘了一幅夜晚的地图，消费的地图，寻欢作乐的地图，同时遮蔽了白天的地图，生产劳动的地图，贫困破产的地图。从根本上来说，也就是用一幅资产阶级的地图遮蔽了无产阶级的地图，用资产阶级的消费娱乐遮蔽了无产阶级的劳动创造"①。旷新年指认的"一种"对"另一种"的遮蔽在《上海摩登》中确实存在，但不能就此认为《上海摩登》便是简单地以"一种"来取代"另一种"，而是应该思考如何在"白天"和"夜晚"的整体意义上重绘上海地图。需要指出的是，李欧梵在探索中国"现代"的过程中，亦早已发现以上海为典型样本的中国现代性很难在诸如上文所引用的两组不同事物之间，或者换言之，在现代性和反抗现代性之间作出区分。

---

① 旷新年：《另一种"上海摩登"》，《中国现代文学研究丛刊》2004年第1期。

上述两文基本上是对《上海摩登》的"查漏补缺"，所查之漏和待补之缺，确实是《上海摩登》存在的问题。但需要思考的是，这种客观存在的缺漏，是出于李欧梵学术视野的盲区，还是他"刻意"的纠偏和矫正？张春田的《现代文化研究中的"上海摩登"》取理解态度，强调："对上海的重新解读，贯穿了李欧梵对于'五四'现代观及其实践的反思和反拨的冲动。李欧梵认为，中国现代性'从二十世纪初期开始，是一种知识性的理论附加于在其影响之下产生的对于民族国家的想象，然后变成对于都市文化和对于现代生活的想象'。就像王德威要把晚清'被压抑的现代性'颠倒过来一样，李欧梵也要重新追回那曾经存在过、最终却失落了的都市文化、异域情调及其'世界主义'。"① 显然，在张春田看来，李欧梵《上海摩登》的"颠倒"，其背景是中国现代文学对都市的偏见和轻忽，他试图通过有意的强调来纠偏和矫正这种偏见和轻忽。而《上海摩登》写作的过程正值"上海复兴"，《上海摩登》因而有了现实的问题意识。"在 20 世纪 30 年代，上海已神气地跨越了'前现代'，和世界最先进的城市同步并发展出一套比较成熟的都市市民文化。于是，在很多人想来，以'中产阶级''公共空间''市民社会'等为节点编织的'上海现代性'，不仅作为微观的标本而辉煌，而且在宏观上，也直指本可造就的'另一个中国'。换言之，'上海'才应当是中国现代化选择的不二法门。"② 而且，李欧梵的《上海摩登》不仅重绘了"小布尔乔亚世界主义"的 1930—1945 年的上海摩登，

---

① 张春田：《现代文化研究中的"上海摩登"》，《粤海风》2009 年第 2 期。
② 张春田：《现代文化研究中的"上海摩登"》，《粤海风》2009 年第 2 期。

也揭示了"小布尔乔亚世界主义"的失败和复兴。张春田的立论将《上海摩登》放在跨国资本主义运作的全球化导致城市文化研究脱颖而出的世界学术大背景下，指出《上海摩登》属于世界学术地图"上海热"的一部分。李欧梵《上海摩登》的学术"近居"是"美国的中国现代文学文化研究"，包括王德威从地域文化角度阐释的上海书写与文化记忆的关系，张旭东对于王安忆与上海城市意象的讨论，卢汉超对于都市市民生活的再现，以及孟悦的博士论文在亚洲和世界诸多文化影响下对上海的历史演变的考察。《上海摩登》的典范性在于李欧梵"借鉴文化研究和新文化史方法论中都市和文学'对读'的取径，重绘了上海 1930—1945 年代的文化地图"。不仅如此，《现代文化研究中的"上海摩登"》还清理出《上海摩登》从哈贝马斯、列斐伏尔、本雅明和马泰·卡林内斯库等处获得的灵感和启发。本雅明和马泰·卡林内斯库对《上海摩登》的观念和结构的影响相对比较容易辨识。黄秋宁的《论 1930 年代上海文化公共领域与审美意识形态之关系》关注了《上海摩登》"新颖的研究视角"——"1930 年代上海的公共构造和空间基础与上海居民审美活动潜移默化改变之间的关系"，认为《上海摩登》为我们提供了"另一种想象现代中国的途径"。值得指出的是，黄秋宁使用的措辞"另一种"，指向着《上海摩登》和中国现实、学术研究以及思想文化之间的嵌入关系，也提醒着我们注意其中的复数的、多样的和对话的可能性。

王宁的《世界主义视野下的上海摩登（现代性）和上海后现代性》则以《上海摩登》为起点，重审世界主义和上海现代性："上海摩登对我们今天的中国人文知识分子意味着什么？它难道仅仅是为了满足于过去的殖民主义遗产吗？或者说它已经根除了所有那些传统的殖民主义遗产，正在以一种全新的面貌出现在世人面前呢？显然，李欧梵是从一个局外人的视角去观察上海，而我们则要从一个局内人的视角去观察它，因为我们在全球化的进程中正致力于将上海建成一个具有世界主义特征的现代化大都市。"① 王宁从《上海摩登》中对上海世界主义本土性和世界性共存的洞见出发，提出"消解单一的现代性：建构世界主义（后）现代性"。余夏云的《魅感表面和空白主体：从〈上海摩登〉到〈银幕艳史〉的表层现代主义》也以《上海摩登》为起点，对现代主义展开反思，提出了"表层现代主义"的概念，基于《上海摩登》"勾画了一个物的世界"。余夏云将《上海摩登》和张真的《银幕艳史》相勾连，将表层现代主义作为都会现代主义的新方向，进而打破现代主义的深度、精英的预设。余夏云认为："观看摩天建筑和好莱坞电影，同样可以激发普通民众在阅读高雅艺术（如新感觉派作品）时获得的情绪。"② 这无疑是在传统的精英和大众、高雅和通俗、深刻和肤浅的二元论的两极之间，发现了彼此沟通和化解的审美可能性。

第五类文献是和《上海摩登》关注的新都市文化之间存在对话性关系的学术论著，主要包括傅葆石的《双城故事：中国早期电影的文化政治》（北京大学出版社 2008 年）、连玲玲的《打造消费天堂：百货公司与近代上海城市文化》（社会科学文献出版

① 王宁：《世界主义视野下的上海摩登（现代性）和上海后现代性》，《社会科学战线》2018 年第 8 期。
② 俞夏云：《魅感表面和空白主体：从〈上海摩登〉到〈银幕艳史〉的表层现代主义》，《现代中国文化与文学》2019 年第 1 期。

社 2018 年）、周蕾的《妇女与中国现代性——西方与东方之间的阅读政治》（蔡青松译，上海三联书店 2008 年）、张真的《银幕艳史》（沙丹、赵晓兰、高丹译，上海书店出版社 2019 年）、史书美的《现代的诱惑：书写半殖民地中国的现代主义（1917—1937）》（江苏人民出版社 2007 年）、卢汉超的《霓虹灯外：20世纪初日常生活中的上海》（山西人民出版社 2018 年）、刘建辉的《魔都上海：日本知识人的"近代"体验》（甘慧杰译，上海古籍出版社 2003 年）、陈惠芬等的《现代性的姿容——性别视角下的上海都市文化》（南开大学出版社 2013 年）以及黄宗仪的《面对巨变中的东亚景观：大都会的自我身份书写》（广西师范大学出版社 2011 年）等。我们把这一类参考文献看作有着彼此关联的问题意识的一个亲缘性学术"家族"。由于涉及的都是可谓"上海摩登"中的某个细小分支的话题，这些著作仿佛作为一个个成员，共同构成了一个"家族"。本研究第一章将对这种"家族"式关联性展开论述。

第一章

重绘现代上海城市拼图

——以《上海摩登》为起点

第一节　作为"马赛克城市"的现代上海

李欧梵的《上海摩登》研究的是 1930—1945 年的上海，只涉及上海近现代史中的短短 15 年。贝尔纳·布克赛《上海：东方的巴黎》一书的前言，从世界各国的历史学家、游客、旅行家、小说家、记者和专栏作家的著述中择选了他们对这一时期上海的观感和想象。在这些写作者的笔下，上海是不同国家、种族、阶层的人们混居的城，是繁华与堕落混杂的城。这座 1920—1930 年间"所有的环球之旅都不可能绕过的城市"被描述成，"让人仿佛闻到一种神秘、意外又有点放荡的气味"，它是"邪恶横行的不夜城""罪恶之城""寄生之城""避难之城"，是"冒险家的乐园"，但同时又是"魅力城市的典范（时尚、高贵、诱惑、雅致）"。其中，1934 年出版的《上海全貌》称上海为一首交响曲，是"异常的乐章和神秘的反差塑造而成的国际城市。上海漂亮、精美、晦涩、粗俗……就世风和道德而言，她是个非常矛盾的城市。在这幅巨大的全景浮雕中东西方最好的和最坏的元素兼容并存，令人喜爱或者憎恶。可以想象读到这本旅游指南的读者只会升起一个念头：要么不惜一切代价逃离这座堕落的城市；要么相反，迫不及待地登上即将起锚的第一艘游轮全速接近这个东方之珠"①。这些不同印象中的上海，哪个更接近真实的上海？或者，它们都只是全景上海中的一块拼图？我们可以先从

---

① 参见【法】贝尔纳·布克赛《上海：东方的巴黎》（前言），上海远东出版社 2014 年，第 2—5 页。

一些基本数据看看 20 世纪 30 年代的上海。

1933 年，上海工业资本总额占全国的 40％，总产值占 50％。到 1948 年，工厂数占全国的 54.95％，上海已同 100 多个国家和地区，300 多个港口有经济联系和贸易往来。1936 年，上海对各通商口岸贸易总值占全国的 75.2％。作为中国的金融中心，1936 年上海有华资银行 58 家，占全国的 35％。[①] 除了拥有重要的经济地位，"1930 年代的确具有特殊的意义，此时上海真正褪去了地方性城市的色彩，第一次成为全国的文化中心和国际性的大都市，出版、教育、文艺创作等空前繁荣，歌厅、舞厅、电影厅、公园、跑马场等现代娱乐业更是盛极一时。1930 年，上海已成为拥有 300 万人口的大城市，经济实力位列世界第四，成为举世闻名的'东方巴黎'。"[②]

白吉尔在《上海史：走向现代化之路》中提出一个问题："上海是五个通商口岸中最微不足道的地方。为什么宁愿选择上海，而不是广州、福州、厦门和宁波？为什么这个被第一批西方移民描绘成积满污垢的城镇会成为条约制度的试验地？"[③] 以英国为代表的西方殖民者选择了上海，这种选择背后是将上海和其他城市比较之后的利益权衡。除了上海作为潜在的港口城市的优势，白吉尔特别强调："这座城市其貌不扬，然而也不是历来传说中的'渔村'，位于黄浦江边的上海拥有 20—30 万居民，城市和周边地区商贾活跃，环城修筑的城墙濒临坍塌，已有 200 年历

---

① 唐振常等主编：《上海史》，上海人民出版社 1989 年，第 9 页。
② 李陀主编：《上海酒吧 空间、消费与想象》，江苏人民出版社 2001 年，第 10 页。
③【法】白吉尔：《上海史：走向现代化之路》，王菊、赵念国译，上海社会科学院出版社 2005 年，第 10 页。

史了。"①

上海之名据说来源于一条叫作"上海浦"的河流。《沪城备考》则提供了另一种说法，认为上海起源于位于松江南岸一个渔场附近的叫作"沪"或者"沪渎"的小渔村。至北宋时期，逐渐发展成上海镇。1292 年（元至元二十九年），上海镇升为县级行政建制。根据《上海：一座现代化都市的编年史》，明朝中叶以后，上海逐渐形成了内河航运、长江航运，以及沿海的北洋、南洋航运和国际航运 5 条航线。② 稍有不同的，林达·约翰逊认为上海的中兴发生于清代。"上海第一次得到注意是在宋代，在宋元时期更成为沿海繁荣的港口之一，不过明代是其衰落和收缩的时期。上海在清代复苏；在 18 世纪中叶，海关从松江迁到上海，上海成为江苏省唯一的征收'对外贸易'关税的地点，乾隆时期（1736—1796），上海再次成为一个主要的海港；19 世纪初，上海继续繁荣。至少有一项研究表明，1840 年之前，上海应该是中国二十大城市之一。"③ 无论关于开埠以前的帝国时代上海史的叙述之间有多少差别，有一点是中外研究者的共识，那就是在 1843 年开埠之前，上海已颇为繁华。

外国人来上海的历史，则可以追溯到明末清初。当时，意大利传教士郭居静应徐光启之邀来上海传教。1832 年 6 月 20 日，英国东印度公司广州分行阿美士德号商船到达上海县城，和苏松

---

①【法】白吉尔：《上海史：走向现代化之路》，王菊、赵念国译，上海社会科学院出版社 2005 年，第 11 页。
② 熊月之、周武编：《上海：一座现代化都市的编年史》，上海书店出版社 2007 年，第 3 页。
③【美】林达·约翰逊主编：《帝国晚期的江南城市》，上海人民出版社 2005 年，第 194 页。

太道吴其泰商谈通商事宜，遭拒绝。即便遭到拒绝，阿美士德号随员胡夏米以其观感也认为："上海事实上已成为长江的海口和东亚主要的商业中心，它的国内贸易远在广州之上。"① 不过，这些或因为宗教，或因为商业的中西交流都是有限的。上海是因帝国主义全球扩张而被推到了中国现代性的最前沿，并迎来了它的快速发展期。

其时，上海由三个独立的行政单位构成，分为租界和华界。华界一开始是原有的中国县城。随着开埠带来的对外贸易开放和城市发展，除城厢外，又加上了租界边界外主要由中国人居住的地方。华界由当地县政府治理，直到1927年7月，国民政府才设置了上海特别市。租界则分为公共租界和法租界。开埠十年后的上海城市景观是"建立在鲜花簇拥的花园中的欧式宽敞住宅，租界内规则有序的道路网，这些和中国城内拥挤的房屋及纵横交错的巷道形成了对比"。"此时的上海存在着两座城市，她们被商贸利益联系在一起，但各自过着自己的生活。"白吉尔进而指出："是否该思考和研究西方列强在亚洲建立的殖民城市中首批欧洲人定居的历史情况呢？从德里到西贡，人们都可以看到这类具有双重形态的城市，那里的当地人和欧洲人的居住地并存着。"② "双重形态的城市"的"双重"，在上海指华界和租界不同的政治空间，也指与之相关的不同城市营建内容，包括经济、文化活动以及衍生的日常生活方式等等。

---

① 【英】胡夏米：《"阿美士德号"1832年上海之行纪事》，张忠民译，《上海研究论丛》第2辑，上海社会科学院出版社1989年，第286页。
② 【法】白吉尔：《上海史：走向现代化之路》，王菊、赵念国译，上海社会科学院出版社2005年，第11页。

熊月之认为："由于租界的存在，上海呈现一市三治局面，形成了各种文化相对从容的交流环境，突出表现为示范效应、缝隙效应、孤岛效应和集散效应。"熊月之从积极的方面看待租界影响机制的"示范效应"："通过租界展示出来的西方文明，租界与华界的巨大差距，极大地刺激着上海人，推动着上海人学习西方的步伐。"① 公共租界和法租界分别根植于英美和法国文化传统、社会制度、生活方式和伦理道德，形成孤岛一样的"国中之国"。开埠之后不久形成的"华洋杂居"的现实格局中，"杂居"并没有抹平中西华洋的差异，而是导致了你中有我、我中有你的丰富的含混和暧昧。"双重形态的城市"的上海，不仅各自的内部混杂，而且相互之间的边界模糊，使得上海成为世界移民的到达地、越轨者的庇护所、冒险家的乐园、工商业和消费文化的摩登之城、新文化的中心和革命的策源地，等等，仿佛一个"光怪陆离的袖珍共和国"。② 这种杂糅、含混和暧昧的多元共生、包容的城市性，表现在上海城市文化性格上，呈现为一种两歧性："上海是近代中国大众文化的滥觞之地，同时又是精英文化的启蒙文化重心；上海文化之中有布尔乔亚文化的理性、保守和中庸，也有波希米亚文化的浪漫、越轨和反叛；上海是世界主义的大都会，又具有偶然爆发的民族主义能量。雅文化与俗文化、资产阶级的文化与边缘文人的文化、世界主义的文化与民族主义的文化相互冲突，又彼此渗透，难分你我。"③ 这种两歧性表面上

① 熊月之：《上海租界与近代中国》，上海交通大学出版社 2019 年，第 18—35 页。
② 熊月之：《上海租界与近代中国》，上海交通大学出版社 2019 年，第 7 页。
③ 许纪霖、罗岗：《城市的记忆——上海文化的多元历史传统》，上海书店出版社 2011 年，第 12 页。

彼此矛盾，但又充满相互冲撞和对话的张力。任何对上海的研究都应当在这个矛盾和张力的场域展开，而观察其中的"一种"时，也都应当充分注意到与之有关联性的"另一种"或"另几种"。贝尔纳·布克赛在《上海：东方的巴黎》前言中指出，众人印象中的上海的不同面相，正是这种两歧性的结果。

李欧梵在《上海的摩登与怀旧》中转述过1997年外滩原汇丰银行大楼底层八角厅的马赛克镶嵌画被发现的故事，他认为这是20世纪30年代"上海摩登"的一个证据："我听到一个上海人津津乐道的故事：外滩原汇丰银行的大厅内屋顶，当工人把上面的石灰去除准备改装的时候，发现了原来画在上面的几幅国际大都市的图像，内中赫然有上海。这一发现的象征意义很明显，原来1930年代的'老上海'比现今的'新上海'光辉灿烂多！"① 发现壁画是事实，但李欧梵转述的故事把事实当成了传奇来叙述。事实是，这组由伦敦艺术家乔治·默里（George Murray）为汇丰银行大楼设计的大型马赛克镶嵌组画，使用威尼斯马赛克，先期在意大利进行拼贴制作，然后由两名意大利工匠专程到上海于大楼竣工前安装完毕。1923年6月13日，汇丰银行大楼已经宣告竣工。这意味着李欧梵以此组马赛克壁画来证明所谓20世纪30年代"旧上海"的光辉灿烂，并不准确。壁画上的也并非"几幅国际大都市的图像"，而是汇丰银行在世界设有分行的八个主要城市：上海、香港、东京、加尔各答、曼谷、伦敦、巴黎和纽约。这八个城市，既包括当时的国际大都市伦敦、东京、纽约和巴黎，也有第三世界国家的城市上海、香港、

①【美】李欧梵：《上海的摩登与怀旧》，《中国图书评论》2007年第4期。

加尔各答、曼谷，从中可以看出殖民主义在世界的扩张和边界。

1956 年，上海市人民政府作价收购了汇丰银行大楼，对其加以修缮改建前，特地对这组马赛克镶嵌画拍照存档，然后以丝麻石膏捣摆的方式加以涂饰、覆盖。[①] 1991 年，设计专家为该大楼置换移交上海浦东发展银行使用而提供修缮方案时，曾提出复原这组马赛克壁画的建议。

就这组马赛克镶嵌画而言，其马赛克拼贴，一定意义上可以视为关于世界现代性路线图中的世界主义之上海的境遇的一种隐喻。汇丰银行大楼的这组马赛克镶嵌画并不是孤立存在的。马赛克装饰艺术进入上海是西方文化东渐的内容之一，其过程也约略折射出上海被编织入世界资本主义拼图的方式。上海开埠后，马赛克装饰艺术首先出现在如圣三一教堂等宗教建筑的彩色玻璃窗上。19 世纪末，租界的银行、饭店、公司等公共建筑开始大量使用马赛克装饰，外滩遗存的历史建筑半数以上都使用了马赛克装饰艺术。而类似汇丰银行大楼穹顶的玻璃马赛克镶嵌画装饰，在英商永年人寿保险公司大楼较早使用。沙逊大厦（今和平饭店）的族徽地坪等也是 20 世纪 20 年代的经典马赛克作品。20 世纪 20 年代以后，马赛克装饰普遍用于租界各类建筑。因此，在某种程度上，马赛克装饰切实地参与了租界空间生产，而且因其往往体现在建筑的外观上而直观地标识了上海的现代性记忆。

汇丰银行大楼的马赛克镶嵌画虽然是由商业银行出资设计和制作，但不可否认，汇丰银行的财富梦想，是英帝国主义殖民扩

---

① 马晶华、庄志龄整理：《1956 年修缮上海市府大厦涂饰壁画档案史料一组》，《档案与史学》1998 年第 1 期，参见钟鸣《上海外滩原汇丰银行大楼镶嵌画研究》，上海大学硕士论文 2007 年。

张宏大叙事的一个部分。其马赛克镶嵌画，在星座和城市之间镶嵌了中英文对照的中国古语"四海之内，皆兄弟也"。这句话出自《论语》，被汇丰银行挪用过来描述它的商业理念和世界想象。富有意味的是，20世纪90年代以后的"上海怀旧"也采用了类似的叙事方式。

壁画上八个设有汇丰银行的城市，都是对华贸易的关联城市。这些城市构成了一幅世界主义的马赛克拼图，而上海显然也处于世界主义的财富叙事之中。汇丰银行这组宏大叙事的镶嵌画主要由天顶、星座、城市和拟人像四部分组成。每个城市有一个代表城市主题的象征人物及纹章（heraldry），并以该城市所处国家的代表性地理景观，主要是河流和城市标志性建筑，当作背景。伦敦是泰晤士河、议会大厦和圣保罗大教堂；巴黎是塞纳河，以及主景为巴黎圣母院的巴黎景观；加尔各答是胡格里河和高等法院；香港是珠江和香港的港口风光；上海是长江和江边的汇丰银行及海关；东京是皇宫的城墙、法院、海军部及内阁办公处以及云彩环绕的富士山；纽约是海和陆地相连的城市景观；曼谷是坐落在湄南河河口的庙宇。关于这八座城市的镶嵌画的构图和意义，当时的《字林西报》和《远东日报》有过报道。[①] 香港城市主题的象征人物披着英国国旗，意味着当时香港已成为英国直辖殖民地，左侧的历史书上刻着数字 MDCCCXLII（1842）。1842年是《南京条约》签订的时间，正是这个条约割让了香港。

———————

① "The New Hongkong and Shanghai Bank"，《字林西报》1923年6月25日；"'Way-Foong', The Hongkong and Shanghai Banking Corporation"，《远东时报》1923年7月号，参见钟鸣：《上海外滩原汇丰银行大楼镶嵌画研究》，上海大学硕士论文2007年。

因此，这组马赛克装饰画本质上叙述的是殖民胜利者的故事，殖民主义叙述的所谓"四海之内，皆兄弟也"的世界主义当中，事实上存在着关于压迫和被压迫的非均质性特征和权力等级。这组马赛克镶嵌画在香港之外的另一个中国城市——上海的公共空间得到了装置艺术式的展示，而且是由商业银行来操作，可见殖民主义叙事中世界城市之间的非均质和权力等级已不局限于世界政治领域。东西方存在等级，殖民地（半殖民地）之间也存在等级，正如可以作为证据的加尔各答的图案所显示：同为英帝国主义殖民地的印度加尔各答，其中心人物是前额有着"印度之星"纹样、象征"通灵"（Mysticism）的女神，从而以地方性代替了殖民性。因此，如果我们把马赛克镶嵌画视为世界主义图景的想象与隐喻，香港和上海与其他六个城市相比，体现出一种不对等的世界主义观念。

上海图案中的中心人物掌控着舵轮，在当时被解读为"先知"（Foresight）或者"睿智"（Sagacity）。近来，有观点认为她是传说中的航海保佑女神——天后。[1] 这种转义可能引发图中呈现的上海身份的微妙变化——从"他者"殖民叙事转义为上海"自我"叙事。问题是，这种转义是否为马赛克镶嵌画设计和制作者的本意，还是殖民时代结束、身份发生改变之后上海的"自我"重述的故事？这种重述，是否包含着一厢情愿的过度阐释？从历史语境看，马赛克装饰画中的殖民叙事可能正是其本意。上海租界历史终结以后，其在不同时代获得的不同的世界主义占

---

[1] 在上海有许多天后宫，"图中的画面作了艺术处理，天后造型为右手置额前，左手操轮舵的女子；其左右各有一人物，分别表示长江和大海。"参见薛理勇《外滩的历史和建筑》，上海社会科学院出版社 2002 年，第 85—93 页。

位，令我们得以观察上海流动的现代性中的常与变。

从汇丰银行大楼马赛克镶嵌画中还可以发现，选作上海背景的三幢建筑分别是汇丰银行大楼、新江海北关大楼和德华银行大楼。其中，1893 年落成的新江海北关大楼采用 15 世纪英国常见的凹字形市政建筑造型，而此前 1856 年建成的老江海北关大楼则是一幢传统的中国衙署建筑。新江海北关大楼建筑造型以西易中的置换，可以解释为从中国意识到西方造型，无论是出于融合还是迎合的目的，都是主动的选择。上海德华银行租用的大楼则采用东西合璧的外廊式建筑，也就是罗兹·墨菲所谓的"康百拉式"（Compradoric），亦即"买办式"建筑。[①] 所谓"买办"即中西贸易活动中协助外国人做事的中国人，其具有典型的"跨文化"特征。马赛克镶嵌画上的汇丰银行大楼属于新希腊风格，它在马赛克镶嵌画设计和拼贴的时候还没有竣工。镶嵌画中的八个城市里，只有上海的图案上出现了本城的汇丰银行大楼。上海背景中的这三幢建筑都是开埠以后建造的。这种选择，可以解释为是由于缺少开埠前上海典型的本土城市地标，也就意味着上海的城市史被定义为开埠 80 年以来的租界殖民史。中国拥有主权的海关也被改造成了西式建筑。对于有殖民史的后发展国家而言，哪怕殖民势力局限在像上海这种城市的租界中，其现代性或者说西化都有着"被现代性"的殖民特征。当然，开埠之前，随着充任南北交通动脉的大运河被弃用、海上航线得到启用，港口城市上海的区位优势开始显现，也折射出清帝国内部城市功能的变

---

① 【美】罗兹·墨菲：《上海——现代中国的钥匙》，章克生等译，上海人民出版社 1986 年，第 84 页。

化。正如孟悦观察到的："扬州的衰落、苏杭的陷落和上海的兴起所反映的不仅是帝国主义势力在亚洲的扩张，也是清帝国在财富和权力结构上的危机及其调整所带来的帝国都市的地理版图的改变。"孟悦认为，应当在"双重视野中审视中国现代都市发展的问题，一方面是一个非西方非殖民地的多元都市文化空间在清中晚期的消长的历史轨迹；另一方面是帝国主义势力在亚洲的扩张以及它对都市形态的直接影响。"① 对于前一个方面，孟悦识别出清中期以后扬州园林不同于苏州、杭州典型的江南园林的"对异国情调的特殊追求"，这种"多元文化的混杂风格也以某种方式在西方帝国主义之扩张阴影下的上海进行着某种扩大延续"。② 孟悦举的例子是张鸿禄的张园。"张园不仅是一个包含有西式景致的园林，而且是一个实实在在的欧式空间。"③ 这提醒我们，考察开埠以后的上海现代性，不能陷入"唯外滩"的迷思，应该把整个上海城市空间纳入上海现代性生成的地理版图；也不能因为帝国主义殖民扩张的力度和强度，而把上海的现代性想象成是完全单边发起的。上海的现代性中，也有着类似张鸿禄和"张园"这样的洋务派的"中国的"世界想象，而且，帝国主义殖民扩张也不只是简单地将殖民地置换成"西方"。帝国主义也可能挪用殖民地（半殖民地）的本土文化，比如上海的哈同花园中的爱俪园对中式花园的仿造。如果我们用中国现代文学作例子，则能更充分地呈现出这个问题。通过翻译、阅读和写作实践，西方文学成为"中国的"的西方文学。因此，上海现代性的

① 孟悦：《人·历史·文化批评三调》，人民文学出版社 2006 年，第 31 页。
② 孟悦：《人·历史·文化批评三调》，人民文学出版社 2006 年，第 31 页。
③ 孟悦：《人·历史·文化批评三调》，人民文学出版社 2006 年，第 57 页。

世界主义是具有中西杂糅、华洋混杂的特征的。

汇丰银行大楼的马赛克装饰画揭示了世界主义的马赛克拼图中，上海与世界的关系。有意思的是，刘建辉的《魔都上海》对上海城市空间的观察中，也将上海称为"马赛克城市"。他指出，上海凌驾于世界其他大城市的"魔性"，源自辐辏的"时间性"和"空间性"。辐辏的"时间性"体现在上海的现代性对西方现代性生成史的折叠、压缩和快速完成。"辐辏"的空间性则在于上海"实际上被分割成两个性质完全不同的空间，一个是以旧上海县城为中心的拥有 700 年历史的传统空间，另一个则是以所谓的'租界'为中心的仅有 150 年历史的近代空间"①。传统空间的华界和近代空间的租界的关系是：

> 在"租界"这个近代化的空间里，涌入了大量的茶馆和妓楼等传统的生活娱乐设施，于是，"租界"的资本主义均一性经常面临着被破坏的危机。另一方面，在"县城"这个以纵横交错的水路为运输网络的传统空间内，出现了许多条从"租界"延伸出来的被视作"越界筑路"的干线道路，它们不断地踩躏着"水乡"的秩序。②

正是租界和华界两个空间无休止的"越界"，形成了不同和不合常规的"杂糅"的城市空间的"马赛克城市"。"马赛克城市"上海，因其不同城市空间的"法律"和"秩序"的不同，"城市景观的多样性"和"罕见的异文化的越界乃至融合的现象，

---

① 刘建辉：《魔都上海——日本知识人的"近代"体验》，甘慧杰译，上海古籍出版社 2003 年，第 1—2 页。
② 刘建辉：《魔都上海——日本知识人的"近代"体验》，甘慧杰译，上海古籍出版社 2003 年，第 2 页。

产生了世界性大都市特有的极其'混沌'的景观"。① 正如当时的报道所言："上海最主要的街道名为外滩，它距黄浦江约 40 英尺，与江岸平行。在外滩和黄浦江之间，是两排绿树和一片美丽的草地，它们总是保持得非常漂亮。""外滩上，建有公共花园。在仲夏夜的黄昏，有乐队在这里演奏，女士和孩子们聚集在这里。"记者观察到外滩来来往往的人们，带着家人的洋行大班、法国夫人、清代商人，以及清代商人背后，"两个脏兮兮的苦力抬着一顶轿子"。而"上海旧城外，通常停泊着上千艘平底帆船，它们大部分是货船。在那一带，还挤着成千上万条小木船，这就是江上人家唯一的居所了。"②

报道描述的"马赛克上海"的城市景观背后是空间的政治。城市空间和政治的关系早就被研究者观察到。连玲玲对上海百货公司的研究发现："百货公司所赋予南京路的新意义，提醒我们思考究竟是谁塑造了南京路？洋人社群对南京路的确发挥了开辟作用，然而'四大公司'的兴起为南京路注入了新的活力。前述的达尔文认为南京路是'世界上最有趣的街道之一'，它的趣味不仅仅来自洋人所带来的现代文明如电车、电灯等，更多来自华人商圈等消费文化，而'四大公司'则将消费文化等娱乐性发挥得淋漓尽致。南京路既是'洋'的象征，也深烙着'华'的印记。"③"两种文明走到一起来了"，这意味着即便

---

① 刘建辉：《魔都上海——日本知识人的"近代"体验》，甘慧杰译，上海古籍出版社 2003 年，第 7 页。
②《1886 年的上海：租界见闻》，郑曦原编：《帝国的回忆——〈纽约时报〉晚清观察记》，当代中国出版社 2018 年，第 59—61 页。
③ 连玲玲：《打造消费天堂——百货公司与近代上海城市文化》，社会科学文献出版社 2018 年，第 94 页。

是上海租界也不存在所谓纯然西方现代性的照搬和挪用。殖民者按照他们的路线图进行现代的搬运，但在抵达目的地以后，西方现代性在占领的同时，也必然遭逢对占领的抵抗。不只是上海，也不只是中国，西方现代性在世界范围的旅行史就是现代性的被改写史。上海的现代性或者中国的现代性，是西方和本土杂糅的现代性。拥有杂糅的现代性的"马赛克城市"上海，为文学、电影、戏剧、绘画（包括商业广告和月份牌等）等各种各样的"文本上海"的挪用、想象和再造预留了空间。这也是我们以李欧梵的《上海摩登》的"一种"上海新都市文化为起点讨论 20 世纪八九十年代上海都市文化和文学的再造摩登得以成立的原点和前提。

回到前述汇丰银行大楼的世界八个城市组成的马赛克装饰画，其实这是一幅"马赛克世界地图"。"马赛克世界地图"和上海地图都是可以不断被修正的。单就"马赛克城市"上海而论，孟悦把这种重新书写和分割描述成"内景"式的"城中之城"乃至"梦幻之城"。① 从开埠到租界收回，上海内景的"城中之城"的租界和华界之分当然和帝国主义殖民扩张相关，但这不是唯一原因。上海棚户区的形成就是由乡入城的自然移民产生的新城市空间。值得注意的是，空间生产也是不同阶层和人对空间的书写和分割。"城中之城"的重新书写和分割不是一次成型、一成不变，而是每时每刻都在城市发生重新书写和再次分割。而且，"马赛克城市"的"城中之城"不应该仅仅被描述为城市的道路、桥梁、建筑等物质空间，它也是阶层的，也是人占有的空间。不

---

① 孟悦：《人·历史·文化批评三调》，人民文学出版社 2006 年，第 28—29 页。

同的阶层占有属于他们的"城中之城",每个人也有他自己的
"城中之城"。

　　和汇丰银行大楼马赛克镶嵌画所体现的世界主义的国家和城
市的中心/边缘一样,内景式的"城中之城"也是非均质和有等
级的。空间被生产出来,空间的中心/边缘也同时被生产出来。
王安忆的《富萍》就借保姆奶奶和富萍从淮海路到梅家桥的路线
图勾画了上海城市空间的中心和边缘,以及不同阶层对城市空间
的分配和占有。小说里的奶奶30年的保姆生涯基本不出上海西
区淮海路的繁华闹市。虽然她来自扬州乡下,但她的城市空间观
和她服务的家庭并无二致,她自认为上海边缘区域就是和扬州乡
下无异的荒凉的乡下。事实上,那些上海边缘的地方,比如闸
北、普陀,倒是他们家乡人的聚集地。他们"大都是在历年战争
和灾荒中,撑船沿了苏州河到达上海的船民。他们找了块空地,
将芦席卷成船舱那样的棚子,住下来,然后到工厂里找活干。上
海的工人里,至少有一半,是他们。但奶奶与他们向不往来。她
也有市中心居民的成见,认为只有淮海路才称得上是上海"①。
小说里还有一条相反的路线——舅妈从江边的棚户区去淮海路看
奶奶,是"去上海"。类似的"西区""淮海路"的上海中心崇
拜,一直到20世纪80年代还存在着。《长恨歌》里写道,薇薇
是那种"典型的淮海路上的女孩",而张永红这样的风流人物是
淮海路中段最惊人的奇迹。"这条繁华的马路的两边,是有着许
多条窄而小的横马路。这些横马路中,有一些是好的,比如思南
路,它通向幽静的林荫遮道的地方。那是闹中取静的地方,有着

---

① 王安忆:《富萍》,人民文学出版社 2017 年,第 4 页。

一些终日关着门的小楼，切莫以为那里不住人，是个摆设。那里的人生是凡夫俗子无法设想的，是前边大马路的喧哗与繁荣不可比拟的。相形之下，这种繁荣便不由不叫人感到虚张声势、徒有其表。有了它在，这淮海中路的华丽怎么看都是大众情调，走的群众路线。""这些横马路中最典型的一条是叫作成都路，它是一条南北向的长马路。""你再抬头看看那里的沿街房屋，大都是板壁的，伸手可够到二楼的窗户。那些雨檐都已叫雨水蚀烂了，黑乌乌的。楼下有一些小店，俗话叫烟纸店的，卖些针头线脑。弄堂就更别提了，几乎一律是弯弯曲曲，有的还是石子路面，自家搭的棚屋。你根本想不到，这样的农舍般的房屋，可跻身在城市的中心地带。"① 从王安忆小说中的上海可以看出，从开埠到现在，上海和中国、上海和世界，以及上海的"城中之城"的马赛克城市地图一直在不断修订，即便从 1949 年到改革开放时期这个城市营建和人口流动变化不大的阶段，城市空间也不断被重新分配，新的城市空间不断出现，"马赛克城市"地图不断被改写、修正和扩展。城市空间是流动的，阶层和人也是流动的。《富萍》里的富萍，从乡村到上海，从上海到淮海路到梅家桥；《长恨歌》里的王琦瑶，从爱丽丝公寓到平安里；《"文革"轶事》里的赵志国做了资本家的女婿，进入资本家的生活空间，成为亭子间派对的主角。因此，空间的再生产，马赛克城市的修改，阶层和人在城市中的位移不断发生，而文学也在变量中不断书写和再造上海故事。

---

① 王安忆：《长恨歌》，人民文学出版社 2004 年，第 283 页。

第二节 重审《上海摩登》

《上海摩登》的写作时间不会早于 1994 年。这一年春天，李欧梵和陈建华在洛杉矶做了七次对谈，结集为《徘徊在现代和后现代之间》，2000 年由上海三联书店出版了中文简体版。其中一次对谈中，关于未来写作计划，李欧梵提到，下一本书是"关于上海三四十年代文化史"的，指的应该就是《上海摩登》。① 李欧梵说："这一本学术著作，从构思到研究和写作的时候至少有十数年，源起倒是和个人求学的经验有关。"② 1979 年在美国召开的一次以中国台湾文学为主题的学术会议上，李欧梵提交的论文题目是《台湾文学中的浪漫主义和现代主义》。这篇论文的浪漫主义指的是琼瑶小说，而现代主义则是指李欧梵在台湾参与过的与《现代文学》杂志有关的文学群体。③ 正是在这次会议上，夏志清教授提醒李欧梵注意 20 世纪 30 年代施蛰存主编的《现代》杂志早就刊用了使用现代主义手法写作的小说。④ 李欧梵经由 20 世纪 60 年代中国台湾的《现代文学》，勾连到 20 世纪 30 年代施蛰存及其主编的《现代》，进而发现和勘探了新都市文化和现代主义文学的关系。1994 年，李欧梵和陈建华开展对谈时，

---

① 【美】李欧梵：《徘徊在现代和后现代之间》，上海三联书店出版社 2000 年，第 18 页。
② 【美】李欧梵：《上海摩登——一种新都市文化在中国 1930—1945》（中文版序），毛尖译，北京大学出版社 2001 年，第 1 页。
③ 李欧梵和《现代文学》的关系可参见白睿文对白先勇的访谈《来自废墟中的文艺复兴——白先勇谈〈现代文学〉杂志的起源》，《南方文坛》2016 年第 6 期。
④ 【美】李欧梵：《上海摩登——一种新都市文化在中国 1930—1945》（中文版序），毛尖译，北京大学出版社 2001 年，第 2 页。

《上海摩登》还只是计划中的"下一本书",但其理念和构架显然已经成型,且有其针对性,是对大陆乡土型学风"故意唱反调的回应","故意要研究的是上海的那个西化的世界。其实上海有两个,一个是老上海,就是围绕在城隍庙,围绕在妓院,围绕在福州路、四马路、旧书店,这是鸳鸯蝴蝶派、礼拜六派的上海。另一个就是租界的上海,西化的上海,法租界、公共租界。我基本上是研究租界的上海,就是受西方影响的上海。"① 需要注意的是,支撑李欧梵的这番研究的是 20 世纪八九十年代美国的学术资源。李欧梵认为:"当时我在普林斯顿的时候就感觉到,研究二十世纪中国的人太注重社会、政治、经济方面的历史,很少人注意文化",② 李欧梵较早地将文化研究引入美国"地区研究"中的上海研究。③ 故肯定者认为《上海摩登》是"从现代性、后殖民理论以及文化研究等诸多视角写出的一部学术力著"④,是李欧梵 20 世纪 90 年代从文学研究"转向文化研究的成功之作","是一部城市文化研究的典范之作"。⑤《上海摩登》对上海世界主义的讨论"具有启迪意义的洞见,对于我们从世界主义的视角来重建上海摩登和上海后现代性不无裨益。"⑥ 李欧梵走进上海

① 参见【美】李欧梵《徘徊在现代和后现代之间》,上海三联书店 2000 年,第 126—127 页、145 页。
②【美】李欧梵:《徘徊在现代和后现代之间》,上海三联书店 2000 年,第 126—127 页、145 页。
③ 李欧梵、汪晖:《文化研究与地区研究》,《读书》1994 年第 8 期。
④ 王宁:《世界主义视野下的上海摩登(现代性)和上海后现代性》,《社会科学战线》2018 年第 8 期。
⑤ 杨华:《海外中国学家中的"摩登教授"——简评李欧梵的文学与文化学研究》,《清华大学学报(哲学社会科学版)》2012 年第 6 期。
⑥ 王宁:《世界主义视野下的上海摩登(现代性)和上海后现代性》,《社会科学战线》2018 年第 8 期。

都市文化，并以其出色的研究"对国内长期以来的'乡土型'学风进行了有力的反拨"。①"《上海摩登》把上海都市文化的硬件软件结合起来，进行互文式的考察，想象性地重构了一幅上海文化地图"，"不光是提供了关于上海的新的想象，更提供了一种关于上海的新的想象方式，而后者无疑具有范式意义。"②《上海摩登》不但对上海的都市文化和文学研究有"典范性"和"范式意义"，而且由于 20 世纪末浦东开发引发的"上海复兴"和世纪之交的"上海怀旧"热，《上海摩登》"成了'主旋律'论述之一，据闻还成了'小资'和'白领'（还包括所谓'波波族'）的'严肃'消闲读物"③，"一度成为所谓的文化热点"④。

《上海摩登》中文简体字版出版至今的 20 年中，在学术界内外引起了广泛反响，得到诸多肯定和褒扬，也引发了不同意见的争论。虽然副题已经明确标明"一种新都市文化"，《上海摩登》的"一种"对"另一种""另几种"可能的忽略和遮蔽还是引起了学术界的质疑和批评，后者认为《上海摩登》在重构上海现代性时，未能充分认识到左翼和鸳鸯蝴蝶派两大文学传统的现代性可能，而是过于集中在都市的现代派，且在论述都市现代主义文学时忽略了现代性内部的"反抗现代性"。⑤ 尤其是对同为"一

① 杨华：《海外中国学家中的"摩登教授"——简评李欧梵的文学与文化学研究》，《清华大学学报（哲学社会科学版）》2012 年第 6 期。
② 薛羽：《"现代性"的上海悖论——读〈上海摩登——一种新的都市文化在上海1930—1945〉》，《博览群书》2004 年第 3 期。
③【美】李欧梵：《漫谈〈上海〉怀旧》，《上海摩登——一种新都市文化在中国1930—1945》（附录二），毛尖译，上海三联书店 2008 年，第 341 页。
④【美】李欧梵、季进：《都市文化的现代性景观——李欧梵访谈录》，《上海摩登——一种新都市文化在中国 1930—1945》（附录三），毛尖译，上海三联书店 2008 年，第 352、353 页。
⑤ 朱崇科：《重构与想象：上海的现代性》，《浙江学刊》2003 年第 1 期。

种新都市文化"的左翼，"《上海摩登》重绘了一幅夜晚的地图，消费的地图，寻欢作乐的地图，同时遮蔽了白天的地图，生产劳动的地图，贫困破产的地图。从根本上来说，也就是用一幅资产阶级的地图遮蔽了无产阶级的地图，用资产阶级的消费娱乐遮蔽了无产阶级的劳动创造。"① 值得深究的是，《上海摩登》客观存在的"一种"对"另一种""另几种"可能的忽略和遮蔽，是出于李欧梵学术视野的盲区，还是"刻意"的纠偏和矫正？为李欧梵《上海摩登》辩护的研究者认为：正如"王德威要把晚清'被压抑的现代性'颠倒过来一样，李欧梵也要重新追回那曾经存在过、最终却失落了的都市文化、异域情调及其'世界主义'"②。也有学者认为："《上海摩登》不适合看成是严格而严谨的学术著作，而是李欧梵个人对上海的一种文化想象。"③ 而且，这种"文化想象""是从一个局外人的视角去观察上海"④。事实上，李欧梵自己也承认《上海摩登》通过三部分共同完成了一次"个人的关于旧上海的文化记忆与文化地图的想象性重构"⑤。

《上海摩登》顺着现代性—现代主义—都市文化—上海的路线图勘探和发现 1930—1945 年的"上海摩登"——一种新都市文化在中国的历程。《上海摩登》并非一部上海现代性和现代文学想象的长时段关系史。李欧梵只截取了其中 1930—1945 年这 15 年来加以探讨。20 世纪 30 年代，开埠 90 余年的上海跃升为

① 旷新年：《另一种上海摩登》，《中国现代文学研究丛刊》2004 年第 1 期。
② 张春田：《现代文化研究中的"上海摩登"》，《粤海风》2009 年第 2 期。
③ 薛羽：《"现代性"的上海悖论》，《博览群书》2004 年第 3 期。
④ 王宁：《世界主义视野下的上海摩登（现代性）和上海后现代性》，《社会科学战线》2018 年第 8 期。
⑤【美】李欧梵、季进：《都市文化的现代性景观》，参见【美】李欧梵、季进《李欧梵季进对话录》，苏州大学出版社 2003 年，第 7 页。

世界第六大都市，是"东方巴黎""西边的纽约""一个名副其实的巨型摩登城市"。这些出自1934—1935年间由上海的英美侨民编译的指南 *All About Shanghai* 的评价①，显示出上海已然被纳入世界资本主义的地理版图。因此，李欧梵截取的是"上海摩登"的15年。

一定意义上，李欧梵的《上海摩登》的内在逻辑是"求同"而不是"存异"。他观察20世纪60年代的台湾《现代文学》和20世纪30年代的上海《现代》的关系是"求同"，总结施蛰存、邵洵美和叶灵凤等的"颓废"和"浮纨"美学特征是"求同"，他基于"现代立场"，把张爱玲与施蛰存、邵洵美和叶灵凤等一道收编到"上海摩登"进行讨论也是"求同"，而最终《上海摩登》关注作家的现代主义倾向和"一种新都市文化"是一种选择性匹配的"求同"，至于全书最后一章所描写的上海和香港的"双城记"，也是"求同"。预设主题的"求同"，凸显出20世纪30年代的上海都市文化之"一种"的同时，也制造了"一种"对"另一种"和"另几种"的"选择性的忽略"。当我们用"一种"和"另一种""另几种"来描述上海现代性和新都市文化时，应该意识到它们之间的张力和对话的可能性，这种张力和对话是基于上海现代性的丰富性和混杂性。因此，我们重审《上海摩登》并不是罗列"另一种"和"另几种"去替代李欧梵的"一种"，而是希望探索这种张力和对话的可能性。

首先应该承认，《上海摩登》有其自觉的学术立场和问题意

① 参见张真：《银幕艳史——都市文化与上海电影1896—1937》，沙丹等译，上海书店出版社2019年，第91页。

识，这就是："是什么使得上海现代的？是什么赋予了她中西文化所共享的现代质素？"① 叙述上海如何现代，显然回避不了"租界"，回避不了上海的近现代"殖民史"。

李欧梵意识到租界建筑和帝国主义殖民扩张的关联性："那些标志着西方霸权的建筑有：银行和办公大楼、饭店、教堂、俱乐部、电影院、咖啡馆、餐馆、豪华公寓及跑马场，它们不仅在地理上是一种标记，而且也是西方物质文明的具体象征，象征着几乎一个世纪的中西接触所留下的印记和变化。"② 但李欧梵没有进一步细究殖民扩张的政治和上海都市空间生产的关系。他逐一打量外滩的建筑，辨别其在"建筑的审美史"上的位置，却跳过了这些建筑是如何矗立在上海的、其背后有着怎样的政治斡旋和权力关系等问题。在李欧梵看来："外滩的绝大多数英属大厦都是依 19 世纪后期开始在英国流行的'新古典风格'建造或重建的，这种'新古典风格'在英国代替了早期的维多利亚奇特风格和'自由风格'。英国在其殖民地印度和南非的首都也是以这种风格建设的。作为英国自身市政厅的主导风格，'新古典主义'有意识地与罗马帝国和古希腊联系起来。"③ "但到 30 年代，上海公共租界的建筑风格已经开始争奇斗艳：英式的新古典主义建筑虽然还主导着外滩的天空线，但代表着美国工业实力的更具现

---

① 【美】李欧梵：《中国现代小说的先驱》，【美】李欧梵：《现代性的追求》，生活·读书·新知三联书店 2000 年，第 5 页。
② 【美】李欧梵：《中国现代小说的先驱》，【美】李欧梵：《现代性的追求》，生活·读书·新知三联书店 2000 年，第 6 页。
③ 【美】李欧梵：《中国现代小说的先驱》，【美】李欧梵：《现代性的追求》，生活·读书·新知三联书店 2000 年，第 11 页。

代风格的大楼已开始出现了。"①"到 20 年代晚期，外滩已出现了三十多幢比殖民大厦更高的多层大楼——美国现代建筑材料和技术的产物。它们主要是银行大楼、饭店、公寓和百货公司……"②李欧梵描述的上海以外滩为中心的建筑，关联的都是英国、古希腊、罗马、美国等处的不同时空。问题在于，能不能完全不去叙述这些建筑跨越时空的旅行故事、殖民扩张中的暴力和不平等，等等，而只在欧美"建筑的审美史"意义上讨论这些跨文化地"旅行"到上海的建筑审美？事实上，这些建筑因何来到上海？它们在上海如何建构了新上海城市地景？谁在建筑它们？这些都值得讨论。李欧梵关心和提取的只是在西方语境中与这些建筑审美风格相关的内容，也和他预设的主题词"现代性"相关的部分："装饰艺术和摩天大楼的结合导致了一个古怪的美学风潮，这与城市的现代性相关"，因为它们所包含的精神是"又新又不同的，激动人心又背离正统，以'享受生活'为特色，表现在色彩、高度、装饰或三者合一上"；"当这种被粉饰的颓废风格在美国城市成为'爵士乐时代'和'咆哮的二十年代'的典型象征时，就像菲茨杰拉德（F. Scott Fitzgerald）在他的小说中所描绘的，它在中国读者和电影观众那儿却依然保持着幻象，这是一个梦幻世界，交织着向往和压抑。中文里的'摩天大楼'字面意思就是通向天空的神奇大楼。"③《上海摩登》，在其论述已经涉

① 【美】李欧梵：《中国现代小说的先驱》，【美】李欧梵：《现代性的追求》，生活·读书·新知三联书店 2000 年，第 11 页。
② 【美】李欧梵：《中国现代小说的先驱》，【美】李欧梵：《现代性的追求》，生活·读书·新知三联书店 2000 年，第 11 页。
③ 【美】李欧梵：《上海摩登——一种新都市文化在中国 1930—1945》，毛尖译，北京大学出版社 2001 年，第 14—15 页。

及英帝国主义和美国资本主义权力的"斡旋方式"时，提出："当它被引入上海的西洋文化时，装饰艺术的铺张装饰主义在某种程度上，成了英帝国势力和美资本主义之间的一种新的斡旋方式，因为它一方面提示着过去（罗马），另一方面又象征着美式的时代新精神。所以这种建筑风格不再一味强调殖民势力，它更意味着金钱和财富。"① 但，处身于帝国主义和资本主义斡旋现场的上海，在李欧梵看来只是成了旁观者和被诱惑者："装饰艺术还传播了一种新的城市生活方式：在中国人眼中，住在那些金光闪闪世界里的男男女女，他们穿着时髦的衣服，用着梦幻似的家具，本身就代表着某种'异域'诱惑。"② 以此，体现在上海近代殖民建筑中的现代性符号被刻意强调，而"殖民性"则被淡化。

我们还可以深入辨析政治、经济和上海都市文化之间的生成过程和关系。事实上，近代上海的城市空间客观上存在租界和华界的不同，就像法国学者白吉尔指出的："是否该思考和研究西方列强在亚洲建立的殖民城市中首批欧洲人定居的历史情况呢？从德里到西贡，人们都可以看到这类具有双重形态的城市，那里的当地人和欧洲人的居住地并存着。"③ "双重形态的城市"的"双重"在上海指华界和租界不同的政治空间，也指与之相关的不同城市营建，包括经济、文化活动以及衍生的日常生活方式等

---

① 【美】李欧梵：《上海摩登——一种新都市文化在中国 1930—1945》，毛尖译，北京大学出版社 2001 年，第 14—15 页。
② 【美】李欧梵：《中国现代小说的先驱》，【美】李欧梵：《现代性的追求》，生活·读书·新知三联书店 2000 年，第 15 页。
③ 【法】白吉尔著：《上海史：走向现代化之路》，王菊、赵念国译，上海社会科学院出版社 2005 年，第 11 页。

等。"双重形态的城市"的现代性是差异的、混杂的现代性。李欧梵在《上海摩登》中以上海租界的现代性之"偏",来"概"上海差异的、混杂的现代性之"全",而讨论租界现代性又淡化其"殖民性",使得他所论述的"上海摩登"和文学的现代主义倾向自然也是以偏概全的。相比较而言,史书美的《现代的诱惑》虽然不是专论上海都市文化和现代主义的,但其副标题"书写半殖民地中国的现代主义(1917—1937)"强调了中国现代主义"政治"的半殖民地性质。史书美认为:"选用'半殖民主义'一词来描述现代中国之文化和政治状况的做法,突出了中国殖民结构的多元、分层次、强烈、不完全和碎片化的特性。'半'并非'一半'的意思,而是标明了中国语境下殖民主义的破碎、非正式、间接和多元分层等等的特征。"[1] 史书美所说的中国殖民结构的多元、分层次、强烈、不完全和碎片化的特性,正符合上海现代性的混沌和暧昧。就此,史书美敏锐地发现两位新感觉派作家刘呐鸥和穆时英在与各种意识形态进行对话时表现出的易变性和暧昧性。这两个作家,也是李欧梵《上海摩登》所重点论及的。对李欧梵几乎全部的访谈进行检索后可以发现,很少有提问者关注上海城市空间中生产和政治、经济的关系。我们固然不能简单地说李欧梵的《上海摩登》有一种"去政治化"倾向,但可以说,李欧梵"重绘上海"时过于倚重了符合性的上海现代城市景观和颓废表象。这就不难理解为何《上海摩登》出版后会成为怀旧风"小资"群体的流行读物。就上海摩登的"去政治化"和

---

[1]【美】史书美:《现代的诱惑——书写半殖民地中国的现代主义(1917—1937)》,何恬译,江苏人民出版社2007年,第41页。

"去殖民化"而言，作品在特定受众中很容易引起共鸣。

显然，混杂的现代性还不只是体现在租界和华界之间，具体到租界和华界内部也存在着差异性和混杂性。罗岗将《上海摩登》和休斯克的《世纪末的维也纳》作对比，指出《上海摩登》少有论及的，"文化"和"政治"缠绕的 20 世纪 30 年代另一种新都市文化的兴起——叠加式的都市文化："1930 年代的生活不仅面临着新的都市文化的兴起，也需要面对 20 世纪 20 年代末期由于'大革命'失败而转化出来的新政治。因此，怎样把《上海摩登》描绘的图景进一步打开，将一种新的政治文化叠加到都市文化中，想必会产生相当惊人的效果。""新政治"不只是那些大的政治事件："'新政治'其实可以有更多的面相，譬如《上海摩登》特别重视'法租界'在上海文化中的作用，从曾朴父子的真善美书店，一直到震旦大学的法文系，包括施先生也一直在这个'法语圈'的脉络。但是法租界的这种文化状态和法租界的政治之间是否有某种关系呢？"① 这意味着李欧梵在《上海摩登》中所描述的现代主义和一种新都市文化之间的线性关系中，其实将上海都市文化简化了，也将上海现代主义文学和都市文化之间的关系简化了，其客观的结果是将 1930—1945 年的中国现代主义文学作为世界现代主义文学的扩张，而不是基于上海特殊的、混杂的现代性生成的"中国现代主义文学"来看待。

上海摩登的"政治"不只是历史现场，也是当代立场。就像前面提及的旷新年，他认为存在着"另一种上海摩登"。他以 30

_____

① 【美】李欧梵、罗岗、倪文尖：《重返"沪港双城记"》，《文艺争鸣》2016 年第 1 期。

年代左翼电影《三个摩登女性》为起点，试图说明 30 年代左翼文学与资产阶级文学对于"摩登"的不同理解和相互争夺。他批评李欧梵的《上海摩登》"用一幅资产阶级的地图遮蔽了无产阶级的地图，用资产阶级的消费娱乐遮蔽了无产阶级的劳动创造"①。细细辨析李欧梵的"一种"和旷新年的"另一种"，旷新年预设了政治立场的"另一种"建立在 1949 年之后"新上海"的革命逻辑上，某种程度上是对 1949 年之后上海叙事的"旧事重提"。应该看到，旷新年选择的革命逻辑在改革开放时期已经在主流意识形态主导下得到了修正。典型的例子是，20 世纪 90 年代以后淡化殖民记忆和革命记忆的"上海怀旧"，契合的是主流意识形态通过上海往事的世界主义对接当下上海开放、融入世界的做法。改革开放时期，尤其是 1992 年以后，上海现代性的逻辑接近了李欧梵所谓的"世界主义"。旷新年的"另一种"应该是《上海摩登》曾经设想过的议题。这个议题远比旷新年理解的非此即彼的二元对立来得复杂。和关注作家的文学流派和政治立场不同，从 text（文本）出发，李欧梵对"上海"作家的选择，除了新感觉派，包括钱钟书的《围城》、茅盾的《子夜》和《虹》，李欧梵都"兴趣很大"，在和陈建华的对谈中，李欧梵曾经说过："有一些人，现在大家不大研究的，而我自己是有兴趣的。他们是左翼，又不是左翼的，像叶灵凤、田汉、潘汉年。左翼的这些人编过一些杂志，如《幻洲》和《十字街头》，他们徘徊在都市文化的颓废和左翼的先锋派艺术之间。当然还有一些意识形态、政治倾向极不明显，可是有颓废的倾向，像邵洵美、滕

---

① 旷新年：《另一种"上海摩登"》，《中国现代文学研究丛刊》2004 年第 1 期。

刚、滕固这些人，就是唯美派。"① 但如我们前面所论述的，仅
text（文本）的扩容是不够的，关键是回到"上海摩登"的现场
思考 text（文本）生产中的复杂权力缠绕和斡旋。

都市空间生产不仅包括外滩建筑、百货大楼、咖啡馆、舞
厅、公园和跑马场等的建设，也包括《上海摩登》讨论的印刷文
化和电影等的想象性建构。李欧梵认为："从一开始，中国的现
代性就是被展望和制造为一种文化的'启蒙'事业。"② 描述这
种文化启蒙事业时，李欧梵选择的样本是商务印书馆和良友图书
印刷公司两家商业出版机构。前者重点在于"中层刊物"《东方
杂志》和教科书；后者则集中在《良友》画报。现代中国刊物不
乏知识分子圈子的同人刊物，但更多的则是类似《东方杂志》和
《良友》画报这种，由商业出版机构出资，邀请知识分子主办，
共同"创制'文化产品'"。③ 在李欧梵看来，这些创制的"文化
产品""试着界定一个新的读者群"，并向新的读者群"描画中国
新景观的大致轮廓"。这种"景观"是"一种想象性的、常基于
视像的、对一个中国'新世界'的呼唤"④。正是因为中国的现
代性"和一种新的时间和历史的直线演进意识紧密相关"，⑤ "假

---

① 【美】李欧梵：《徘徊在现代和后现代之间》，上海三联书店 2000 年，第 126
页。
② 【美】李欧梵：《上海摩登——一种新都市文化在中国 1930—1945》，毛尖译，
北京大学出版社 2001 年，第 57 页。
③ 【美】李欧梵：《上海摩登——一种新都市文化在中国 1930—1945》，毛尖译，
北京大学出版社 2001 年，第 55 页。
④ 【美】李欧梵：《上海摩登——一种新都市文化在中国 1930—1945》，毛尖译，
北京大学出版社 2001 年，第 55 页。
⑤ 【美】李欧梵：《上海摩登——一种新都市文化在中国 1930—1945》，毛尖译，
北京大学出版社 2001 年，第 53 页。

定了'西方文明'标志着不断进步",① 中国现代的文化启蒙事业获得了其合法性和必要性。商务印书馆的杂志、教科书和文库等编辑和传播新知给"新民",这新知所传递的观念所建构的世界在西方是已经兑现了的现实,在中国则是对未来新世界的想象。在这里,李欧梵区分了两种新知的编辑和传播方式,一种是集中在现代性概念,类似商务印书馆的杂志、教科书和文库等所做的,将"'人生必要的学识'灌输给出版市场所创造的读者群";② 另一种是以《良友》画报为代表的,包括广告、月份牌,甚至电影等等,以图片和视像方式聚焦于现代性表面。③ 而且,对参与新知的编辑和传播的知识分子,他也区分出精英知识分子和不那么精英的知识分子两类。

对于精英知识分子,李欧梵举的例子是梁启超、陈独秀和鲁迅,而不那么精英的知识分子,李欧梵没有具体列出名单,只是笼统地说"他们更感兴趣的是传播"。④ 我们认为,讨论"新知"的编辑和传播,关键不仅在于区分主办人的精英和不那么精英的身份,更在于具体的实践和操作的落实。叶文心的《上海繁华——都会经济伦理与近代中国》重点关注了两份杂志,一份是邹韬奋1926年接受中华职教社的邀请主编的《生活周刊》,另一份是李公朴主编的《读书生活》。这两本刊物的办刊旨趣也是

① 【美】李欧梵:《上海摩登——一种新都市文化在中国 1930—1945》,毛尖译,北京大学出版社 2001 年,第 54 页。
② 【美】李欧梵:《上海摩登——一种新都市文化在中国 1930—1945》,毛尖译,北京大学出版社 2001 年,第 65 页。
③ 【美】李欧梵:《上海摩登——一种新都市文化在中国 1930—1945》,毛尖译,北京大学出版社 2001 年,第 72 页。
④ 【美】李欧梵:《上海摩登——一种新都市文化在中国 1930—1945》,毛尖译,北京大学出版社 2001 年,第 70 页。

"新民"。《生活周刊》的任务是："解释这样的环境，为对新体制的不公而心怀不满的人提供希望和指导。对于那些似乎认为个人坏习惯和小消遣无伤大雅的人来说，《生活周刊》试图动摇他们的想法，改变自我满足的现状，转而接受新经济的逻辑。"① 而《读书生活》，"不仅是刊登知识分子的文章，也给店员、工厂管理者、办公室人员、小学老师和当铺学徒等留有空间，讲述他们苦难和悲惨的故事。后面这个群体以作者而不是读者的身份出现于杂志，将他们生活中的担忧和沮丧公之于众，期望得到大家的理解而不是羞辱。"② 和李欧梵所说的"灌输"不同，《读书生活》《生活周刊》提供的是打破编辑/读者（知识分子/大众）之间的阶层壁垒，让读者或者大众主动参与现代性想象和建构的途径。其实，左翼的文学刊物也是如此，"与五四运动时的学生杂志不同，1930 年代的左翼刊物可以说是进步的，它将受教育不多以及没有受什么教育的人都纳入到文学表述中。"③ 李欧梵关注到现代印刷文化和现代性建构的整体性关系，但对于现代中国不同时期以及不同刊物类型在编辑和传播新知方面的差异性尚需更细致的辨析。同时，即便他对知识分子作了精英和不那么精英的区分，但在论述过程中，他更多地注意到的是从上层到中下层的编辑和传播路线，忽视了中下层（既是读者也可能是作者）的接受、回应以及参与建构。事实上，研究读者参与，中下层刊物

① 叶文心：《上海繁华——都会经济伦理与近代中国》，时报文化出版 2010 年，第 151 页。
② 叶文心：《上海繁华——都会经济伦理与近代中国》，时报文化出版 2010 年，第 196 页。
③ 叶文心：《上海繁华——都会经济伦理与近代中国》，时报文化出版 2010 年，第 196 页。

中其他的类型也值得关注。"百货公司同样参与消费生活知识化的建构过程。各公司在设立屋顶游戏场之初均发行游戏场报，除了提供节目单以为游览指南，也刊登文艺作品以利读者消闲。早期的游戏场报聘请沪上知名文人担任编辑，颇能吸引读者注意，但因每日出刊，来稿质量参差不齐，再加上 20 世纪 20 年代中后期上海出现'小报潮'，形成文艺市场的激烈竞争。"① 连玲玲讨论的《永安月刊》这类"公司志"式期刊，"帮助我们理解知识镶嵌于消费文化等形式，并提醒我们，知识并非一般所认为的客观中立，其背后往往隐含商业利益，不论这是出于作者有意识的联结，还是编辑为了公司利益而技巧性挪用。"② 创刊于 1939 年的《永安月刊》，原本只是"几位文友闲聊之间催生的产物"，却在"出版事业最艰难的时期维持了十年之久"，促使"消费作为一种沟通语言，创造新的社会阶层"。③ 连玲玲注意到"知识镶嵌于消费文化等形式"。因此，"启蒙事业"对出版机构而言，是一种消费文化，也是一种商业利益。"启蒙事业"不仅是描画中国"新世界"，也在"界定一个新的读者群"的同时，"创造新的社会阶层"。通俗地说，印刷文化的现代性建构，既是对新世界的描画，也是对新人和新社会阶层的培育。

李欧梵认为："到《良友》画报创办之时，知识上的任务已由商务完成。"不知道李欧梵基于怎样的出版形势作出这样的判

---

① 连玲玲：《打造消费天堂——百货公司与近代上海城市文化》，社会科学文献出版社 2018 年，第 283 页。
② 连玲玲：《打造消费天堂——百货公司与近代上海城市文化》，社会科学文献出版社 2018 年，第 285 页。
③ 连玲玲：《打造消费天堂——百货公司与近代上海城市文化》，社会科学文献出版社 2018 年，第 286 页。

断。《生活周刊》和《良友》画报是同一年创刊，而《东方杂志》则一直延续到1948年。李欧梵为了突出《良友》画报的"敏感到大众在日常生活层面可能需求一种新的都会生活方式，于是对此做了探索"，[①]而将"商务"和"良友"的办刊趣旨和愿景分了先后。事实上，《生活周刊》"接受新的经济逻辑"和《永安月刊》的"知识"，与李欧梵强调的《良友》画报"'摩登'生活的都市口味"，并无矛盾，它们都是上海消费文化的一部分。而且，一定意义上，李欧梵所指认的"新的都会生活方式"正是体现了新的经济逻辑、掌握了消费文化知识的"新的社会阶层"的生活方式。

李欧梵从"良友"系如《良友》《银星》《近代妇女》《艺术界》《体育世界》等杂志的标题得出结论——"良友公司的主要商业方向：艺术和娱乐"。[②]他举《良友》画报封面作为佐证，认为："在每期封面上，都是一幅温雅的现代女性肖像，下面署有她的芳名，这也许是晚清名妓小报所建立的传统的一种延续"。[③]这种延续到了《良友》画报发生了变化，名妓被置换成了"相对有名的'新型'照"，"年轻、富有、魅人的女性（被塑造成）是读者的'良友'"。[④]在这里，李欧梵并没有可靠的证据论证他所说的"传统的一种延续"，所以，他用了不确定的"也

① 【美】李欧梵：《上海摩登——一种新都市文化在中国1930—1945》，毛尖译，北京大学出版社2001年，第77页。
② 【美】李欧梵：《上海摩登——一种新都市文化在中国1930—1945》，毛尖译，北京大学出版社2001年，第73页。
③ 【美】李欧梵：《上海摩登——一种新都市文化在中国1930—1945》，毛尖译，北京大学出版社2001年，第73页。
④ 【美】李欧梵：《上海摩登——一种新都市文化在中国1930—1945》，毛尖译，北京大学出版社2001年，第74页。

许"这个词使他的结论赢得回旋的余地。仔细看李欧梵的论述,存在大量类似的预设主题的想象和拟断。事实上,将《良友》画报封面和晚清名妓小报传统勾连确实存在问题。"《良友》画刊是一本男女老幼皆可阅读的刊物,是一本内容健康,能摆在家庭里面而面无愧色的刊物"。① 这意味着它很难说"是晚清名妓小报所建立的传统的一种延续",就像有研究指出的:"她们都是有真实身份的现代女性,不是她们的'梦幻性'(这里暗示的是性诱惑),而是她们所具有的独立身份的公共性才是《良友》展示的要点。她们是自信的,和现代生活的器物与社会环境相联系。《良友》通过这些新女性的典范重新定义了女性的现代价值。""她们是现代和正派的新女性,是影星——中国第一代职业妇女,是女学生,是女运动员,是社会名流,是中国女性的楷模。"② 有意思的是,李欧梵一方面强调《良友》画报"'摩登'生活的都市口味",并以此为研究起点和逻辑论述电影、翻译和文学等之"上海摩登"的症候;另一方面却认为"时尚意识只在有关女性时髦的照片和图片中起很小的作用"③。不仅如此,李欧梵相信"它描画出了一系列的家居和公共空间里生活、活动:从卧室到舞厅,从客厅到电影院到百货公司"。④ 李欧梵将新女性的家居和公共空间作了区隔,但事实并非如此,就像连玲玲的研究揭

① 马国亮:《良友忆旧——一家画报与一个时代》,生活·读书·新知三联书店2002年,第119页。
② 吕新雨:《国事家事天下事》,《读书》2007年第8期。
③【美】李欧梵:《上海摩登——一种新都市文化在中国1930—1945》,毛尖译,北京大学出版社2001年,第79页。
④【美】李欧梵:《上海摩登——一种新都市文化在中国1930—1945》,毛尖译,北京大学出版社2001年,第80页。

示的："百货公司不仅是女性的消费空间，也是女性的职业空间。"① "百货公司所提供的不只是消费文化的内容。作为人与物的集散场域，它也是观察社会关系的视境及权力再现的空间。"② 李欧梵强调"构建的过程而非接受的过程"，认为："早期的共和国，主要是在上海的都会文化里，还继续着现代性想象。"③ 如果不因为《良友》画报的"画报"属性只专注于"画"的表面，而是深入"画"之照片的故事，我们会发现，在李欧梵看来的《良友》画报的"现代梦幻"④ 和现代性想象，恰恰是20世纪三四十年代新女性的现实图景。从这个意义上说，所谓印刷文化和电影等的现代性想象，在20世纪三四十年代其实也是现代性的实践。《良友》画报、《东方杂志》《生活周刊》《读书生活》《永安月刊》等中下层刊物，包括在《上海摩登》的论述中没有出场的上层刊物，共同叙述并建构着中国现代性的想象和现实。

中国现代性是一个复杂的场域，国族、政治、阶层、性别等等都可能成为文学书写和研究的前文本和潜文本。这种复杂性往往具体而微地体现在城市空间和日常生活中。李欧梵描述的上海消费空间建立在中/西对照的框架里，"虽然西式饭店和中国人的生活很有距离，电影院、咖啡馆和舞厅却完全是另一回事。某种程度上，它们向中国居民提供了除传统之外的休闲和娱乐方式，

---

① 连玲玲：《打造消费天堂——百货公司与近代上海城市文化》，社会科学文献出版社 2018 年，第 30 页。
② 连玲玲：《打造消费天堂——百货公司与近代上海城市文化》，社会科学文献出版社 2018 年，第 33 页。
③【美】李欧梵：《上海摩登——一种新都市文化在中国 1930—1945》，毛尖译，北京大学出版社 2001 年，第 95 页。
④【美】李欧梵：《上海摩登——一种新都市文化在中国 1930—1945》，毛尖译，北京大学出版社 2001 年，第 90 页。

虽然老城区的地方戏院、饭馆和茶馆，以及妓院继续保留其传统并在中国人中发挥影响。"① 在他的描述里，空间即文化，即阶层，即不同人的生活方式。"作为一个在欧洲，尤其是法国，充满政治和文化意味的公共空间，咖啡馆在 30 年代的上海被证明为同样流行。像电影院一样，它成了最受欢迎的一个休闲场所——当然，它是西式的，一个男男女女体验现代生活方式的必要空间，特别是对作家和艺术家来说。很显然，这种习惯和风格最初来自上海的法租界。当英国统治的公共租界造着摩天大楼、豪华公寓和百货公司的时候，法租界的风光却完全不同。"② "有意味的是，当公共租界忙于展示高度的商业文明时，法租界却在回顾文化的芬芳，高等的或低等的，但永远是法国情调，比英美更有异域风味。"③ "另一个公共场所，也许比咖啡馆的文化声望要低一点的是歌舞厅/卡巴莱和舞厅：前者指装饰华美、经常有卡巴莱表演的场所，那主要是外国人光顾的地方。"④ "继续保留其传统并在中国人中发挥影响"的那些城市空间在李欧梵的叙述中隐而不彰，即便它们不能被纳入李欧梵预设的"上海摩登"中，但"上海摩登"的复杂性正是源自这些不同的城市空间的并峙和对话。在《上海摩登》的第八章"张爱玲：沦陷都会的传奇"中，李欧梵已经观察到张爱玲的小说和现实生活中"对摩登生活

①【美】李欧梵：《上海摩登——一种新都市文化在中国 1930—1945》，毛尖译，北京大学出版社 2001 年，第 23 页。
②【美】李欧梵：《上海摩登——一种新都市文化在中国 1930—1945》，毛尖译，北京大学出版社 2001 年，第 23 页。
③【美】李欧梵：《上海摩登——一种新都市文化在中国 1930—1945》，毛尖译，北京大学出版社 2001 年，第 24 页。
④【美】李欧梵：《上海摩登——一种新都市文化在中国 1930—1945》，毛尖译，北京大学出版社 2001 年，第 28 页。

的恋慕"——日常生活世界喜好取向，"充塞了旧家具的老房子"；注意到张爱玲小说中的"钟、镜子、屏风、窗帘、旧相册、干花"等"经历了特殊痛彻时刻的物件"以及张爱玲对中国通俗小说的"难言的爱好"，因而得出张爱玲的都会上海新旧并置，小说技术上也存在"参差的对照"的发现。李欧梵认为："这种意义还可以超越私人领域扩至作为整体的都会生活"①；"这大量的新旧并置的物件展示了张爱玲和现代性的一种深层暧昧关系，它亦是张爱玲小说的醒目标记"②。因此，"新旧并置"事实上应该是上海现代性的暧昧之处，也是上海现代性的丰富之处。

不仅如此，当把法租界、电影院和咖啡馆等作为他论述的施蛰存、穆时英等作家的日常生活空间时，李欧梵把"亭子间"想象成一群艺术的波希米亚人的象牙塔。相比较而言，卢汉超对亭子间的观察要开阔得多。在他的研究中，没有家室之累的上海单身文艺青年们，快乐的聚会夜谈常常要到下半夜才散去。"如果晚上天气好的话，他们先到马路上和附近的弄堂里散会儿步，然后回到亭子间接着谈，然后钱够用，他们就买些酒，叫几样小菜，给亭子间的夜谈锦上添花。"③卢汉超认为，"这样的一种生活方式"造就了一些民国时期杰出的"文学青年"。他们和他们的前辈们共同构成了 20 世纪中国最为著名的作家群，其中包括鲁迅、茅盾、巴金、郁达夫、梁实秋、邹韬奋等。鲁迅和另外一

①【美】李欧梵：《上海摩登——一种新都市文化在中国 1930—1945》，毛尖译，北京大学出版社 2001 年，第 288—291 页。
②【美】李欧梵：《上海摩登——一种新都市文化在中国 1930—1945》，毛尖译，北京大学出版社 2001 年，第 291 页。
③斯英：《亭子间的生活》，转引自【美】卢汉超：《霓虹灯外：20 世纪日常生活中的上海》，山西人民出版社 2018 年，第 165 页。

些 20 世纪的著名作家尽管都曾经住过亭子间,并在那里写下了传世之作,但他们毕竟是知名人物,不能代表广大的亭子间住户。"说起上海的亭子间和文学之间的联系。人们最常提到的是民国时期上海的普通文人,通常叫'亭子间作家'或者'亭子间文人'。这类作者的特点是:敏感、自负,看不起周围的一切但又无法超然世外,一直很努力但是从来没有成功过——就像巴尔扎克笔下潦倒落魄,只能住在阁楼里的作家和艺术家一样。"①卢汉超揭示了亭子间这个特殊的城市空间,溢出了李欧梵"重绘上海"的城市地理边界,其居住者和上海摩登之间构成怎样的关系?再看李欧梵谈到的咖啡馆。咖啡馆在当时也算得上一个热闹的场景,它不仅是地下党接头的场所,也是热血青年密谋的地方。研究李欧梵对城市空间和人的关系分析,不仅可以帮助我们检讨《上海摩登》之得失,亦可以供我们获得一个视角来观察咖啡馆这样的城市空间。在中国现代性叙述中咖啡馆被描述成"摩登"的,这种摩登不仅仅是现代性时间上的"西式的",而且附加了情调、高雅等价值判断的内容,这些内容使得咖啡馆成为李欧梵叙述的 20 世纪三四十年代的"上海摩登",并且落实到日常生活实践,进入到文学叙事,咖啡馆和人的关系慢慢被标签化和奇观化。

《上海摩登》聚焦于"重绘上海"的城市地图,很少在不同的城市空间之间跨界和越境叙述上海摩登的故事。这个过程中,对文学而言,最不应忽略的是弄堂。李欧梵后来自己也意识到,

①【美】卢汉超:《霓虹灯外:20 世纪日常生活中的上海》,山西人民出版社 2018年,第 165—166 页。

"弄堂的研究在《上海摩登》里面被完全忽略了，这是这本书的一个缺陷。"《上海摩登》其实也写到了"弄堂"。在讨论张爱玲的部分，李欧梵指出："这种都市趣味也揭示了张爱玲在日常生活世界里的喜好取向。这个世界的公开和私人空间都很小——通衢大道边上的里弄和小道，阴暗的阁楼和阳台，充塞了旧家具的老房子，在拥挤的楼房和厨房用的走廊。一旦我们跨入这些狭小的空间，我们随即没入了上海小市民的拥挤世界。"① 事实上，问题不在于李欧梵是否发现了上海的"弄堂"，而是在李欧梵看来，现代性有强与弱之分。"大部分的中国上海人大都居在里弄，不是什么时尚华宅。里弄的世界支撑着他们的都市文化。这和欧洲的都市文化强烈的现代性压迫感不同，因而里弄的世界不是一个现代性的世界。"李欧梵对"强烈的现代性"不一定是完全认同的，他也提出疑问："把时间压缩到表面上没有意义的现代，真的就是都市生活吗？""我们现在无法用革命的话语或者社会改革的话语甚至一种资本主义的话语来面对这个问题。"② 现在的问题又来了，如果不认同"强烈的现代性"，如何解释李欧梵《上海摩登》"重绘上海"几乎都集中在租界的"强烈的现代性"中的做法？我们只能认为，李欧梵意识到上海现代性的复杂和丰富，却依然选择简化的"上海摩登"来描述上海现代性。

事实上，不考虑现代性的强弱之分，弄堂石库门住宅本身就是现代性的结果。石库门弄堂植入了联排式西洋建筑的构架，与传统的中国民居完全不同，"它是一个建筑群体，一幢幢住宅按

---

① 【美】李欧梵：《上海摩登——一种新都市文化在中国 1930—1945》，毛尖译，北京大学出版社 2001 年，第 286 页。
② 【美】李欧梵：《重绘上海的心理地图》，《开放时代》2002 年第 5 期。

照统一的样式毗连在一起。""最初在这些石库门弄堂里，紧密排在一起的单幢住宅，多是'三上三下'，也有'五上五下'。"①卢汉超的《霓虹灯外》对上海弄堂的研究表明，弄堂在上海的都市空间不仅仅承担着居住的功能，"它向旅馆、妓院、鸦片馆、戏院等等延伸"，甚至不仅仅是具备商居交融的功能，"大量的学校、书店、出版机构等也栖身于弄堂。"② 在近代上海，"小市民"这个概念与石库门住房有着密切的关系。在这座城市里，"石库门里的小市民"是一种经常的提法。③ 卢汉超在《霓虹灯外》的第四章"小市民之家"中还具体讨论了背景各异来自各行各业的各色人等"石库门大杂烩"式的生活方式，更以一名教师所写的"阁楼十景"呈现这一幅市井画卷。④ 叶文心也持类似的观点，认为："小市民是上海石库门的住户，构成了城市形象的受众及现代化产品的消费者。"⑤ 而如果李欧梵《上海摩登》中像连玲玲所说："尝试在国族主义的宏大叙事之外，从都市空间与消费文化的角度重新定义'现代性'"，"在左翼作家之外，'发现'一批风格全然不同的创作者。迥异于前者凸显都市社会的阶级矛盾，后者更专注于'都市风景线'的描绘，包括视觉、听觉、嗅觉、触觉等感官刺激，以及商品化的生活美学。特别值得

① 马长林：《老上海城记·弄堂里的大历史》，上海锦绣文章出版社 2010 年，第 2 页。
②【美】卢汉超：《霓虹灯外：20 世纪日常生活中的上海》，山西人民出版社 2018 年，第 166—176 页。
③【美】卢汉超：《霓虹灯外：20 世纪日常生活中的上海》，山西人民出版社 2018 年，第 61—62 页。
④【美】卢汉超：《霓虹灯外：20 世纪日常生活中的上海》，山西人民出版社 2018 年，第 162—163 页。
⑤ 叶文心：《上海繁华——都会经济伦理与近代中国》，时报文化出版 2010 年，第 151 页。

一提的是，这批所谓'新感觉派'的作家，多半把故事场景设在西化的上海——舞厅、电影院、跑马场、咖啡厅、百货公司等"①，那么值得深思的是：其一，在李欧梵撰写《上海摩登》的时代，左翼文学是不是还像有的海外研究者想象的那样一枝独大？事实上，经过20世纪80年代末"重写文学史"的洗礼以及上海的再发现，中国现代文学史已经是一部左中右对话的文学史。其二，"国族主义的宏大叙事"和"都市空间与消费文化的角度"本来都是整个上海现代性的一部分，"在国族主义的宏大叙事之外"能够真正叙述上海现代性吗？这就有点像我们前面所论述的，不揭示出外滩建筑和帝国主义殖民扩张之间的关系便无法理解这些建筑一样。退一步讲，都市空间与消费文化定义的"现代性"，怎么能不抵达大量居住在弄堂的"城市形象的受众及现代化产品的消费者"？李欧梵"主题先行"地将中国现代性赋予租界，集中观察商业、金融、消费和娱乐等城市空间的"上海摩登"，"在国族主义的宏大叙事之外"建立的上海摩登图景是一个选择性的片面的"上海摩登"。

李欧梵从卡林内斯库的《现代性的五副面孔》和本雅明的《发达资本主义时代的抒情诗人》得到启示，去辨识施蛰存小说的色、幻、魔，刘呐鸥和穆时英小说的脸、身体和城市，邵洵美和叶灵凤小说的颓废和浮夸以及张爱玲小说的都会传奇。其实这些是文学所提供的20世纪三四十年代上海现代性的几副面孔。被称为"东方巴黎"的20世纪30年代的上海，作为世界资本主

---

① 连玲玲：《打造消费天堂——百货公司与近代上海城市文化》，社会科学文献出版社2018年，第23页。

义地理版图的一部分，不只是城市营建和空间生产，不只是工商业和城市消费，其文化和文学也是同处在一个共振带上的。因此，20 世纪 30 年代的上海作为实验性现代主义涌现的城市不是偶然的。有研究认为欧洲现代主义的繁荣期是 19 世纪末到 20 世纪 30 年代，现代主义在全世界各地不是共时性发生的，随着时间的推移，现代主义在世界城市之间流动和游走，比如从巴黎到纽约，"某种程度上说，在第二次世界大战之后，只有纽约才能继承巴黎的地位"。[1] 现代主义从巴黎流向纽约，不过在它流向纽约之前，上海先于纽约接续上了巴黎的现代主义流风余韵。如果说现代主义是 20 世纪 30 年代上海的新兴文学，代表着一种"上海摩登"，亭子间左翼作家以及他们写作的新兴文学也是新兴的世界文学在世界流动的结果。张真认为："上海摩登——现代性的一次偶然的会聚，激发了一座'毫无准备'的城市及其众多社会阶层和都市身份的产生；而此后，他们又将自身的要求诉诸这个城市和它的世界主义。正是如洋泾浜现象和弄堂这种本土建筑所体现的，这种都市现代性表达了一种复杂的文化体验和历史进程。"[2] 张真观察上海都市文化和电影的关系时则强调了复数的混杂的现代性的复调的"会聚"和对话，而李欧梵可能更多地专注的是"流动的现代性"或者"现代性的延展"，认为从 20 世纪初期开始的中国的现代性"是一种知识性的理论附加于在其影响之下产生的对于民族国家的想象，然后变成都市文化和对于现

---

①【英】马尔科姆·布雷德伯里：《现代主义的名称和性质》，参见【英】马尔科姆·布雷德伯里、【英】詹姆斯·麦克法兰编：《现代主义》，胡家峦等译，上海外语教育出版社 1992 年，第 82—83 页。

②张真：《银幕艳史——都市文化与上海电影 1896—1937》，沙丹等译，上海书店出版社 2019 年，第 100 页。

代生活的想象"。显然，这里的"都市文化和对于现代生活的想象"就是《上海摩登》所说的"一种新都市文化"。在李欧梵看来，"这种现代性的建构并未完成"，"没有完成的原因在于革命与战乱"。但在李欧梵看来，革命被当作现代性的延展、中华民族国家建构的一种延展。① 现在的问题是，革命是不是可能完全中断了"都市文化和对于现代生活的想象"，同时又跳过"都市文化和对于现代生活的想象"而成为 20 世纪初"对于民族国家想象"的一种延展？抑或现代性进程本身就是新旧杂糅的，新裹挟着旧也改造着旧，"现代性的延展"同时也是"现代性的混杂"？我认为中国现代性既是"现代性的延展"，也是"现代性的混杂"，这种"现代性的混杂"一方面由于客观存在着的不同的政治和文化空间并置而出现，另一方面也是"现代性的延展"的新旧杂糅造成的。故而，《上海摩登》所谓的 1930—1945 年的"一种新都市文化"，当然也是如此；"现代性的延展"和"现代性的混杂"，是"一种"和"另一种""另几种"共同造就而成的。

---

① 参见【美】李欧梵《当代中国文化的现代性和后现代性》，《文学评论》1999年第 5 期。

第二章

新上海和改革开放时期的上海复兴

20 世纪 90 年代以来，对 1949 年前后转型中国的研究一直
是知识界的热点，但比较多的研究集中在中国知识分子的道路和
命运话题，比如陈徒手的《人有病 天知否》（人民文学出版社
2000 年）、《故国人民有所思》（生活·读书·新知三联书店 2013
年）、傅国涌的《1949 年，中国知识分子的私人笔记》（长江文
艺出版社 2005 年）、李洁非的《典型文坛》（湖北人民出版社
2008 年）、杨奎松的《忍不住的"关怀"——1949 年前后的书生
与政治》（广西师范大学出版社 2013 年）等，以及知识分子"最
后二十年"或者"后半生"之类的著作，代表性的如陆键东的
《陈寅恪的最后二十年》（生活·读书·新知三联书店 1996 年）、
张新颖的《沈从文的后半生》（广西师范大学出版社 2014 年）
等。当然，也有关注普通人和日常生活的，比如贺照田主编的
《作为人间事件的 1949 年》（金城出版社 2014 年）、杨奎松的
《"边缘人"纪事——几个"问题"小人物的悲剧故事》（广东人
民出版社 2010 年）等。对 1949 年之后的上海，不同的研究者基
于不同的立场和对材料的运用，即使都承认前后的变化，得出的
结论也有很大的差异。有研究者认为："在社会主义……上海的
公众空间一扫昔日的女性化、商业化以及洋化。"[①] 而另外的研
究者则认为："……上海不再是作为'国际大都市'与'国际'
联系在一起，而是作为中国最大的工业中心和'国内'联系在一
起。它由国际花花公子变成了中国的工人老大哥。"[②] 如何理解
以 1949 年为界的前和后两个上海？这涉及 1949 年前如何进入到

---

① 叶文心：《上海繁华——都会经济伦理与近代中国》，时报文化出版 2010 年，
　　第 290 页。
② 旷新年：《另一种"上海摩登"》，《中国现代文学研究丛刊》2004 年第 1 期。

1949 年后，也涉及 1949 年后对 1949 年前的改造、转换和安置。"如果说，1930 年代是上海摩登与繁华之鼎盛时期，那么，1949 年后，在社会主义国家制度与结构下，上海都市现代性及现代化是延续还是被阻断？"① 这不仅仅是人文社会科学各学科关心的问题，也给小说家预留了巨大的想象空间。

第一节　新上海是如何生产出来的
——以《上海解放十年》为中心

1959 年，是中华人民共和国成立十周年，也是上海解放十周年。"为了纪念这个伟大的节日，上海各报刊发起了上海解放十年征文，发动群众以散文、特写的形式，来记录上海十年各个时期，各个方面的斗争。"② 1960 年 4 月，征文选集《上海解放十年》正式出版，首印 4.5 万册。发动群众开展文艺创作是社会主义重要的文学生产方式。检索《上海解放十年》的作者，绝大多数确实是群众作者，但也包括巴金、靳以、柯蓝、黄宗英和茹志鹃等专业作家。如果不囿于传统意义上的所谓纯文学作品，像《上海解放十年》这种政治动员、群众参与的通讯特写集，为反思当代中国社会变迁和思想文化提供了许多可能，亦可作为文学研究的补充和参考。

通讯特写作为 20 世纪五六十年代一种典型的散文文体样式，曾经相当流行。强调《上海解放十年》的文学属性，是提醒我们

---

① 张济顺：《远去的都市——1950 年代的上海》（自序），社会科学文献出版社 2015 年，第 9 页。
②《上海解放十年·前言》，参见《上海解放十年》征文编辑委员会编《上海解放十年》，上海文艺出版社 1960 年，第Ⅲ、Ⅳ页。

注意其叙述事实的文学加工属性。也许参与加工的还不只是文学，时代政治亦左右着叙述。可以举一个例子。魏斐德的史学译著《红星照耀上海城》研究"新政府控制上海的体系"，以史家之笔写道：

> 1949年6月初，共产党刚接管政权时，"银牛"又出现了。投机商们操纵了银圆的兑换率（公众已经完全失去了对金圆券的信心），导致商品价格大涨，并因他们大肆宣扬共产党没有管理经济的经验而导致出现一场金融恐慌的可能。新政府指控这场"恶毒的货币膨胀"及与国民党颠覆分子勾结的金融资本家们对市场的操纵。但到了6月8日，1块银圆涨到了2000块人民币的价格。6月10日上午10点，李士英局长率领市公安局五组便衣人员和警备区战士包围了证券交易所大楼，逮捕了238个证券经纪人和投机商后，他们封闭了交易所。据报道，这一行动赢得了上海人民的广泛支持，并使银圆价格下降而稳定了货币市场。①

《上海解放十年》有一篇署名王敏的特写《证券大楼之战》，详细地记述了从6月9日晚上7点到6月11日凌晨4点半一天多的时间里"证券大楼之战"前后的金融形势、市民反应、社会动员、金融资本家密谋、新政府果断行动以及媒体宣传等各方面的情况。② 对比史学著作《红星照耀上海城》，《证券大楼之战》的作者显然动用了大量的文学性想象来抓取生动鲜活的细节，充

---

① 【美】魏斐德：《红星照耀上海城（1942—1952）》，骆禾译，湖南岳麓书社有限责任公司2021年，第123页。
② 王敏：《证券大楼之战》，《上海解放十年》，上海文艺出版社1960年，第57—77页。

分彰显了特写介入现实的文体活力。不仅如此，不同政治立场和阵营的敌我斗争也是推动叙事的力量。

往前追溯十年到 1949 年上海解放之际，那时是如何定义 1949 年解放之前的旧上海的？王安忆整理的《茹志鹃日记》收录了茹志鹃 1949 年的三则名为《进上海记》的日记。其中，1949 年 5 月 25 日的日记写道："上海，这个东方伟大的都城，记得我离开它的时候，它是一个可怖的城市"。①"东方伟大的都城"和"可怖的城市"中，后一种印象显然与茹志鹃的身世际遇有关。王安忆曾经透露，母亲茹志鹃废弃的草稿中有这样的记录："我那时从武康中学，得到了一张初中毕业的文凭，带着一身的疥疮，来到无家可归的上海。"② 20 世纪 90 年代初，王安忆将母亲茹志鹃的这段上海往事写进她的长篇小说《纪实和虚构》，这部自古代寻找母系家族之根的长篇小说发表于《收获》1993 年第 2 期。不只是茹志鹃，在同一时期的官方电文和社论中，也认可上海是"中国和亚洲最大的城市，中国最重要的工商业中心"。③ 在《祝上海解放》这篇著名的新华社社论中，上海则是一个多面形象。"上海是中国的最大的经济中心"。"上海的命运实际上是近代中国历史的缩影。在一方面，帝国主义的冒险家们曾经把上海看成是自己的乐园，在上海制造了种种盗劫、屠杀、侮辱和愚弄中国人民的罪恶。""在另一方面，上海又是近代中国的光明的摇篮。上海是中国工人阶级的大本营和中国共产党的诞

---

① 茹志鹃：《茹志鹃日记》（1947—1965），王安忆整理，大象出版社 2006 年，第 30 页。
② 茹志鹃：《茹志鹃日记》（1947—1965），王安忆整理，大象出版社 2006 年，第 32 页。
③《祝上海解放》，新华社北平 1949 年 5 月 29 日电，《解放日报》1949 年 5 月 31 日。

生地，在长时期间它是中国革命运动的指导中心。""上海是一个世界性的城市，所以上海的解放不但是中国人民的胜利，而且是国际和平民主阵营的世界性的胜利。"① 1949 年 4 月 26 日，茹志鹃的日记又记道："汽车整齐的行列渐进上海了，我坐在汽车上任它颠着，心里想，这是一个中国人民大翻身的标的，是中国革命的一个里程碑，而我也在这其中翻身了，也是人生中的一个段落，一个起头。"② 有过关于"可怖的城市"的旧上海"前史"的印象，并且将个人命运融入中国革命中，茹志鹃理解上海解放是中国人民，也是她自己的"翻身"。

王晓明、罗岗等曾经以《上海解放十年》为样本讨论社会主义城市上海的空间生产。③ 但是，征用这个样本讨论新上海城市空间生产，除了文本的文学属性，也应该考量这些动员群众创作的时文的背景元素。无论是叙述新旧上海之变，还是书写上海人的翻身和改造故事，都有着特定的政治视角和时代风尚在起作用。王安忆在评论茹志鹃 1958 年日记时认为："那时代是个神话的时代，是知识人的天真，也是时代气氛给烘托的。"④ 王安忆把茹志鹃的日记看作"中国式乌托邦梦寐的碎枝末节"。⑤ 她考

---

① 《祝上海解放》，新华社北平 1949 年 5 月 29 日电，《解放日报》1949 年 5 月 31 日。
② 茹志鹃：《茹志鹃日记》（1947—1965），王安忆整理，大象出版社 2006 年，第 31 页。
③ 参见王晓明《从建筑到广告——最近十年上海城市空间的变化》，《热风学术》（第一辑），广西师范大学出版社 2008 年；罗岗、李芸：《作为"社会主义城市"的"上海"与空间的生产》，《热风学术》（第四辑），上海人民出版社 2010 年。
④ 王安忆：《遭逢一九五八年》，《茹志鹃日记》（1947—1965），王安忆整理，大象出版社 2006 年，第 109 页。
⑤ 王安忆：《遭逢一九五八年》，《茹志鹃日记》（1947—1965），王安忆整理，大象出版社 2006 年，第 111 页。

证出，茹志鹃1958年有过一次"采访上海郊区彭浦公社，如何从高级社到人民公社"的经历。① 《茹志鹃日记》中没有对这次采访的记录。

茹志鹃有一文收入《上海解放十年》，是关于自行车运动员王天喜的人物特写。王天喜这个在旧上海药水弄长大的少年，曾经被叫作"地狱种子"。他在新中国翻了身，成为世界冠军。茹志鹃在这篇人物特写中写道，"可怕的生活，可怕的地狱啊！这地狱正是过去灯红酒绿的上海。"② 茹志鹃倒回去了16年来书写王天喜的"地狱上海"。倒回去16年，差不多正是茹志鹃初入上海，感受到上海是一座"可怖的城市"的时间。因此，茹志鹃写王天喜的旧上海往事时，显然代入了《茹志鹃日记》中收入的关于1949年之前"可怖的城市"的、她的个人上海感受。那么，王天喜在新上海的翻身故事是不是可以替代给茹志鹃呢？毕竟《茹志鹃日记》也将1949年进上海作为个人的翻身起点。再回到《上海解放十年》征文的1959年，按照王安忆所说："一九五八年，算起来，也是我父亲王啸平沦为'右派'的第二年，或者就是当年，是我母亲心情灰暗的时期。"王安忆揣测，"日记开篇，火车临时停车，上来一个受伤少年，亦有不祥的气氛。似乎隐藏着一种暗示，暗示轰轰烈烈的社会生活，是在低沉背景下，拉开了帷幕。"③ 《茹志鹃日记》缺少1959年部分。《茹志鹃日记》记

---

① 王安忆：《遭逢一九五八年》，《茹志鹃日记》（1947—1965），王安忆整理，大象出版社2006年，第109页。
② 茹志鹃：《运动场边》，《上海解放十年》，上海文艺出版社1960年，第474—482页。
③ 王安忆：《遭逢一九五八年》，《茹志鹃日记》（1947—1965），王安忆整理，大象出版社2006年，第108—109页。

录了 1958 年采访上海郊区彭浦公社，《上海解放十年》中也有靳以的《朝阳花开向太阳——在彭浦人民公社》一文。① 从后一篇 1958 年 9 月的时间来判断，那正是茹志鹃参加的那次采访。靳以的《朝阳花开向太阳》写人民公社的优越，也写江南乡下景色的清新可喜。这种清新可喜，类似茹志鹃在 20 世纪 60 年代初的梅陇和南汇日记中的印象。茹志鹃写《运动场边》时正是心情灰暗时期，但我们能看到的却是时代性的乐观，如王安忆所言："个人遭际被遮蔽在了大时代的背面"，② "这就是那个时代，群英会、献礼、先锋小队，创造发明，还有儿童乐园。纯真的信任和激情掩盖了生活里严酷的一面，就是饥馑，还有政治斗争。"③ 虽然王安忆评价所针对的是 1960 年的茹志鹃日记，但是这些日记的写作时间正是《上海解放十年》征稿和出版的同时期，它们共享着同一个时代的政治风气和写作风尚。

在总结 1949 到 1959 年上海工业、技术革命、文教和文学艺术等各方面的变化后，《上海解放十年》的前言写道："这些变化标志着一个光明灿烂的社会主义的新上海已经成长起来，百年来被帝国主义称为'冒险家的乐园'的上海，变成了真正的人民的乐园！"④ 相比较王安忆所说的"大时代的背面"，《上海解放十年》可以视作"大时代的正面"。它所提供的与其说是事实，不

① 靳以：《朝阳花开向太阳——在彭浦人民公社》，《上海解放十年》，上海文艺出版社 1960 年，第 306—314 页。
② 王安忆：《遭逢一九五八年》，《茹志鹃日记》（1947—1965），王安忆整理，大象出版社 2006 年，第 109 页。
③ 王安忆：《谷雨前后，点瓜种豆》，《茹志鹃日记》（1947—1965），王安忆整理，大象出版社 2006 年，第 160 页。
④《上海解放十年》征文编辑委员会编：《上海解放十年》，前言，上海文艺出版社 1960 年，第Ⅲ、Ⅳ页。

如说是特定政治气氛中的"集体叙述"。

从"冒险家的乐园"的上海，变成了"真正的人民的乐园"，上海的由旧而新之变，能不能再在开埠以后的上海现代性逻辑上来讨论？李欧梵认为存在着一种广义的"现代性的计划"。在他看来，中国现代性是"从 20 世初，到中国革命成功，甚至四个现代化，基本上所走的都是所谓'现代性的延展'的历史。其中必然有与西方完全不同的成分，但是在广义上还是一种现代性的计划"①。这意味着从"旧上海"进入"新上海"是上海开埠以后各个历史阶段发生的现代故事。包括李欧梵讨论的"上海摩登"时期，自然也包括 1949 年以后的新上海，都可以在"现代性的延展"逻辑上讨论。李欧梵强调"现代性的延展"，不同的历史阶段之旧上海进入新上海，其"现代性"所指显然不是同一个尺度，也有着不同的时代意义。我们需要思考的是，不同历史阶段如何延展？而且，延展是不是包含新与旧的断裂？小说家陈丹燕曾经观察过：

> 1952 年，全国开始反贪污、反腐化、反盗窃的"三反"运动，每个单位都清查自己单位的职工。新中国成立了，百乐门舞厅因为生意过于清淡而关门，因为舞客都不愿意去了，舞女也改行了。会乐思的妓女一批批地被送去改造，连林森中路上咖啡馆的老板都自觉不合乎社会简朴单纯的生活方式，准备将咖啡馆改为饮食店。②

《上海解放十年》记录了类似"将咖啡馆改为饮食店"的大

---

① 【美】李欧梵：《当代中国文化的现代性和后现代性》，《文学评论》1999 年第 5 期。
② 陈丹燕：《亡者遗事》，《收获》2000 年第 4 期。

量的城市空间的改写，像《"洋学堂"翻身记》《文化广场札记》《大世界的笑声》《充满音乐声的林荫路》等等。值得注意的是，选择城市地标时，《上海解放十年》对断裂的兴趣显然要远远超过延续，比如对20世纪90年代以后成为上海城市市民日常生活标识的弄堂几乎没有涉及。进一步研究可以发现，《上海解放十年》选择的地标都是新旧上海对比强烈的，可以赋予政治新意的地标，比如《充满音乐声的林荫路》的东平路曾经是达官显贵的私墅区："解放前我们也曾经走过这条东平路，那是一条很不可爱的路。没有音乐，没有什么行人，甚至没有什么声音；只有国民党的宪兵和伪警，影子似的悄悄出没，他们恐怖地把守着街头巷口，如临大敌，原因是这条路都是蒋介石和他亲信们的'官邸'。"而上海解放后的东平路，"这是一条多么恬静美丽的路！它充满了音乐声。""这条路上有一所属于儿童的音乐楼——上海音乐学院附属儿童音乐学校。"① 城市空间的改写中，更重要的是城市和人的关系的改写；农民和工人的女儿在上海音乐学院附属儿童音乐学校就读，成为新上海新空间里的新人。

《上海解放十年》最显明的主题和故事，是如何通过翻身和改造成为新上海塑造的新人，这有点像《大世界的笑声》写到的作为时代见证的哈哈镜所起的改变作用。这个哈哈镜也出现在与《大世界的笑声》同时代写作的周而复的《上海的早晨》以及40年之后王安忆的《富萍》中。在周而复的《上海的早晨》中，哈哈镜照见的是来上海采购药品、即将蜕化变质的革命干部。他在

---

① 林岚：《充满音乐声的林荫路》，《上海解放十年》，上海文艺出版社1960年，第449页。

哈哈镜里的形象是扭曲变形的；而王安忆的《富萍》中，对于上海的外来者和普通人，哈哈镜给予的只是单纯的快乐，而不是像在《大世界的笑声》里那样充当时代的见证，或者像在《上海的早晨》里那样充当人性的见证。不同时代的文本，在征用同一个空间时大异其趣。

但是，某种意义上，《上海解放十年》集中叙述的断裂、改写、翻身和改造主题和故事，也是一种"延展"。对照《上海解放十年》收录的征文，这个延展的现代性逻辑完全重绘了新上海城市地图。那么，我们所关心的问题是，1949年以后，20世纪三四十年代的"上海摩登"是不是消失了？如果没有消失，它以怎样的方式潜入了"新上海"？《上海解放十年》对此议题，不存也不论，而是专注于新上海之"新"。旧上海即便时刻在场，充任的也是新上海的对立面。但是，几十年之后，旧上海在新上海的转场和潜入却是王安忆《长恨歌》《富萍》《启蒙时代》《天香》，金宇澄《繁花》以及孙甘露八九十年代的中短篇小说和长篇小说《呼吸》《千里江山图》都在关心的文学主题。李欧梵认为："这个城市丧失了所有的往昔风流，包括活力和颓废"，[①] 而上海复兴则是在20世纪90年代浦东开发和上海怀旧的声浪中的"灰烬里重生"。但这些上海典范作家提供的文学事实却是，"往昔风流"不可能全部丧失，灰烬也犹有余温，"旧上海"的上海摩登经由各种方式和途径流散到和保留在"新上海"。

可以追问，开埠以前的传统上海如何过渡到开埠以后处于殖

---

① 【美】李欧梵：《上海摩登——一种新都市文化在中国1930—1945》，毛尖译，北京大学出版社2001年，第336页。

民路线图上的现代上海。《上海解放十年》征文的发起和出版，是在王安忆的"成长初始革命年"；而孙甘露的《千里江山图》写上海革命往事，以回溯的方式，提供了旧上海的革命版图。依据孙甘露《千里江山图》的线索，新上海正是革命的自然延展和结果。这也是《祝上海解放》所强调的上海的"另一方面"："上海又是近代中国的光明的摇篮。上海是中国工人阶级的大本营和中国共产党的诞生地，在长时期内它是中国革命运动的指导中心。"

"上海解放十年"征文发起的1959年，也是王安忆《长恨歌》写到王琦瑶和康明逊"围炉夜话"的年份。《长恨歌》里所写的孩子薇薇的出生时间是1961年，有可能是搞错了。根据小说描写的季节特征来看，王琦瑶和康明逊意识到怀孕可能是在1959年的冬天。怀孕的王琦瑶和程先生重逢之后，《长恨歌》明确写道，"一九六〇年的春天是个人人谈吃的春天。"[1] 同样是1959年，4月6日，杜波依斯博士与他的夫人游览了上海市区。在《攀登新的胜利高峰》一文里，杜波依斯是新上海的"目击者"和"见证人"。杜波依斯在上海大厦阳台俯瞰上海市区，被他叙述出来的，是一个没有了军舰、水兵、流氓和妓女的上海，是一个干净、美丽、景色迷人的上海。[2] 1936年，杜波依斯第一次访问中国，先后参观了北平和南京，最后到达上海。时过境迁，1959年重返上海的杜波依斯书写的上海已经是经过十年的社会主义建设、以新易旧的上海。而且，这次杜波依斯上海之行

---

① 王安忆：《长恨歌》，人民文学出版社2004年，第222页。
②《攀登新的胜利高峰》，《上海解放十年》，上海文艺出版社1960年，第1页。

入住的上海大厦坐落在上海外白渡桥北堍苏州河畔，即原来的百老汇大厦，由英国著名设计师法雷瑞设计，也是典型的租界空间生产的遗留，1951 年 5 月 1 日由上海市人民政府改名为"上海大厦"。① 从百老汇大厦到上海大厦，恰恰是 20 世纪 30—50 年代上海微观的空间生产史。

"改造旧上海"是 1949 年以后相当长一段时间上海城市空间生产的主要方式。

1949 年 5 月 27 日，人民解放军解放了上海全市。《上海解放十年》有一篇特写，题目叫《南京路上好八连》，应该就是 20 世纪 60 年代著名话剧《霓虹灯下的哨兵》的母本。《南京路上好八连》写道："我们要改造旧上海，可不能让上海改造了我们!"② "改造旧上海"，这种政治影响下的空间生产，体现在城市景观上，最明显的可能表征也许就是城市道路的更名。"过去以人民敌人戈登、华德等等为名的街道，也都逐渐改换了。"③ 上海租界道路的命名可以理解为殖民叙事对城市空间的定义。每一个路名背后都有可能是一个西方的故事，经由命名以非暴力的方式侵入，形成现代上海日常生活的殖民记忆。最典型的是，20世纪 30 年代新感觉派所讲述的中国上海故事，背景板往往都是以异国之名命名的道路和建筑等城市空间。租界收回和 1949 年以后修改的路名，许多都以中国的山川和省市命名。这些得以实

---

① 梅占奎：《上海建筑秀》，学林出版社 2009 年，第 53 页。
② 吕兴臣：《南京路上好八连》，《上海解放十年》，上海文艺出版社 1960 年，第 376 页。
③ 陈望道：《上海解放十年》，原载《上海盟讯》1959 年 5 月 30 日。另外参见熊月之、周武主编《上海：一座现代化都市的编年史》，上海书店出版社 2009年，第 644—649 页。

现的前提是权力的移交。除了城市道路和地标的更名，还有租界建筑功能的"去殖民化"，最有代表性的是英国驻上海领事馆。1949年，英国是最早承认中华人民共和国并建立外交关系的西方国家之一。英国领事署仍在原址保留，一直到20世纪60年代英国决定撤销驻上海领事馆，原英国领事署址回归中国。此地之后成为上海市政府机关托儿所及上海国际经济贸易研究所等机构的所在地。① 而汇丰银行大楼这座殖民扩张财富帝国的象征物，则成为上海市人民政府的办公场所。汇丰银行大楼街口通向大门两侧有两只铜狮，李欧梵在《上海摩登》中特别提及华人的"摸狮子"仪式，认为该仪式"隐含着很明显的资本家欲望"。② 1954年，汇丰银行与上海市人民政府达成协议，根据国际惯例，将汇丰银行大楼作价归上海市人民政府所有。1955年，汇丰银行大楼经修缮、改建，成为上海市人民政府所在地。③ "改造旧上海"，当然也在城市市民日常生活的地域中开展。"被'誉'为'东方巴黎'的上海，是以拥有许多大赌场闻名于世的。逸园跑狗场是其中'出类拔萃'的一个。"④ 1952年，上海市人民政府接管了逸园。当年10月1日，是中华人民共和国成立三周年纪念日。在这富有象征意味的时刻，逸园被重新命名为文化广场。从此跑狗场成为一个历史名词，文化广场正式在历史上写下新的

①黎霞：《老上海城记·马路传奇》，上海锦绣文章出版社2010年，第4—7页；薛理勇：《外滩的历史和建筑》，上海社会科学院出版社2002年，第218—222页。
②【美】李欧梵：《上海摩登——一种新都市文化在中国1930—1945》，毛尖译，北京大学出版社2001年，第10页。
③20世纪90年代初，上海市人民政府作出了通过房产置换的方式恢复外滩金融街的决定。1997年，上海市人民政府迁往新址，该大楼成为浦东发展银行大楼。
④张忱：《文化广场札记》，《上海解放十年》，上海文艺出版社1960年，第432页。

一页。"解放初期的逸园和正式命名后的文化广场,广泛、深刻地反映着上海人民的解放十年的政治、文化生活,要是谁有兴趣,尽可利用那里举行的各种政治集会和演出的资料,写上一部上海解放十年来的政治运动史或中外文化艺术交流史。"①

"改造旧上海"是和"新上海"的城市空间生产同时进行的。《上海解放十年》有几篇征文写到苏联模式的工人新村的出现、"社会主义现实主义"城市样态的发展和社会福利化住房的建设。书中也有文章写到旧百货商店的改造,更有对于国营百货公司与曾经傲立洋场的"四大百货"并肩南京路的描述:"十年前,一九四九年的秋天,繁华的南京路,浙江路口(永安大厦),一家崭新的国营百货商店——上海日用品公司门市部诞生了。它的隔壁是永安公司,附近还有先施、新新、大新几家驰名的大公司,包围着它的还有数也数不清的千家、万家私营商店。"② 巴金为《上海解放十年》撰写的散文,题目是《"上海,美丽的土地,我们的!"》。一定意义上,巴金以此反写了"上海摩登"史,"上海摩登"成为旧上海的暗面。变化几乎是沧海桑田式的,比如肇嘉浜路,其"旧上海"的暗面被"新上海"擦除和涤新:

> 马路弯的拉直了,窄的拓宽了;没有马路的地方开辟了平坦的马路;苏州河上增加了新的桥梁;公园不断地增加,工厂厂房不断地改善、扩建;棚户区建起了高楼;泥地上出现了工人新村;臭水沟变成了美丽的林荫路;过去藏垢纳污的旅馆改做了雄伟的工人文化宫;人行道上一片桃红柳绿,

---

① 张忱:《文化广场札记》,《上海解放十年》,上海文艺出版社 1980 年,第 437 页。
② 齐志民:《第一家国营百货公司的诞生》,《上海解放十年》,上海文艺出版社 1960 年,第 103 页。

映着明媚的春光；玻璃橱窗内五光十色，琳琅满目，全是中国的产品。①

不只是巴金，一定意义上，《上海解放十年》本质上就是一本多人参与与集体书写的"翻身记"。但是，从另一层面来说，如果承认李欧梵广义的"现代性的计划"，那么流动的现代性其实是经过中国不断改造和赋义的中国现代性。流动的现代性不是改天换地、"新的"彻底替换"旧的"。"旧的"可以被改造和转换，也有可能藏身于"新的"，自有一种存身的奥义。王安忆 2007 年出版的小说《启蒙时代》中写道，"在这条著名时尚的街道两边，其实是千家万户的柴米生涯，如今街上的繁华收起来了，那柴米人家掩着的不入流的风情，却一点一点漫出来了。"②"这所市中心区的中学，充盈着一股安康保守的市民气。"③"如今街上的繁华收起来了"。王安忆的小说，无论是《长恨歌》，还是《启蒙时代》《富萍》，要捕捉的都是那些"暗藏的风月"④。这些恰恰是《上海解放十年》所不载的。不仅是"暗藏的风月"，还有"流言"，比如《启蒙时代》中的一个场景：

> 有时候，情形又反过来，外婆讲给大家听一些沪上流言。比如，某位女星是清寒人家女儿，读了几年书就辍了学，在一家照相馆开票，结果被一个片场老板发现，介绍她去试镜，竟然一夜成名——这则明星轶闻经小兔子他们听

---

① 巴金：《"上海，美丽的土地，我们的！"》，《上海解放十年》，上海文艺出版社 1960 年，第 11—15 页。
② 王安忆：《启蒙时代》，人民文学出版社 2007 年，第 99 页。
③ 王安忆：《启蒙时代》，人民文学出版社 2007 年，第 91 页。
④ 王安忆：《启蒙时代》，人民文学出版社 2007 年，第 99 页。

进，再传出客厅，就变成灰姑娘式的故事，蒙上了童话色彩。再比如，当年永安公司出售一种美国娃娃，是好莱坞童星秀兰·邓波儿的形象，标志性的发式、衣着，风靡上海。为了让小兔子们了解什么是秀兰·邓波儿，外婆拿出小老大母亲幼时的一张照片，扮成那童星的模样，大大地睁着眼睛，颊上显现一个夸张的笑靥，看上去也像是童话里的人物，美国童话。在反美反帝形势下成长的这一代人，便截取一段资本主义精神入侵的活材料。就这样，沪上传闻变成童话，或变成意识形态。①

外婆讲述的"某位女星"就是陈丹燕在《亡者遗事》中写到的上官云珠。《启蒙时代》是关于革命家庭的青春物语，小说的主人公南昌和他的朋友们与《长恨歌》里的王琦瑶生活在同时代的上海。惯常的历史叙述中可能你死我活的两个群体，却按照各自的逻辑延续着自己的生活，非但并不针锋相对地斗争，甚至存在对话与和解的空间。再如《好婆和李同志》，王安忆认为这篇小说写的不仅是友谊，而且是 1949 年进入上海的"解放者/新市民"和"旧市民"的相互抵触、和解，最后达致同情的过程。王安忆的另一部小说《富萍》中，旧时代的保姆"奶奶"也游刃有余地生活在解放者家庭，这部小说的时间背景是 1964—1965 年。王安忆生于 1954 年，她把 20 世纪 60 年代中后期的少女记忆写进了不少小说，如《纪实和虚构》《忧伤的年代》等。《忧伤的年代》是一篇带有自传色彩的上海故事，一个"少女版"的《动物凶猛》故事，王安忆写电影院内外的幽暗与明媚，写少女无人注

①王安忆：《启蒙时代》，人民文学出版社 2007 年，第 83—85 页。

意的成长和创伤的疼痛，比《动物凶猛》多了南方的忧伤和抒情。王安忆认为上海"一方面有吸纳力，另一方面也是六十年代的上海给我的印象，各种颜色都有，不像现在纳入规范化格式化非常一般的面目里面去了"①。

《启蒙时代》的故事发生在 1964 年。这一年《霓虹灯下的哨兵》发表。话剧剧本记录了上海城市空间的改造过程，以最能呈现"上海摩登"的霓虹灯为象征。话剧的尾声部分写道，"中华人民共和国万岁！""毛主席万岁！"的霓虹灯照亮夜空。② 都市景观由霓虹灯体现出的焕新，也展示出革命改造对这个城市的决心。其中第二场在南京路展开，同样写到霓虹灯隐含的政治意味：

> 华灯初上。
>
> 摩天楼上霓虹灯光闪闪烁烁。霓虹灯组成的《白毛女》演出海报和美国电影《出水芙蓉》的广告形成鲜明对照。游园会门口附近响起一阵腰鼓声。
>
> 解放后的革命歌声和爵士乐声此起彼落。
>
> 叫卖"晚报""夜来香"的阿荣、阿香和兜售好莱坞电影画报、影戏票的非非，在奇装异服的人群中穿梭。人来人往。熙熙攘攘。③

对文本的对勘，并非为了简单地求证哪一个是事实，而是借助差异性文本来考察它们对流动和含混的新旧上海两个"城市文

---

① 王安忆、钟红明：《探视城市变动的潜流——王安忆谈长篇新作〈富萍〉及其他》，《新民晚报》2000 年 8 月 19 日。
② 沈西蒙等：《霓虹灯下的哨兵》，人民文学出版社 1963 年，第 53 页。
③ 沈西蒙等：《霓虹灯下的哨兵》，人民文学出版社 1963 年，第 17 页。

本"的解码、想象性编码和再造。在文本的生产过程中，是谁，在怎样的时间和空间，体验到什么，如何选择，等等，都有可能导致最后呈现文本时的差异和歧义。这些生产出来的文本进入阅读和传播，又存在着谁在读，谁来阐释的问题。《霓虹灯下的哨兵》和《长恨歌》的发表，间隔了30年，文本生产者基于不同的"当代"来解码上海。1949年以后，新的政治空间生产不可能完全抹去"旧上海"，"旧上海"经由各种路径或隐或显地进入"新上海"。故而，"新上海"存在着诸多并置、差异、暧昧和缝隙。一个简单的事实是，城市文本和文学文本的城市空间并不是均质和对等的交换关系，文学会重新想象和再造新的城市空间、新的中心和边缘。故而，个人成长和新上海初始相逢于革命之年，即便有了发动群众创作的《上海解放十年》，王安忆、孙甘露和金宇澄等人依然可以不断回望和书写，"以演义的方式看历史"，看他们各自的"成长初始革命年"，① 甚至"想当然地"②书写上海往事的"长恨歌"。

第二节　浦东开发和全球化时代的世界想象

李欧梵《上海摩登》将"上海复兴"的起点放在20世纪80年代末期、中国卷入跨国市场资本主义的全球潮流之时。他依据的是国际资本进入和都市重建这些显性的表征。事实上，上海复兴是和整个改革开放、重启现代化同时发生的。关于文学复兴，

---

① 王安忆：《成长初始革命年》，《收获》2016年第6期。
② 王安忆：《长恨歌序二：七月在野，九月在宇》，参见《长恨歌》，上海文艺出版社2008年，第26页。

我们将在后面一章专门分析。上海复兴不只是国际资本进入和都市重建，也是政治想象、制度设计、调研规划、政策制度和媒体动员等等共同参与的一个过程。比如媒体动员，1980 年 10 月 3 日，中共上海市委机关报《解放日报》头版头条以醒目标题加编者按，发表了上海社会科学院部门经济所沈峻坡（时任《解放日报》特约通讯员）的长文《十个第一和五个倒数第一说明了什么？——关于上海发展方向的探讨》①，提出了上海向何处去的问题。这篇文章激起了强烈的社会反响。1981 年至 1982 年，"上海向何处去，建设什么样的上海"大讨论由此展开。1983 年 4 月，上海市八届人大一次会议上通过的《政府工作报告》提出了"外挤、内联、改造、开发"的发展途径，这四个方面的内容互为条件、互相促进，构成今后上海经济和社会发展的重要组成部分。《报告》还指出："上海要发挥两个扇面的作用"，"对外开放、对内联合，犹如两个扇形的辐射，一个扇形向国内辐射，一个扇形向国外辐射，上海就是这两个扇面的结合部和枢纽。"②

1984 年 5 月，中共中央、国务院决定对外开放包括上海在内的 14 个沿海城市。上海市委、市政府认为，"上海经济发展已进入一个新阶段，亟须作出新的战略决策，以改造与振兴上海"③。开发浦东的设想即出自 1984 年的《上海市城市总体规划方案的汇报提纲》。该设想沉寂了几年，直到 1987 年 6 月，上海

① 沈峻坡：《十个第一和五个倒数第一说明了什么？——关于上海发展方向的探讨》，《解放日报》1980 年 10 月 3 日。
② 中共上海市委党史研究室编著：《上海改革开放史话》，上海人民出版社 2018 年，第 26 页。
③ 中共上海市委党史研究室编著：《上海改革开放史话》，上海人民出版社 2018 年，第 27 页。

市政府成立开发浦东联合咨询小组。值得一提的是，即便在上海复兴的"沉寂期"，媒体动员同样发挥着重要作用。《解放日报》《文汇报》等地方媒体和学术界相互策应，提供了充分的舆论准备。不仅仅在中国近现代史中确认"上海在近代历史上向来是中国文化中心"①，而且明确了上海现代性和世界主义的关系，"过去强调冒险家的乐园、十里洋场的消极影响，但五口通商之后的上海同世界资本主义市场联系在一起成为宝地。"② 这无疑承认了"上海摩登"的合法性。意味深长的是，1949年后被指认为旧上海罪恶代表的城市空间"南京路"，也被重新正名。《解放日报》刊文指出，"南京路，解放前最大的特色便是'洋'"，"经过历史潮流的冲洗，南京路上的'洋味'一度荡然无存"，"现在洋味又悄悄地回到了南京路上"。③ 这里的"洋"成为上海重新走向世界的标识。因此，1984年"开发浦东的设想"的提出，其实是各方"再造上海摩登"共识的一种表现。

1990年上半年，上海市政府成立浦东开发领导小组和浦东开发办公室，正式启动浦东开发。"外媒敏锐地感觉到中国的改革开放将有重大进展，《纽约时报》以半个版的篇幅发表新闻通讯——《向世界展示中国仍在大搞经济》，《洛杉矶时报》报道："中国正在建立亚洲的金融中心，同时向世界证明，它仍然未关闭对世界的大门"。④

1992年10月，党的第十四次全国代表大会召开，提出了加

① 本报评论员：《建立地方特色的文化都市》，《解放日报》1985年6月20日。
② 石西民：《对文化发展的三点感想》，《解放日报》1986年5月11日。
③ 朱玉龙：《南京路如何走向世界》，《解放日报》1986年12月14日。
④ 中共上海市委党史研究室编著：《上海改革开放史话》，上海人民出版社2019年，第57页。

快改革开放和现代化建设步伐的任务，其中一个重大战略决策是"以上海浦东开发开放为龙头，进一步开放长江沿岸城市，尽快把上海建成国际经济、金融、贸易中心之一，带动长江三角洲和整个长江流域地区经济的新飞跃"①，使上海从全国改革开放的"后卫"走到了"前沿"，这标志着中国改革开放进入一个新的阶段。

在20世纪90年代初国际国内复杂的政治形势下，浦东开发被解读为传递出了中国"在世界"坚持改革开放的特殊意义。事实也确实如此，"全国第一家证券交易所上海证券交易所在浦东成立，中国第一家外资保险公司美国友邦上海公司在浦东注册开业，第一家外资银行日本富士银行上海分行在浦东开张营业，全国第一个保税区在浦东建设。"②

就像有研究者指出的："浦东在政治上成为中国改革开放政策的明证，象征中国未来在全球经济体系中扮演的角色，更是实际汇集资本的聚宝盆。"③ 浦东的开发对于上海的改革开放意义重大，更是启动了上海走向全球化都市的愿景和必然进程。"浦东新区是以全球化都市的形象为蓝图勾勒建造的，更确切地说，陆家嘴区域计划，经量身打造蜕变成另一个纽约、伦敦或香港。其中运作的逻辑是：中国要加入全球化俱乐部，上海就得让自己成为全球化都市以便获取资本流动。浦西由于穿堂弄巷的都市空

---

① 中共上海市委党史研究室编著：《上海改革开放史话》，上海人民出版社2018年，第57页。
② 中共上海市委党史研究室编著：《上海改革开放史话》，上海人民出版社2018年，第61页。
③ 黄宗仪：《全球城市的自我形象塑造：老上海的怀旧政治》，黄宗仪：《面对巨变中的东亚景观：大都会的自我身份书写》，广西师范大学出版社2011年，第69页。

间加上人口过度稠密，迅速改造成国际金融中心难度较高，相形之下，浦东便成为都市发展专家实现理想全球化都市的优先选择。"① 1992 年 11 月 20 日，"上海市陆家嘴中心地区规划及城市设计国际咨询会议"召开。英国罗杰斯、法国贝罗、意大利福克萨斯、日本伊东丰雄和中国上海联合设计小组 5 个境内外设计团队提供了各自的设计方案。其中"中法上海陆家嘴中心区国际计划与都市设计咨询委员会"起了决定的作用，该委员会是一个包括中国、法国、英国、意大利、日本专家的团队。1994 年 11 月，浦东开发后第一幢超高层建筑，中国设计的东方明珠广播电视塔开始试营业，改写了浦东原有的天际线。② 在浦东陆续出现了法国建筑师保罗·安德鲁设计的东方艺术中心、美国 KPF 建筑师事务所设计的环球金融中心、美国芝加哥 SOM 设计事务所设计的金茂大厦、全球第四大建筑事务所 RTKL 公司设计的上海科技馆、法国建筑师夏邦杰设计的上海大剧院，全球化首先在浦东的建筑设计中得到兑现。③ 因此，某种意义上可以说，浦东开发、城市规划以及具体的城市空间和建筑景观的生产，从一开始就是 20 世纪 90 年代全球化时代的世界主义在上海的体现。和开埠之后沦为半殖民地的马赛克上海不同，这次世界主义在上海浦东的体现，是中国主导的中国在全球化时代的自我实现。

2001 年，《上海市城市总体规划》提出建设"现代化国际大

---

① 黄宗仪：《全球城市的自我形象塑造：老上海的怀旧政治》，黄宗仪：《面对巨变中的东亚景观：大都会的自我身份书写》，广西师范大学出版社 2011 年，第 70 页。
② 中共上海市委党史研究室编著：《上海改革开放史话》，上海人民出版社 2018 年，第 57—61 页。
③ 参见钟浴曦《上海"国际大都市"文化构建及其"世界主义"内涵》，《理论观察》2013 年第 3 期。

都市"。在浦东开发的现代性和世界主义想象之余，浦西也开始续写和再造"上海摩登"。正如我们在第一章指出的，开埠以后客观存在着"两个上海"：一个是传统的上海历史文化空间，以南市的城隍庙为中心，加上松江、嘉定、七宝等周边城区，这是上海开埠以前形成的传统文化空间格局，具有浓郁的江南文化特征；第二个是近代上海的文化空间，以外滩、南京路、淮海路、衡山路和四川路为代表，1843 年上海开埠以后慢慢发展，以西洋建筑和文化为标志，在 20 世纪 30 年代达到顶峰。[1] 20 世纪 90 年代，在浦西也开展了大规模的、全方位的旧城改造。现代的上海文化空间是令人振奋的，但如何正确处理好两种"上海"文化空间的关系，是一个十分重要的问题。新上海的建设，不能也没有必要以"旧"上海的消失为代价，相反地，作为一个全球性的国际大都会，上海的特色就在于将传统上海、近代上海和现代化上海这三种文化空间结合起来，在传统与现代融合的基础上打造一个既有丰富历史文化传统，又有 21 世纪现代意识的上海文化空间。

20 世纪 90 年代以来，在浦东开发、开放的同时，浦西，如上海大剧院的建设、上海博物馆的建设、上海美术馆的改建，主要依托人民广场中心地区的环境优势。一方面，新建的城市文化基础设施大都集中在原有的上海繁华地段，借助历史的文化内涵来烘托当代城市文化的环境氛围；另一方面，这些新建的城市文化基础设施通过现代化的手段，赋予原有的历史以新的文化功

---

① 参见华东师范大学课题组《增强城市文化意蕴与人文魅力，提升城市形象和竞争实力》，王仲伟主编：《上海文化发展规划研究》，上海人民出版社 2007 年，第 63 页。

能。像新天地的改造，将旧建筑石库门外貌风格的保留与内部结构功能的改造相结合，既满足了现代人舒适、休闲的现代生活要求，又有城市文化生活的情调，为旧城改建和传统文化设施的保护进行了一种有益的尝试。①

2001年12月11日，中国成为世界贸易组织的第143个成员。这之前的"1999年，上海的进出口贸易额为386亿美元，外贸出口依存度已经达到40％。2000年，全市进出口贸易额骤增至1093亿美元，同比增长近四成。2000年，以金融业为主干的上海第三产业占GDP的比重超过了50％，首次跨越城市经济结构的半壁江山。排名世界前50位的大银行，80％以上在上海设立了分支机构。外资银行的总资产、存贷款规模超过了全国外资银行总额的50％。2000年，在引入外资列世界第二的中国，上海以引进外资63.9亿美元高居榜首。与此同时，上海已成为国际资本的角逐场之一，排列世界前500位的著名跨国公司，有半数以上落户上海。"截至2001年，"累计引进外商投资项目达7192个，总投资逾360亿美元，世界级的投资规模和投资质量，反映出上海这座中心城市巨大的集聚力和辐射力。"② 如果将浦东开发、开放的起点确认为1984年，经过不到20年的时间，上海已经初步将"全球化"时代现代性的世界想象变成现实。

---

① 华东师范大学课题组：《增强城市文化意蕴与人文魅力，提升城市形象和竞争实力》，王仲伟主编：《上海文化发展规划研究》，上海人民出版社2007年，第64—70页。
② 尹继佐主编：《文化创新与城市发展 2002年上海文化发展蓝皮书》，上海社会科学院出版社2002年，第70页。

第三节　城市空间生产和阶层重构

在上海的世界想象图景逐渐展开的 20 世纪 90 年代，与之匹配的城市空间和社会阶层也必然出现，为各种关于上海、中国和世界的观念和理论的博弈提供了叙述的空间。20 世纪 80 年代中期以前，上海城市格局几无大变。1992 年以后，上海城市空间发生了巨大变化。变化最大的是浦西。仅 1995—2001 年间，浦西就拆除了 3000 万平方米旧区，拆除了 70％的近代建筑。① 因为拆迁，城市空间被改变。"弄堂，虽然是老上海民居的特色之一，也被拆得日渐稀少。那些弯曲狭窄的小马路，不是被改了道，就是被拉直、拓宽，两边原有的简陋住房也随之消失，车水马龙，废气噪声，昔日的杂乱、安静、'公'私交错、街谈巷议……差不多一扫而空。当城市的建筑空间被收拾得越来越整齐的时候，当流动人口越来越多，居民们习惯于关紧大门，甚至都不大知道楼上楼下、左右隔壁住了谁的时候，当媒体的聒噪铺天盖地、年轻人越来越沉迷于网络和游戏房的时候，这指指点点、口耳相传的流言和议论的空间，自然要萎缩了。"② 20 世纪 90 年代之后写上海弄堂的小说，如殷慧芬的《吉庆里》、陈丹燕的《女友间》等，都涉及了凋敝的弄堂和残存的流言。王安忆的《长恨歌》里，王琦瑶的生命终止于 1986 年，如果再往后，王琦瑶在平安里的故

---

① 王蔚、傅国林：《上海旧城改造成绩斐然 250 万居民告别危棚简屋》，《文汇报》2003 年 7 月 17 日。
② 王晓明：《从建筑到广告——最近十五年上海都市空间的变化》，王晓明、蔡翔主编：《热风学术 第 1 辑》，广西师范大学出版社 2008 年，第 7—8 页。

事可能就是另外的写法了。

上海城市建设和改造形成的新城市空间以外滩为分界。"外滩是旅游者的天堂，一侧是虚假怀旧的殖民地景象，而对岸的浦东则反映着以高科技为特征的未来。"① 这意味着，1949 年成为新旧上海的分界。而 1992 年之后，经过十年时间，浦东和浦西则形成了空间意义上的新旧上海。大量阅读上海书写的文学文本时会发现，作品中的文学地景几乎很少和浦东发生关系，在俞天白的《大上海漂浮》、王安忆的《我爱比尔》、唐颖的《红颜》等小说中偶然出现的浦东只是小说人物的临时居住地。有时浦东会提供一种虚幻的"新上海"空间置景，就像卫慧《上海宝贝》所写："我们爬到和平饭店的顶楼，我站在顶楼看黄浦江两岸的灯火楼影，特别是有亚洲第一塔之称的东方明珠塔，长长的钢柱像阴茎直刺云霄，是这城市生殖崇拜的一个明证。轮船、水波、黑黢黢的草地、刺眼的霓虹、惊人的建筑，这种根植于物质文明基础上的繁华只是城市用以自我陶醉的催情剂。与作为个体生活在其中的我们无关。一场车祸或一场疾病就可以要了我们的命，但城市繁盛而不可抗拒的影子却像星球一样永不停止地转动，生生不息。"② 20 世纪 90 年代上海城市空间的生产，不仅仅是浦东和浦西"两个上海"的生产，而且是城市内景和连接线的生产。各种快速干道，地面的、地下的、高挂的……上下交叉，互相纠结，联结着"大卖场"（仓储式超市）、购物中心、写字楼、豪华酒店等新建的城市内景，这些连接线和城市传统意义上适合"都

---

① 【德】爱德伍特·奎格、童明：《北京、上海、广州城市公共空间的三城记》，《时代建筑》2002 年第 3 期。
② 卫慧：《上海宝贝》，春风文艺出版社 1999 年，第 14 页。

市漫游者"的街道有很大不同。王晓明发现了新城市空间对人的格式化编码:"上海各大百货公司的室内和临街橱窗,那些讲究风格的咖啡馆、饭店,宾馆大堂,它们的建筑外形和内部装潢,都明显是在努力营造等号式的气氛。充当等号另一端的,或者是优雅、尊贵、富有品位和独占风景,或者是温馨、舒适和个性化,或者干脆就是家居风格,几乎无一不可以编入住宅空间,成为它的一种有机的属性。"① 20世纪90年代上海城市空间生产和对城市人的编码,表面上拓展了1949年之后逼仄的私人空间,但事实上因为城市和人"等号式"的无所不在,所谓的"私人空间"很容易被编码和格式化。

与城市空间生产同时进行的是阶层重构。改革开放以来,因为落实政策和海外背景等各种各样的原因,"经济指标"开始对阶层划分发生作用。王晓明认为,经过15年左右的"市场经济改革",从原有的阶层中间,至少已经产生了四个新的阶层:

> 拥有上千万或更多的个人资产的"新富人",在整洁狭小的现代化办公室里辛苦工作的"白领",以"下岗""停工"和"待退休"之类名义失业在家的工人,和来自农村、承担了上海的大部分非技术性体力工作的男女"民工"。这些新阶层的不断扩大,极大地改变了上海的经济、政治和文化格局。比如"白领",这些经常是疲惫不堪的青年和中年男女,虽然总数远未达到欧美"中产阶级"在社会人口中占到的那种比例,却已经被许多传媒和广告奉为中国社会"现

---

① 王晓明:《从建筑到广告——最近十五年上海都市空间的变化》,王晓明、蔡翔主编:《热风学术第1辑》,广西师范大学出版社2008年,第15页。

代化"的标志，新的巨大购买力的代表，以至今日上海的消费品生产业、服务业和房地产业，都把大部分眼光牢牢地盯向他们，全不顾这个阶层实际上是怎么回事。①

如果我们仔细观察，这四个所谓"新阶层"事实上差不多也是 20 世纪三四十年代上海都市繁荣时期的"阶层"状况，当然这两个不同时代的阶层，其形成的力量存在差异，阶层之间的流动和跨越方式也有所不同。20 世纪八九十年代，经济结构决定了城市生活。"经济愈趋全球化，其主要职能就愈凝聚在为数不多的地方，即全球性城市。""经济活动的新型结构带来了职业结构的变迁。技术把昔日制造业的许多活动转向服务领域。"② 20 世纪 90 年代书写上海的文学和这个阶层结构是有密切关系的，尤其值得关注的是"白领"阶层，它"被许多传媒和广告奉为中国社会'现代化'的标志，新的巨大购买力的代表"，也是 20 世纪 90 年代"新市民小说"聚焦所在，特别是女性"白领"的上海故事几乎成为一种文学书写时风，这方面具有代表性的创作者有陈丹燕、唐颖、殷慧芬、潘向黎和姜丰等。城市空间、阶层和文学构成了一个"等式"，这个"等式"是想象赋予各阶层的，并不是单向的，而是可逆的，可以相互往还的，也可以说是会相互建构的。想象中不同阶层占有的城市空间和日常生活图景之间存在的等级，必然会带来阶层之间爬升和跌落的"越境"，同时其中也存在着时代差异。对日常居住生活空间加以观察，可以发

---

① 王晓明：《导论》，王晓明主编：《在新意识形态的笼罩下：90 年代的文化和文学分析》，江苏人民出版社 2000 年，第 4 页。
② 【美】萨斯基亚·萨森：《全球性城市概览》，汪民安、陈永国、马海良主编：《城市文化读本》，北京大学出版社 2008 年，第 43 页。

现相较于 20 世纪 30 年代棚户、石库门里弄、花园洋房的平行并置，20 世纪 90 年代的城市日常生活空间更多的是垂直叠加的混居。"在上海的大街小巷，这些新的阶层正和原有的阶层混居在一起。很可能就在一套公寓里，父亲正为国营工厂那一点菲薄的工资不敷日用而发愁，刚从外资企业下班归来的小儿子却春风得意，暗暗憧憬着将来攒钱买辆轿车；从这人家的窗口望出去，民工们的简易棚房更是和高墙围住的豪华楼宇遥遥相对。"①

一定意义上，所谓白领阶层也是经济意义上的、想象出来的。这种想象最突出地体现在以酒吧为代表的新城市空间生产中。酒吧在生产空间的同时，也生产着阶层。"上海酒吧在不到 10 年的时间里，已经培养了自己本地的消费群体，这既是上海酒吧不断本地化的辉煌成果，也是上海这座城市不断加速全球化的伟大收获。"20 世纪 90 年代的上海酒吧，不是哈贝马斯意义上的"公共领域"，"上海酒吧始终是区别身份地位和趣味而不是抹平这一差距的空间"。②

不仅城市的"内景"制造着区隔和阶层，媒体也加入了这种区隔和阶层的划分。2000 年 10 月 12 日《上海文化报》改版、更名，创刊《上海壹周》。《上海壹周》创刊之前，上海的生活服务类报纸已经有《申江服务导报》《上海星期三》等。1997 年 11 月 7 日，《解放日报》主办的《申江服务导报》试刊，1998 年正式创刊。它是对传统的日报和晚报的进一步细分，目标是服务于城市白领对时尚资讯的需求。2000 年 5 月 17 日，文汇新民联合

① 王晓明：《导论》，王晓明主编：《在新意识形态的笼罩下：90 年代的文化和文学分析》，江苏人民出版社 2000 年，第 5 页。
② 李陀主编：《上海酒吧：空间、消费与想象》，江苏人民出版社 2001 年，第 10 页。

报业集团主办的《上海星期三》创刊。除了栏目的细微差别，《上海星期三》和《申江服务导报》定位都是城市生活资讯。《上海壹周》则提出"城市指南"的概念，"尽管《上海壹周》是一份生活消费服务类都市报，但因其注重传达一种生活方式，在白领阶层中甚至形成了一种不读《上海壹周》就不能成为纯粹的'白领'的影响力。"《上海壹周》理解的和白领人群相关的生活方式是"时尚"，这体现在其封面人物的身份和形象上，"无论是影星、球星、模特还是社会知名人士，其打扮都是时尚而精致的。"① 有人认为，从目标读者的角度，这三份报纸是对白领阶层市场的进一步细分："如果说《申江服务导报》针对的是白领中的'银领'，那么，《上海星期三》针对的是'金领'，《上海壹周》针对的是'粉领'。上海白领报刊市场是一个细分程度最高的，发育也最为成熟的市场"。② 有研究关注到 20 世纪 90 年代后期媒介革命和阶层建构之间的关系："白领，作为一个具有强劲消费能力和消费欲望的群体，正日益受到媒介市场的青睐。20世纪 90 年代后期开始的中国新闻媒介格局大重组、大变动，也与媒体对这一受众群体的发现、认识以及进一步的市场切割、资源重组密切相关。"③ 20 世纪 90 年代后期，上海生活服务类和文化时尚类报刊的媒体空间分割是阶层重构的结果，同时媒体也参与阶层的建构。以具有"倡导消费主义的倾向"④ 的《上海壹周》为例，其服装、酒吧、汽车、时尚、电影、音乐、新闻、情

---

① 曾利芬：《〈上海壹周〉是如何赢得市场的》，《新闻实践》2003 年第 2 期。
② 齐爱军：《白领受众与白领报刊》，《新闻界》2002 年第 4 期。
③ 齐爱军：《白领受众与白领报刊》，《新闻界》2002 年第 4 期。
④ 张志安：《外滩画报：海派新闻周报的尴尬》，《中国报业》2003 年第 6 期。

感、美食、购物等栏目构成和余华、苏童、孙甘露、叶兆言、董桥、亦舒、毛尖、张悦然、刘绍铭、吴淡如、孙孟晋等专栏作家的遴选，前者圈定了时尚的领地，后者选择性和风格化的文体和文风制造了消费主义时代的情调。更极端地强调白领和消费主义时尚的是 2002 年创刊的《外滩画报》。《外滩画报》创刊之初定位为开展深度报道的新闻周报，其核心团队多人有《南方周末》的从业背景，因而《外滩画报》被外界称为《南方周末》的"上海版"。① 但创刊一年后，《外滩画报》对办刊定位作出调整，提出"News＋Style（新闻＋时尚），既有别于一般的生活类杂志，也有别于一般的新闻周刊"的跨界模式。② 改版后的《外滩画报》被认为："从一张'新闻纸'变成'消费纸'"。改版当期，该报主笔长平的《编者的话》明确表态，要让"硬的东西更加硬起来，让软的东西更加软下去"，所谓"硬的东西"是指"更有力度更有深度的新闻报道"，而"软的东西"则是"指我们改造了生活报道，更加条理清晰，更加直截了当，分成了《心灵都市》和《物质都市》两个板块。前者让性灵文章、闲情游戏直指人心，后者高举物质主义大旗，让你物欲膨胀。"③ 但从改版后《外滩画报》的走势来看，"硬的东西"并没有比之前更硬，而"软的东西"则确实地软下来了。这意味着作为消费主义产物的都市类报刊，不可能不和它所栖身的都市共构，这种共构也事实上参与塑造了都市的白领阶层，"作为一本面向高端读者的刊物，《外滩画报》还着力塑造读者的阶层感，进而使读者产生依赖，

---

① 张志安：《外滩画报：海派新闻周报的尴尬》，《中国报业》2003 年第 6 期。
② 王侠等：《〈外滩画报〉为何逆势而上》，《中国报业》2013 年第 21 期。
③ 长平：《编者的话》，《外滩画报》2003 年 5 月 29 日。

并不断从中得到惊喜。"① 就文学而言，"性灵文章"的都市类报刊的文体和文风也应运而生。

　　阶层再造的过程中，必然涉及权力的再分配。在新的以经济为指标的差序格局中，跌落得最厉害的是人文知识分子。从阶层归属上，人文知识分子属于"白领"，但在 20 世纪 90 年代某些阶段，他们的财富在"白领"阶层中并不处于上游，遑论和"新富人"阶层相比较。"新富人"阶层不但拥有大量社会财富资源，而且熟悉新的经济体制改革和市场化意识形态。对知识分子来说，比起个人财富的有限，更严重的是话语权的丧失、启蒙话语的边缘化。20 世纪 80 年代启蒙现代性的黄金时代正在逝去，这应该是 20 世纪 90 年代"人文精神讨论"的一个重要背景：

　　　　一个粗鄙化的时代业已来临。对市场的浪漫憧憬已经终结。市场经济的体制确立，一方面导致了经济的繁荣，而另一方面又鼓励了平庸的价值取向。个人提出了自己世俗性的幸福要求，人们已经无暇继续考虑社会和人类的终极意义。

　　　　社会正迅即地"还俗"，从精神的控制中大规模地撤离。"工具理性"弥漫着整个的空间，人们利用自己的一切可能，以谋取个人此在的利益。对"私利"的角逐导致了残酷的竞争法则的重新确立，并鼓励着个人赤裸裸的利己行为。②

---

① 王侠等：《〈外滩画报〉为何逆势而上》，《中国报业》2013 年第 21 期。
② 蔡翔：《我们走向哪里》，参见蔡翔《写在边缘》，四川人民出版社 1997 年，第 176 页。

第四节 城市知识分子群体的分化和重组
——以人文精神讨论和余秋雨现象为例

关于"人文精神"讨论的衍生话题和阐释很多。我们不妨从它的原点开始展开探讨，这就是发表在 1993 年第 6 期《上海文学》的《旷野上的废墟——文学和人文精神危机》，以及以"人文精神寻思"为总题发表于 1994 年第 3—7 期《读书》的系列对谈。1996 年 2 月，关于"人文精神"讨论的主要内容和回应被结集为《人文精神寻思录》，收入"海上风丛书"，由文汇出版社出版。从《旷野上的废墟——文学和人文精神危机》来看，"人文精神"讨论的起点是"文学的危机"。王晓明观察到的"文学的危机"包括："文学杂志纷纷转向，新作品的质量普遍下降，有鉴赏力的读者日益减少，作家和批评家当中发现自己选错了行当，于是踊跃'下海'的人，倒越来越多。"他得出结论："今天的文学危机是一个触目的标志，不但标志了公众文化素养的普遍下降，更标志着整整几代人精神素质的持续恶化。文学的危机实际上暴露了当代中国人人文精神的危机，整个社会对文学的冷淡，正从一个侧面证实了，我们已经对发展自己的精神生活丧失了兴趣。"[1] 我们今天翻阅与"人文精神"讨论同一时期出版的文学刊物和文学图书，可以发现，王晓明对文学危机的判断可能并不是基于充分的田野调查，而是发自直觉。从《旷野上的废墟——文学和人文精神危机》这篇对谈的参与者都是从事中国现

---

① 参见王晓明、张闳、徐麟、张柠、崔宜明《旷野上的废墟——文学和人文精神危机》，《上海文学》1993 年第 6 期。

当代文学研究的青年教师和研究生来看，选择文学作为突破口是一种必然。因此，"人文精神"的讨论，应该是从文学专业向思想领域发起的越境和拓殖。在对谈的具体展开过程中，参与者提供的批判案例是王朔的小说、张艺谋的电影和先锋文学。富有意味的是，这三个案例都和上海有关系。王朔先后在《收获》上发表了《顽主》《动物凶猛》《我是你爸爸》，张艺谋导演的《大红灯笼高高挂》改编自苏童发表于《收获》的小说《妻妾成群》，而当时先锋小说的出现则直接是上海的批评家和文学期刊参与策划和运作的结果。可以说，从他们的分析看，王朔的小说问题是媚俗、"玩文学"，张艺谋的某些电影是缺少批判意识和"游戏"，而先锋小说丧失了精神的力度和自信心。据此，他们得出结论，"今天的文化差不多是一片废墟"，而废墟中依然矗立着断垣，此方面他们举的例子是史铁生和张承志。在对文学的危机加以揭示和批判之后，王晓明视为理想的当代文学"应该敢于直面痛苦和焦虑，而不应用无聊的调侃来消解它；应该揭发和追问普遍的精神没落，而不应该曲解西方理论来掩饰它，直至找到最深的伤口——这样的文学才能让人流泪。"[①] 看这一段，我们能感到以鲁迅为代表的五四启蒙文学对王晓明的影响——也就是在1993年，上海文艺出版社出版了王晓明撰写的鲁迅传记《无法直面的人生——鲁迅传》。

随后，1994年第3期的《读书》发表了张汝伦、王晓明、朱学勤和陈思和的对谈《人文精神：是否可能和如何可能》，参

---

① 王晓明、张闳、徐麟、张柠、崔宜明：《旷野上的废墟——文学和人文精神危机》，《上海文学》1993年第6期。

与者从中国现当代文学研究领域扩展到其他人文学科，讨论的问题也从文学的危机进入失落的人文精神，陈思和认为："人文精神的失落恐怕不是一个局部的学科现象，我怀疑的是作为整体的知识分子在当代还有没有人文精神。"① 至此，"人文精神"讨论有一个转向应该被注意到，就像陈思和给日本学者坂井洋史的信中所写到的："知识分子提出并讨论人文精神，至少在现时不是要求改变客观社会，而是要求清算知识分子自身的腐败和萎靡状况。当年知识分子将关注点放在怎样用启蒙话语来指导民众，所论的多为对象世界；而当前知识分子则将关注点放在对知识分子自身的反省上，所论的是主体世界。人文精神失落一说，正是针对了知识分子自身的时弊，正是因为这样，此说提出才会引起如此强烈的反应。"②

王晓明后来直接把这次"人文精神"的提倡描述成"知识分子的自救行为"。值得一提的是，知识分子对自身的清算不只是应对现实处境，也是对中国现代知识分子诸多幻觉的清算。钱理群认为："20 世纪末的中国，改革走了大半个世纪的老路，走上了经济兴国的新轨道，而且看来不可逆转。这样，人文学者地位的边缘化就不是商品经济一时的冲击的结果，而是一个历史的新选择所形成的发展趋势。因此，我们必须有一个长期（甚至永远）'坐冷板凳'的精神准备。在我看来，这未尝不是一件好事，它至少从客观上提供了一个历史机遇，使得我们有可能从自命为

---

① 张汝伦、王晓明、朱学勤、陈思和：《人文精神寻思录之一——人文精神：是否可能和如何可能》，《读书》1994 年第 3 期。
② 陈思和：《关于人文精神讨论的三封信》，陈思和：《告别橙色梦》，广东人民出版社 2018 年，第 460 页。

时代的主宰的英雄主义、理想主义、浪漫主义的幻觉中惊醒过来，正视我们现实的生存境遇、实际地位，弄清楚我们能够做什么，不能做什么，并且能够做到什么程度，发挥多大作用，这样，就能够获得一种清醒的、比较符合实际的自我体认与自我评价。"① 关于一种实践性的"人文精神"："提倡人文精神，就是应该提倡知识分子在现实的各种压力下日益萎缩的现实战斗精神，至少在社会风气的层面上为保护人的权利和尊严而斗争，知识分子的独立思考和讲真话。"② 缘此，我们不难理解为什么在"人文精神"讨论的当时和此后的一段时间里，"人文精神"讨论的参与者会持续编辑、出版"'火凤凰'文库"和"'火凤凰'新批评文丛"。据徐俊西撰写的总序："他们编辑《'火凤凰'新批评文丛》的宗旨有二：一曰在'滔滔的商海之上'，建立一片文学批评的'绿洲'，一曰在'文坛空气普遍沉闷的状况下'，弘扬当代知识分子的'人文精神'。"③ 有意思的是，"人文精神"讨论和浦东开发、开放真正启动同时发生，一开始的发起者和参与者都来自20世纪80年代华东师范大学的"文艺社群"。某种意义上，"人文精神"讨论因为在上海发起，借助了上海的现代都市文化传统以及正在发生的城市变革，才获取了问题意识和现实感。还可以深入思考的是，首先，上海作为中国现代性资源丰富的城市，知识分子的启蒙现代性当然地成为上海现代性的重要构成，也是复数之上海摩登的"一种"。退一步讲，即便将"上海

① 陈平原、钱理群、吴福辉、赵园：《人文学者的命运及选择》，《上海文学》1993年第9期。
② 陈思和：《关于人文精神讨论的三封信》，陈思和：《告别橙色梦》，广东人民出版社2018年，第456页。
③ 参见徐俊西《火凤凰新批评文丛》（总序），学林出版社1994年。

摩登"狭隘地理解成现代商业文明和消费文化,从五四新文化运动开始,启蒙现代性一直是商业文明和消费文化所滋生的现代城市病症的揭示者和批判者,它们在上海城市空间里是共生的。而且,某种程度上,李欧梵《上海摩登》遴选的那些作家,不仅仅是20世纪三四十年代的"时尚达人"和"新兴市民",他们的另一个重要身份也是现代城市知识分子,他们的现代主义文学实践既是都市症候,也是启蒙传统影响的结果。正是因为有着强烈的批判意识的现代知识分子群体的存在,才有了所谓的现代启蒙传统。现代知识分子通过开创现代大学、印刷文化和城市其他公共空间的聚会言说,使得启蒙传统得以展开。上海现代性显示,上海一方面是一个现代商业文明和消费文化繁荣的城市;另一方面,从1915年陈独秀在上海创办《青年杂志》以来,上海也是一个现代启蒙传统深厚的城市。20世纪80年代,巴金的《随想录》、戴厚英的《人啊,人》、沙叶新的话剧等都来自现代知识分子启蒙谱系,而从"新小说"到"先锋文学"则提供了李欧梵《上海摩登》所描述的那种现代主义,事实上,20世纪80年代上海参与跨国资本的规模很小,都市营建很少和消费文化水平很低,但知识分子依然以翻译为中介,引入世界现代主义文学,再造了现代主义的上海摩登和"海上蜃景"。

值得注意的是,和"人文精神"讨论几乎同时发生,但持续时间更长的是余秋雨散文引发的争论,从20世纪90年代中期一直延续到21世纪初。这同样是一个重要的文化事件,被称为"余秋雨现象"。"人文精神"讨论和"余秋雨现象"的当事人在20世纪80年代应该都属于同一个知识分子群体,这个知识分子群体,其成员在改革开放之前有各自的"前史",但改革开放时期共同的现代性梦想，让这些前史中存在的个人经历差异暂时被搁置。余秋雨的《艺术创造工程》曾经和刘再复的《性格组合论》、赵园的《艰难的选择》和劳承万的《审美中介论》等，一起被列入上海文艺出版社的"文艺探索书系"出版，参与了20世纪80年代的文学革命。不过，余秋雨影响更大的则是他从《文化苦旅》开始的"文化散文"或者"大散文"创作。"1987年，《收获》杂志副主编李小林收到在上海戏剧学院读书时的同班同学余秋雨从外地寄来的两篇散文。"余秋雨在信中告诉李小林，自己正在西北作课题调研，"走的是一次'文化苦旅'"。"文化苦旅"后来成为余秋雨在《收获》的专栏名字，这也是《收获》第一次推出作家的散文专栏。李小林之所以愿意在《收获》开设这个专栏，是因为"我们正好对知识分子的人格重建感兴趣"。① 有违初衷的是，在后来针对余秋雨的批评中，余秋雨最被质疑的就是他的人格问题。在此我们顺便提及一个有趣的现象：《收获》很多重要的作者都是来自同学或熟人的推荐，比如李陀向程永新推荐了余华，黄小初向程永新推荐了苏童和韩东，吴洪森向程永新推荐了格非，后来格非又推荐了李洱。如果仔细考察《收获》的作者构成，我们可以发现，这种作家圈子的形成很重要。《收获》不是同人刊物，但《收获》有相对稳定的文学趣味，这种文学趣味很大一部分靠熟人推荐来维持。1988年第1期《收获》发表余秋雨的散文《阳关雪》（外两篇），"文化苦旅"开栏。1988年的《收获》，以每期两篇或者三篇的版面推出余秋

---

① 马征：《〈文化苦旅〉：广漠中有生命的穿行，壮阔中有灵动的游走》，《光明日报》2019年11月7日。

雨的散文。这之后，直到1992年《文化苦旅》出版，余秋雨又零散地在《收获》发表《笔墨祭》（1989年第5期）、《这里真安静》（1990年第2期）、《漂泊者们》（1990年第4期）、《风雨天一阁》（1991年第3期）、《寂寞天柱山》（1991年第6期）等。1993年、1994年和1998年，余秋雨分别在《收获》开设专栏"山居笔记"和"霜天话语"。

《文化苦旅》的出版也颇费周折，从1988年该专栏结束到1992年3月上海知识出版社出版同名图书，中间经过了三四年时间。《文化苦旅》出版后，很快引起很大反响，先是被海内外知识分子和作家力推，然后成为大众畅销书，以至于引发了世纪之交的"余秋雨现象"。"余秋雨现象"的第一波高潮应该是出现在1995年前后。这一年，余秋雨其人其文相关的评论集《感觉余秋雨》编就，列入"海上风"丛书之一种，于1996年2月正式出版，起印数即达到1万册。5月即第2次印刷，印刷量达到2.11万册。《文化苦旅》责任编辑王国伟为《感觉余秋雨》所作的序里说："《文化苦旅》风靡海内外，'余秋雨现象'成了一个很大的公众话题。"①《感觉余秋雨》第一篇是王安忆、蒋孔阳和沙叶新三位不同代际的沪上文化名人发表在《新民晚报》的笔谈。这组笔谈基本奠定了后来"余秋雨现象"中肯定余秋雨的人和文的基调和路径。其中，王安忆肯定《文化苦旅》"至少是有一种勇敢，它的勇敢在于，它不避嫌地让散文这种日见轻俏的文体承载起一些比较大的心灵情结"。而令蒋孔阳"心有戚戚焉"的是《文化苦旅》"对中国几千年文化的感慨、反思和评论"。沙

---

① 萧朴编：《感觉余秋雨》（序），文汇出版社1996年，第1页。

叶新则直陈"秋雨是散文大家，《文化苦旅》是神品。历史、文化、山川、人物，在秋雨笔下立意颖脱，情致盎然"。① 不排除王安忆、蒋孔阳和沙叶新三人出于人情而"站台"宣传的可能，但作为公众人物，或者说知识分子，在大众媒体发言时，应该有批评的尺度和标准。余秋雨散文有矫正散文时弊的一面，但后来批评者指出的余秋雨散文存在的问题，也应该是一开始就确实存在的。值得一提的是，同时期"人文精神"讨论的参与者几乎都没有加入对余秋雨散文赞扬的行列，而中国台湾地区的作家和学人对余秋雨散文的评价普遍比大陆同行更为高调、热烈。

对余秋雨散文存在的问题的批评，是从专业学者开始的，比如朱国华和胡晓明。朱国华的《另一种媚俗》不是发表在大众媒体上，而是发表在专业的文学批评刊物《当代作家评论》上。《另一种媚俗》概括《文化苦旅》的叙述模式是"以诗歌性语言为其皮，以小说性叙事形态为其肉，以哲学性文化感叹为其骨"，"充满抒情意味的诗性语言是文本华丽的外包装，充满戏剧色彩的故事情节是文本诱人的内包装，它们都服从于某种既定的文化哲学"。这种模式框架的结果是，"故事＋诗性语言＋文化感叹"显然是一条有效的流水生产线，利用它，"余秋雨先生生产了一篇又一篇的散文。"② 朱国华将余秋雨散文从所谓知识分子"文化散文"的神龛降格到大众流行读物，指出《文化苦旅》非但没有为"当代散文领域提供了崭新的范例"，正相反，"它僵化的三位一体话语模式与散文本身固有的自由精神是格格不入的。因

---

① 王安忆、蒋孔阳、沙叶新：《余秋雨的散文》，原载《新民晚报》1993 年 4 月 15 日，参见萧朴编《感觉余秋雨》，文汇出版社 1996 年，第 1—3 页。
② 朱国华：《另一种媚俗》，《当代作家评论》1995 年第 2 期。

此，它在实质上也是与五四文学革命以来的散文创作的大趋势背道而驰的。"① 经过这样一番清理，余秋雨在"媚俗"的本质上和"人文精神"讨论的转型之后的王朔以及张艺谋的《大红灯笼高高挂》是一致的，它们都属于正在来临的消费主义的时代。事实上，朱国华发表此文的1995年，余秋雨散文正在成为新崛起的个体书商"追逐的宠物"②。胡晓明的《知识、学养和文化意识》一文则直指《文化苦旅》中余秋雨在知识结构、文化素养和历史文化意识等方面的问题和缺陷。③ 这意味着标榜为"文化散文"的《文化苦旅》，"文化"有限且肤浅。

"余秋雨现象"作为文化事件卷入的人和媒体之多，持续的时间之长，在中国当代文化史上是少见的。除了像周冰心的《文化口红：解读余秋雨文化散文》（台海出版社 2000）、王彬彬的《文坛三户：金庸·王朔·余秋雨——当代三大文学论争辨析》（大象出版社 2002 年）、金文明的《石破天惊逗秋雨：余秋雨散文文史差错百例考辨》（书海出版社 2003 年）这样的专题性论著，其余相关的专题文选和编著还有：愚士选编的《余秋雨现象批判》（湖南人民出版社 1999 年）和《余秋雨现象再批判》（湖南人民出版社 2000 年）、萧夏林、梁建华主编的《秋风秋雨愁煞人——关于余秋雨》（中国文联出版社 2000 年）、古元清编著的《余秋雨现象大盘点》（河南文艺出版社 2005 年）等。随着对余秋雨散文批评的深入，关注的重心也由初期的文转向对余秋雨的

① 朱国华：《另一种媚俗》，《当代作家评论》1995 年第 2 期。
② 朱国华：《另一种媚俗》，《当代作家评论》1995 年第 2 期。
③ 胡晓明：《知识、学养和文化意识》，萧朴编：《感觉余秋雨》，文汇出版社 1996 年，第 125—138 页。

人格以及写作立场和态度的审视和检讨。典型的如林贤治，认为余秋雨作为"一个对身为'御用文人'的历史讳莫如深的人，一个对他人的苦难如同隔岸观火，毫无恻隐之心的人，一个对自己的美艳生活津津乐道的人，一个对大众传媒深感兴趣，积极进行自我炒作的人，有什么可能具有所谓的'历史沧桑'和'人生沧桑感'呢？"①，而易中天则质疑余秋雨是苦旅还是甜旅，是山居还是市居，是忏悔还是不忏悔。易中天的这些质疑，关乎我们如何看待余秋雨：他是一个文化商人，还是一个知识分子？易中天认为余秋雨的散文是"文化口香糖"，是"作秀的时代"的"作文化秀"。② 而对于改革开放之前余秋雨的人生经历，谢泳则将其放在他的同时代人与时代的关系中加以观察，指出余秋雨"是一个生不逢时的人，他早年的教育背景决定了他不可能是一个有坚定信仰的人，他总是能和他所生活的时代达成妥协，这是他最大的优点，也是他的最大局限。他是一个永远生活在当代的作家和学者，他不大考虑未来"。③ 在这里，谢泳已经由检讨余秋雨的人和文转而反思余秋雨和同时代知识分子的精神缺陷。有研究者意识到"余秋雨现象"和"人文精神"讨论内在的逻辑关系，"当90年代金钱狂潮刚刚到来的时候，上海传出了'人文精神的失落'的声音。""当人文精神失落的时候，余秋雨应运而生地崛起了。"④ "余秋雨现象"，从文的观察到人的反思，从余秋雨个

---

① 林贤治：《余秋雨散文透视》，原载《书屋》2000年第3期，参见愚士选编《余秋雨现象再批判》，湖南人民出版社2000年，第7页。
② 易中天：《本不想说余秋雨》，愚士选编：《余秋雨现象再批判》，湖南人民出版社2000年，第9—18页。
③ 谢泳：《换个角度看余秋雨》，原载《武汉晚报》2000年6月20日，参见愚士选编《余秋雨现象再批判》，湖南人民出版社2000年，第27—28页。
④ 旷新年：《秋风秋雨喜死人》，《中华读书报》2000年4月12日。

人到余秋雨同时代人，到知识分子群体的反思，本质是 20 世纪 90 年代中国市场化和消费主义时代知识分子对自身境遇的反思。不可避免地，在 20 世纪 90 年代上海复兴进程中，必然会出现余秋雨散文、上海怀旧和小女人散文等都市症候，但和这些症候同时出现的，则是对于知识分子当有何为的思考。这是"人文精神"讨论和"余秋雨现象"中知识分子声音的意义之所在，亦是"上海摩登"之"Modern"（现代）的题中之义。

第五节　上海的新与旧——张爱玲热和上海怀旧

1995 年 9 月 8 日，张爱玲在美国去世。在张爱玲去世之前，中国的"张爱玲热"已成气候。从能够查到的出版信息看，张爱玲的传记已有于青的《天才奇女张爱玲》（花山文艺出版社 1992 年）、王一心的《惊世才女张爱玲》（四川文艺出版社 1992 年）、阿川（刘川鄂）的《乱世才女张爱玲》（陕西人民出版社 1993 年）、余彬的《张爱玲传》[1] 等多种正式出版。《上海文学》1995 年第 10 期发表陈思和的《民间和现代都市文化——兼论张爱玲现象》，文中问道，"在今天的'张爱玲热'中，张迷们能否真的理解这种苍凉在现代生活中的意义？"[2] 陈子善在张爱玲去世之后为文汇出版社编辑张爱玲纪念文集《作别张爱玲》，写于 1995 年 11 月的"后记"里提到，一年前他已为浙江文艺出版社编了

---

[1] 海南出版社 1993 年，海南国际新闻出版中心 1994 年出版的署名余斌的《张爱玲传》应是同一作者。
[2] 陈思和：《民间和现代都市文化——兼论张爱玲现象》，《上海文学》1995 年第 10 期。

一本《私语张爱玲》，但《私语张爱玲》一直到 1995 年 11 月才正式出版。而倪文尖的《不能失去张爱玲》写到张爱玲作品畅销的盛况："张爱玲的书被制成各种版式在大书店、小书摊或整齐或凌乱地出售，张爱玲的文在被大学教授、僻地民工或高级或低档地接受，张爱玲这人被各个层次不同群落的'张迷'体认、议论。"该文发表于 1996 年第 6 期的《读书》，写作时间应该是张爱玲去世后不久。

发表于《上海文学》1995 年第 12 期的姜丰的《情人假日酒店》中，女主人公使用自认为有品位的 Estée Lauder（雅诗兰黛）香水，喝正宗巴西咖啡，是所谓时尚的"小资"。她自称"张迷"，将张爱玲的小说随身携带着，在飞往上海的飞机上读的便是张爱玲的《红玫瑰与白玫瑰》，并邂逅了也读过这本书的邻座男子。"对张爱玲，我由迷恋而生羡慕，羡慕而生妒忌。我妒忌她的一切，连带她那迷离的身世和不幸的婚姻。"①

曾经很长一段时间，张爱玲从中国读者的视野里消失了。直到 20 世纪 80 年代初期，即使专业研究者也很少提及张爱玲。《文教资料简报》1982 年第 2 期发表了胡兰成的《评张爱玲》、迅雨的《论张爱玲的小说》、张葆莘的《张爱玲传奇》、夏志清的《张爱玲的家世》（摘录）和《〈张爱玲研究资料〉编后记》，应该是较早集中关注到张爱玲的刊物。赵园在《中国现代文学研究丛刊》1983 年第 3 期发表的《开向沪、港"洋场社会"的窗口——读张爱玲小说集〈传奇〉》是这一时期重要的相关研究论文。她将张爱玲放在沪港都市社会中来观察，认为"张爱玲的小

---

① 姜丰：《情人假日酒店　姜丰自选集》，作家出版社 1997 年，第 51 页。

说集《传奇》是一个开向沪、港都市社会，尤其是其中的'洋场社会'的窗口。装在窗框间的俨然封闭的小世界，光怪陆离而不失自身的和谐。"① 1985 年第 4 期《读书杂志》和第 3 期《收获》分别发表柯灵的《遥寄张爱玲》，同期的《收获》重刊张爱玲的《倾城之恋》。1986 年，天津百花文艺出版社"现代通俗小说研究资料"收入张爱玲作品集《倾城之恋》。在此前后，张爱玲的《传奇》和《流言》分别于 1985 年和 1987 年收入"中国现代文学史参考资料"，由上海书店出版社影印出版。从此，张爱玲渐渐成为研究界的热点话题。1992 年浙江文艺出版社和安徽文艺出版社分别出版《张爱玲散文全编》和《张爱玲文集》（4 卷），前者 6 月第一次印刷，首印 3 万册，12 月第 2 次印刷即印了 5.5 万册；后者首印 4 万册，到 1995 年已经第 7 次印刷。

"上海怀旧"晚于"张爱玲热"出现，我们只要检索"上海怀旧"的代表性出版物就能看出这一点。"上海怀旧"书系一般包括素素的《前世今生》（1996），陈丹燕的《上海的风花雪月》（1998）、《上海的金枝玉叶》（2000）、《上海的红颜遗事》（2000），马国亮的《良友忆旧》（2001），郭建英的《摩登上海：30 年代的洋场百景》（2001），宋路霞的《上海的豪门旧梦》（2002），程乃珊的《上海探戈》（2002），陈子善的《夜上海》（2003）等。它们中最早的素素的作品也迟至 1996 年才出现。除了图书出版，从上海的文学期刊来看，《收获》1999—2000 年开设了栏目"百年上海"。《上海文学》2001 年由陈子善主持了一

① 赵园：《开向沪、港'洋场社会'的窗口——读张爱玲小说集〈传奇〉》，《中国现代文学研究丛刊》1983 年第 3 期。

年的专栏"记忆·时间"。2002 年,《上海文学》开设了"上海词典"和"城市地图"两个专栏。陈丹燕认为:"通过自己商业的怀旧,来找到真正意义的上海气质。这当然是理想主义的角度,(就我个人而言)也会做一点区分。想看书的人,会把这种商业的怀旧和城市的气质,混在一起。"① "上海怀旧"出版最集中的时间,恰好和"小资"出版物盛行的时间重叠,后者如《小资女人有点烦》(2001)、《小资情调》(2002)、《小资女人》(2002)、《小资部落》(2002)、《天堂里的小资们》(2002)、《小资的私人幸福手册》(2002)、《小资魅力》(2002)、《小资的风花雪月》(2002)、《打开小资的玫瑰门》(2002)、《亲爱小资》(2003)、《小资愤青无厘头》(2003)、《小资影碟》(2003)、《小资剧本》(2003)、《小资小资漫游城市》(2003)等等。前文提及的王晓明的四个新阶层概念中,并不包含"小资"阶层,也没有包含官方正式文件里所谓的"中产阶级"。也是在 2002 年,时任国家统计局副局长的贺铿有一个表述:"那些文化素质和思想素质比较低的先富者,充其量只是'暴发户',根本成不了小康社会的主流公民,而那些所谓的'中等收入者',也就是国外所说的'中产阶级'",则是一个收入比较殷实,文化素质比较高的阶层。② "暴发户"应该属于王晓明四阶层中的"新富人"阶层,而某种意义上,"中产阶级"和"小资"则是对"白领"阶层的进一步细分。事实上,图书出版中也存在着这种细分,比如同一

① 《陈丹燕印象记:鱼和它的自行车》,原载《南洋商报》2002 年 4 月 27 日,参见许纪霖、罗岗等《城市的记忆 上海文化的多元历史传统》,上海书店 2011 年,第 298 页。
② 吴庆国:《国家统计局副局长认为——"中产阶级"应该成为小康社会主流公民》,《华商报》2002 年 12 月 16 日。

时期出版的和"中产阶级"相关的图书就有《品味：文明尺度与生存品质》（1999）、《高级灰：中国城市中产阶层写真》（1999）、《恶俗》（2000）。《三联生活周刊》2000年第199期的专题是"中产阶级和汽车"。"中产阶级"和"小资"在受教育程度、生活趣味、审美态度以及价值观念等方面应该比较接近，但以经济收入和消费水平衡量，"小资"普遍不如"中产阶级"。"中产阶级"给"小资"提供了未来生活的想象，这种想象成为20世纪90年代中期以后上海"新市民文学"的主题，而"上海怀旧"择选之后的"旧上海"是曾经出现过"中产阶级"的"现实"，现在借助不乏蛊惑性的文字、图片和影像为"小资"读者制造出相关幻象。

"上海怀旧"其实是一种制造出来的情绪和想象、一种幻觉，它的经典构件可以举陈丹燕的《上海的风花雪月》为例。大框架是城市和人，借助空间的错置和时间的魔术，把20世纪30年代的"旧上海"挪移到当下，制造"我"在的幻觉。它有时利用假作真的场景，比如全书的第一部分"咖啡馆"中写的"1931'S咖啡馆"，是典型的旧上海进入新上海的装置；有时则要靠语言的催眠，比如第二部分"房屋"，首篇即为"张爱玲的公寓"，陈丹燕在寻迹这个20世纪40年代成名的女作家的生活遗留时，将房屋归属的人抽离，而将自己代入一种角色扮演的状态，借张氏旧居抒自己对流金岁月的复杂情怀，在张爱玲公寓的老式德国电梯里遇见有着"梳得整整齐齐市井发型"的电梯女司机、和知情人聊着跑错房屋乱拍照的台湾同胞，带着一种洞察一切的超然。在这里，更多地掌握关于张爱玲的"旧上海"俨然成为一种资本，而无关她的文学。文学的"张爱玲热"转向空间的"张爱玲的公寓"，兑换出怀旧资源。1995 年前后"张爱玲热"的时期，张爱玲以 20 世纪 40 年代的小说和散文，还能活在自足的文学世界。但到了"上海怀旧"的世纪末，张爱玲寄身"张爱玲的公寓"，"文学的张爱玲"反而变得不那么重要了。事实也证明，"张爱玲的公寓"被重新发现后一直是"张迷"们"打卡"的朝圣地。这种幻术就像卫慧的《上海宝贝》中描写的一次派对："马当娜邀请我们参加一个叫作'重回霞飞路'的怀旧派对，地点选择在位于淮海路与雁荡交叉口的大厦顶楼。30 年代的霞飞路如今的淮海路，一向是海上旧梦的象征，在世纪末的后殖民情调里它和那些充斥着旗袍、月份牌、黄包车、爵士乐的岁月重又变得令人瞩目起来，像打在上海怀旧之心里的一个蝴蝶结。"①陈丹燕是自觉到这种幻术的，她在《上海的金枝玉叶》中写道：

> 在 1990 年代上海复旧潮流中，1920 年代末戴西全家坐在大房子前的合影又出现在好几种写到老上海的书里，也出现在一些为白领办的铜版纸杂志上，精美的印刷，连照片四周的黄渍都如实地表现出来。一个作家感叹地说，面对这张照片的上海人，不知道该说回到从前，还是说回到未来。
>
> 总之，大家都想赶快把一个破坏的时代擦掉，回到那张合影中去。总之，大家也都以为，回到那里，就是走进那张相片里，自己也住在这样的大房子里，自己也穿着长长的旗袍，自己的侄子也一身英童打扮，把小领带结系得又小又硬挺结实，自己的爹爹也挣大钱，在南京路上数一数二，自己也上燕京大学，夏天时候回来休假，与兄弟姐妹开着黑色的

---

① 卫慧：《上海宝贝》，春风文艺出版社 1999 年，第 26 页。

别克车上街去兜风。

报纸上充满了别墅售楼的广告，淮海路上外国名牌店一家连着一家，连一家新开在淮海路边上的小咖啡馆都要起"1931年"这个名字，表示对那个上海黄金时代的崇敬与憧憬。日子像是西西弗斯手里的石头，看着是越来越远了，可忽然又隆隆地滚下来，回到原处，可就是在这石头滚动的过程中，戴西已经失去了她所有的从前。戴西说，实在这世界上是没有一样东西能真正保留下来的。所有的，都像水一样，要是它在流着，它就流走了，要是它存着，它就干了。①

事实上，对于"海上旧梦"，很多时候陈丹燕是没有戴西那种从那个时代过来之人的痛感的，也无法感同身受戴西的痛感，除非她自己同样经历了失去，就像她在2007年的《上海的风花雪月》的跋中写的："看那些养育我的街区如何再经历沧海桑田，看那些曾充满了时光拼图游戏的旧楼如何被翻新成乏味的租界一景，也看当年骑一辆旧脚踏车在窄街上蜿蜒而过的我的感情，从十年前带有爱意和玩味，如何转化为如今心中渐渐锐利起来的失落之痛。"② 郜元宝把陈丹燕们的"上海怀旧"概括为"从某种制度性想象直接契入，他们有一套流行的概念、叙事和情感机制"。③ 上海批评家杨扬也认为："从1949年以来，上海大概从没有像1990年代以来那样渴望在文化上确认自己，而且确认的

---

① 陈丹燕：《上海的金枝玉叶》，上海文艺出版社2015年，第39页。
② 陈丹燕：《跋二（2007）》，陈丹燕：《上海的风花雪月》，上海文艺出版社2015年，第514页。
③ 郜元宝：《一种新的上海文学的发生》，《文艺争鸣》2004年第1期。

对象是上海的风花雪月、上海的金枝玉叶、上海的石库门、上海的里弄公寓。那些长期被视为革命对立面的旧时风韵、洋场情调，一时间喧嚣尘上，以一种极度夸张的姿态，粉墨登场。"①

此外，"上海怀旧"不只是纸上的"旧时风韵"，也是现实的城市空间的生产，从衡山路酒吧一条街到"新天地"，骨子里都是一种思维、一种调调。20 世纪 90 年代浦东和浦西城市空间生产，表面上看一个是接驳全球化时代的世界都市，那些拔地而起的建筑都是乘着魔毯的飞来之物，另一个则是对"旧上海"招魂，经过刻意的剪裁、省略和遗忘，老上海的过去对接上全球城市的未来。就像有研究指出的，"老上海所代表的（半）殖民租界历史，亦即阿巴斯所言之'治外法权世界主义'的特色，很容易被官商说法引用，强调老上海比今日世界许多城市更早全球化，在二十世纪初期便已发展成有世界主义特色的国际大都会，借此'事实'证明今日的全球化发展实是名正言顺，天经地义。这些论调假设双重镜像能完美结合，老上海的租界世界主义历史吊诡地证明了上海是今日得天独厚的全球城市，而都市规划者的工作便是在硬件发展上参考其他明星城市，让上海在二十一世纪成为真正的全球城市。"②

---

① 杨扬：《浮光与掠影：新世纪以来的上海文学》，上海文艺出版社 2014 年，第 133 页。
② 黄宗仪：《都市规划语言中的双重镜相》，黄宗仪：《面对巨变中的东亚景观：大都会的自我身份书写》，广西师范大学出版社 2011 年，第 78 页。

第三章

作为现代主义文学城市的上海

1988 年，俞天白的长篇小说《大上海沉没》在北京的《当代》第 5、6 期分两期发表。《当代》是 20 世纪 80 年代现实主义文学的重镇。古华的《芙蓉镇》、刘心武的《钟鼓楼》、张炜的《古船》等都首发在《当代》。《大上海沉没》属于传统的社会主义现实主义文学，从"大英帝国鼎盛时期的纪念物"外滩海关大钟，写到改革开放的 20 世纪 80 年代石库门公房吉庆里三十六号八户人家的日常生活。在小说家俞天白看来，那个充当中国现代领跑者的"大上海"已经沉没，他希望通过小说唤醒上海人"心里的大上海"。

　　作为世界都市的"大上海"的沉没，并没有影响上海成为 20 世纪晚期重要的世界现代主义文学城市。如果对世界都市作平行观察，上海和北京在 20 世纪 80 年代中期几乎同时成为最重要的两个现代主义文学之城。同样地，如果我们意识到上海曾经以"新感觉小说"以及现代主义诗歌为典型文本而成为 20 世纪 30 年代的世界现代主义文学之城，而现代主义文学正是李欧梵"上海摩登"中的一个重要症候，那么，现代主义文学的"上海复兴"显然和改革开放的 80 年代是同步的。《大上海沉没》发表的 1988 年，除了传统的现实主义小说，《上海文学》每期刊发一到两篇先锋小说作品，包括格非的《大年》（第 8 期）、吕新的《瓦楞上的青草》（第 9 期）、苏童的《伤心的舞蹈》（第 10 期）、残雪的《艺术家们和读过浪漫主义的县长老头》（第 11 期）、余华的《死亡叙述》（第 11 期）、姚霏的《中国象棋》（第 12 期）等。而该年，《收获》第 5 期发表了余华的《世事如烟》和张系国的《超人列传》，其后的第 6 期则是先锋文学专辑，集中推出了孙甘露的《请女人猜谜》、苏童的《罂粟之家》、余华的《难逃劫数》、马原的《死亡的诗意》、史铁生的《一个谜语的几种简单的猜法》、潘军的《南方的情绪》、扎西达娃的《悬岩之光》和张献的《时装街》等。而检索北京的《当代》《十月》《中国作家》的第5、6期和《北京文学》《人民文学》的第8—12期，除了《北京文学》，其他刊物上很少出现先锋作家的作品。再考虑到七八十年代之交的北京"今天"诗人群的现代主义诗歌和《人民文学》的"85"新潮小说，我们隐约可以看出现代主义从北京向上海的转移。事实上，在整个20世纪80年代，《上海文学》一直引领着中国现代主义的风尚。这样看来，上海和北京其实是改革开放的80年代中国现代主义文学的"双城"。

李欧梵《上海摩登》第四章研究上海都会空间，以"书刊里发现的现代主义"为题，提出"文本置换"的概念。"这个物质语境——书或杂志中的西方作家和作品如何被阅读、被翻译或以某种时尚的方式被改编成中文，然后被中国作家吸纳进他们自身的写作中去——这个复杂的'文本置换'过程揭示了正在浮现的上海现代文化的另一面；在某种方面方式上，它协助创造了上海新文化。"① "文本置换"是李欧梵《上海摩登》中"重绘上海"都市文化的四大症候之一。"文本置换"在上海复兴开始的20世纪80年代开始发生。然而，李欧梵在讨论"上海复兴"的时候，却没有提及20世纪80年代发生在上海的"文本置换"，特别是现代主义的先锋文本置换。而如果不拘泥于现实的都市重建，以都柏林、巴黎、纽约、布拉格以及拉美文学爆炸的城市群等为参

①【美】李欧梵：《上海摩登——一种新都市文化在中国1930—1945》，毛尖译，北京大学出版社2001年，第138页。

照，考虑到现代主义文学史和城市史之间的关系，①"上海复兴"可以说开始于20世纪70年代末，由上海文艺出版社、上海译文出版社以及《外国文艺》《收获》《上海文学》《文学角》《上海文论》等共同缔造的"文本置换"创造了"这个物质语境"。不仅如此，就像彭小妍所认为的："现代性的三大推手：浪荡子、漫游者与文化翻译者三者，共同描绘出一个'跨文化的现代性'的故事"②。除了这三大推手，可能还要加上批评家、出版人和编辑等。20世纪80年代，几大"现代性的推手"汇聚上海，文化翻译者无须多说。从经济指标而言，可能纨绔子弟式的浪荡子甚少，但精神上的浪荡子不乏其人。上海诗人陈东东回忆80年代的"诗生活"用的"游侠传奇"这个题目，京不特和默默发起的"撒娇派"，其中无不流淌着浪荡子的精神血液。毛尖在《没有人看见草生长》中称大学校园里流窜的文学青年为"文艺二流子"③，其实准确地揭示了他们作为城市边缘人激进、疏离和反叛的波希米亚特征。

一面是"文本置换"，另一面是游荡在城市的"旧上海""幽灵"，它们是上海隐身的漫游者。1981年，李欧梵第一次到上

①　参见【美】马尔科姆·考利《流放者归来：二十年代的文学流浪生涯》，张承谟译，重庆出版社1986年；【美】萨利·贝恩斯：《1963年的格林尼治村——先锋派表演和欢乐的身体》，华明等译，广西师范大学出版社2001年；【英】凯文·杰克逊：《天才群星闪耀：1922，现代主义元年》，唐建清译，南京大学出版社2024年；【爱尔兰】科尔姆·托宾：《王尔德、叶芝、乔伊斯与他们的父亲》，张芸译，上海译文出版社2025年。
②　参见彭小妍：《浪荡子美学与跨文化现代性——一九三〇年代上海、东京及巴黎的浪荡子、漫游者与译者》封面内容介绍，台湾联经出版事业股份有限公司2012年。亦可参考本雅明的有关论述，【德】本雅明：《发达资本主义时代的抒情诗人》，张旭东、魏文生译，生活·读书·新知三联书店1989年。
③　毛尖：《没有人看见草生长》，《上海文学》2010年第7期。

海，住在锦江饭店。到上海的第二天，他到巴金先生家里拜访。没事的时候，李欧梵一个人散步，从锦江饭店一路走到外滩，这个他多年以后在《上海摩登》里重绘的上海繁华之地，当时给他感觉的却是："上海笼罩在一个没有灯的世界里，古旧的建筑里有鬼影、有阴影，还有情侣的情影不断闪现——当时情侣没有地方去，我一路上看到不少情侣的影子躲在大柱子后面讲话——一路走到外滩，外滩也没有多少人。感觉城市就像是一个鬼城，我开始觉得自己对这座城市着了迷，正是因为有那种'鬼影'和'幽灵'，所以我也像'幽灵'一样转来转去就转入了这座城市中。"① 类似的说法，李欧梵在很多场合说过。②

比李欧梵的时间更早，法国历史学家白吉尔教授 20 世纪 90 年代末回忆 1957 年第一次到上海，住在一家豪华的旅馆里，后者"仍保留着舒适的套房和陈旧的银质餐具，还有训练有素的服务员"。白吉尔是那一层楼唯一的房客，他第一次感到不自在。

①【美】李欧梵、罗岗、倪文尖：《重返"沪港双城记"》，《文艺争鸣》2016 年第 1 期。

②《上海摩登》中文版序："多年以后（1981 年），我旧地重游，抵达上海第一晚就上街道漫步，却发现这个城市比我当年想象的小得多，而且毫无灯火通明的气象，只见到街角阴暗之处对对情侣在搂抱私语，而外滩更是一片幽暗世界，我的这种感觉，可能和白先勇的看法相似：解放多年后的上海，已经从一个风华绝代的少妇变成了一个人老珠黄的徐娘。然而，即使如此，我后来在某些地带——譬如柯灵先生的居所，在当年的法租界——发现这个徐娘风韵犹存。就凭这一丝余韵，以及几位作家和学者的帮助，使我得以重新在大量的旧书和杂志堆中，重新发现这个当年摩登少妇的风姿。所以，我对老上海的心情不是目前一般人所说的'怀旧'，而是一种基于学术研究的想象重构。"（【美】李欧梵：《上海摩登——一种新都市文化在中国 1930—1945》（中文版序），毛尖译，北京大学出版社 2001 年，第 4 页。）2006 年他接受辽宁师范大学张学昕教授的访谈时说："我第一次到上海，就觉得好像到了一个梦幻的城市里。房子都是旧的，可是每一个旧房子背后都有一个历史，但是都被掩盖掉了。当年的上海，绝对是光辉灿烂的，正因为那时候，80 年代初我看到的上海都是阴阴暗暗的，所以，我觉得上海充满了鬼魂。"（【美】李欧梵、张学昕：《追寻现代文化的精神原味》，《作家》2006 年第 4 期。）

"身着白色制服的楼面侍应生说话低声细语，走路鸦雀无声，犹如游魂。更让人有幽灵之感的是，一天晚上我在楼梯间遇到一对年长的英国夫妇，他们的装束和共产党领导下的城市的清贫生活完全不协调，男的西装革履，女的金发盘头。透过他们的身影，那座消失了的大都会的幻影似乎隐约再现。"① 李欧梵和白吉尔感觉到的"鬼影""幽灵"和"游魂"是什么？也许，它们可以说是一个城市的记忆，以及它在多种物事上投影的方式，所形成的整体性的、弥漫不去的精魂。李欧梵认同本雅明的理论："历史就像一个幽魂，当我们在现实生活中感受到强烈的刺激、危机的时候，就有一种冲动，过去的阴影就以一种阴魂式地呈现出来。过去没有时间的顺序，历史没有时间的顺序，历史也可以说是一块块的阴魂，一块块的片段进到我们的世界中来。"② 而对于一个有着丰富文化历史的城市来说："一个有文化的都市你会时时感受到历史的幽灵，即使它变成一个新的城市，也可以借助'幽灵'和'鬼魂'的重返，把它的历史重新创造出来"。于是，李欧梵想要"给上海'招魂'，因为上海的每一个地方都似乎有幽灵，有故事，他想招回来"。③

第一节　重绘世界现代主义文学地图

翻译家郑克鲁说："'文革'以后，外国文学界迎来了一个春

---

① 《前言：上海与现代化》，参见【法】白吉尔：《上海史：走向现代化之路》，王菊、赵念国译，上海社会科学院出版社 2005 年，第 1 页。
② 【美】李欧梵：《重绘上海的心理地图》，《开放时代》2002 年第 5 期。
③ 【美】李欧梵、罗岗、倪文尖：《重返"沪港双城记"》，《文艺争鸣》2016 年第1 期。

天。每当一部外国文学作品重新再版，广大读者犹如久旱遇甘霖，在书店门前排长队抢购，那时无论古典的还是现代的外国文学作品，每本书的印刷动辄以十万计。"① 同样生活在上海的施蛰存 1987 年接受《人民日报》记者采访时也说："门关久了，再打开时，外面的一切都会觉得'新'。""我们需要补课，要像鲁迅先生编《译文》那样，有一点计划和选择，将几十年欧美文学（包括苏联文学）的发展，系统地介绍进来，使青年们减少一些不正常的'新奇感'。"② 郑克鲁的文章特别提及 1978 年 11 月在广州举行的"全国外国文学工作会议"。正是在这次会议上，如何评价外国现代派文学被列入讨论议题。

上海学者张闳谈到 20 世纪 80 年代的阅读图景，认为整个 20 世纪 80 年代文化可归结为几套书的引导结果。除了商务印书馆的"汉译世界学术名著丛书"、三联书店的《文化：中国与世界》丛书、李泽厚主编的《美学译丛》、金观涛等主编的《走向未来》这几套，另外的四套都是外国文学方面的：袁可嘉等编的《外国现代派作品选》、上海译文出版社的"外国文艺丛书"、上海译文出版社和外国文学出版社共同推出的"二十世纪外国文学丛书"，以及漓江出版社的"获诺贝尔文学奖作家丛书"。张闳特别强调这四套书关注的是"现代主义文学"。这四套书中，有三套都和上海的出版社相关。他还特别列出了上海译文出版社的"外国文艺丛书"的主要书目，包括《城堡》《鼠疫》《普宁》《卢布林的

---

① 郑克鲁：《多卷集中的一朵奇葩——上海文艺出版社〈外国现代派作品选〉编选经过》，《小说界》2012 年第 2 期。
② 施蛰存：《中外文化交融的"断"与"续"——答〈人民日报〉记者钱宁问》，《人民日报》1987 年 6 月 8 日。

魔术师》《橡皮》《一个分成两半的子爵》《博尔赫斯短篇小说集》《迪伦马特中短篇小说集》《加西亚·马尔克斯中短篇小说集》《第二十二条军规》《荒诞派戏剧集》等，并且指出："拥有这一套简约主义风格的小开本装帧的书，已是爱书者值得向人炫耀的资本，它可以成为书主人作为现代主义者和文学爱好者的资深证明。"①"外国文艺丛书"出版之前，上海译文出版社已有和人民文学出版社合作承担的"外国古典文学名著丛书"，即俗称的"网格本"。

袁可嘉在总结改革开放十年"中国与现代主义"的关系时，谈到现代主义文学的译介情况时说："1978 年至今，我国翻译出版了四千余种外国图书，其中很大部分是西方现代派作品。有些难度很高的作品，如乔伊斯的《尤利西斯》、福克纳的《喧哗和骚动》、艾略特的《四首四重奏》也已有了部分或完整的译本。"② 中国当代外国文学译介史，绕不过袁可嘉等编的《外国现代派作品选》，就像《外国文学研究》1981 年第 1 期介绍所言："外国文学领域内，名副其实的禁区是资产阶级现代派文学。建国以来，尤其是'四人'横行的十年，把它笼统地视为一片芳草丛生的荒原，判为颓废文学一笔抹杀，拒之于国门之外，使得我国在评介外国现代派文学方面极为短缺。由中国社会科学院外国文学研究所袁可嘉、董衡巽、郑克鲁编选，上海文艺出版社出版的《外国现代派作品选》旨在给专业工作者和文艺爱好者提供一部了解、研究、借鉴外国现代派文学的'案头书'。"③

① 张闳：《丽娃河上的文化幽灵》，《大学人文》2005 年第 3 辑。
② 袁可嘉：《中国与现代主义：十年新经验》，《文艺研究》1988 年第 4 期。
③ 涂舒：《〈外国现代派作品选〉简介》，《外国文学研究》1981 年第 1 期。

郑克鲁也是《外国现代派作品选》的选编者之一。据他介绍，"在大学的教学中，一般都把这套书列入参考书范畴，特别是中文系的学生，从 20 世纪 80 年代到 90 年代，未读过的几乎没有。"[①] 和张闳提到的其他三套书不同，《外国现代派作品选》这套书是以流派为线索的外国现代派文学专题选本，且不局限于小说，还包括诗歌和戏剧等文本。1981 年进入华东师范大学中文系学习的小说家格非就曾受惠于《外国现代派作品选》。他把这套书视作"纲目和线索"，多年以后回忆道："那本书（《外国现代派作品选》）刚刚出版，人人都处于同一起跑线上，循着他的纲目和线索我们找到了卡夫卡、博尔赫斯、卡尔维诺，如《外国文艺》《世界文学》《外国文学动态》《译林》，还有一些同学不知从哪里弄来的内部参考白皮书。"[②]《外国现代派作品选》的编辑出版应该受到了 1978 年启动的改革开放的影响。据袁可嘉说，"1978 年秋天，举行了几次座谈，几乎所有与会者都表示过去那种对现代派一并抹杀的态度是片面的，应当加强研究、重新评价其得失，探究正确评价借鉴的途径。""不久，董衡巽、郑克鲁等就策划搞一套《外国现代派作品选》，得到上海文艺出版社的支持，并邀我出任主编之一，主持全书的编译工作。"[③] 江曾培在他的《鸿爪屐痕——我与出版》一书中详细记录了这套书的出版过程：

> 文学二室编辑金子信曾是中国社会科学院文学研究所研

---

① 郑克鲁：《多卷集中的一朵奇葩——上海文艺出版社〈外国现代派作品选〉编选经过》，《小说界》2012 年第 2 期。
② 格非：《师大忆旧》，《收获》2008 年第 3 期。
③ 袁可嘉：《我与现代派》，《诗探索》2001 年 3 至 4 辑。

究生，与外国文学所人员熟悉，得悉袁可嘉等专家在酝酿编选这方面作品，立即赴京约稿，两方面一拍即合，经协商，由袁可嘉、董衡巽、郑克鲁三位研究欧美现当代文学的专家共同主编一套《外国现代派作品选》。他们就就业业地奋斗了几年时间，完成了一套四册、总字数达 230 多万字的选集，于 1980 年 10 月到 1985 年 10 月次第问世。

《外国现代派作品选》主要选译了第一次世界大战以来欧美、日本、印度等国属于现代派文学范围内有国际影响的十个重要流派的代表作品，以流派为经，时代为纬，分编为四册十一个专辑。第一册包括后期象征主义、表现主义、未来主义；第二册包括意识流、超现实主义、存在主义；第三册包括荒诞文学、新小说、垮掉的一代、黑色幽默；第四册包括虽不属于某个特殊的现代派，但有过较大影响，属于广义现代派的作品。以一般公认的能够反映各个流派特色的作品为主，侧重艺术特征。文学史上经常提到的作品，如艾略特的《荒原》，梅特林克的《青鸟》，卡夫卡的《变形记》，马雅可夫斯基的《我们的进行曲》，沃尔夫的《墙上的斑点》，乔伊斯的《尤利西斯》（第二章），加缪的《局外人》，贝克特的《等待戈多》，罗布—格里耶的《咖啡壶》，劳伦斯的《美妇人》，等等，尽收书中。①

袁可嘉在《外国现代派作品选》前言中，提到了这套书的编辑理念："我们今天有选择地介绍现代派文学的代表作品，目的不是要对它瞎吹胡捧，生搬硬套，而是首先要把它有选择地拿过

---

① 江曾培：《鸿爪履痕——我与出版》，上海文化出版社 2022 年，第 64 页。

来，了解它，然后科学地分析它，恰当地批判它，指出它的危害所在，同时也不放过可资参考的东西。"① 依然是一种谨慎的对开放的试探。到了《外国现代派作品选》第三四册出版的1984年和1985年，国内现代主义创作已经渐渐有了苗头，翻译和谈论现代派也不需要像袁可嘉的前言中那样小心翼翼了。

《外国现代派作品选》第一册（上、下册）1980年出版，首印5万册；第二册（上、下册）1981年出版，首印4万册；第三册（上、下册）1984年出版，首印2.1万册；第四册（上、下册）1985年出版，首印1.36万册。第一册在全部四册里印数最大，1983年第2次印刷即增至6.9万册，其他几册，第二册1984年第2次印刷，也增至5.7万册。相比较而言，第三、第四两册印数比第一、第二册小。这和出版形势的变化有很大关系，从1980年到1985年的五年间，现代主义文学在中国的介绍和出版已经很普遍，而且类似《外国现代派作品选》多人合集的"选本"已经不能满足读者的"补课"要求。上海译文出版社的"外国文艺丛书"和漓江出版社的"获诺贝尔文学奖作家丛书"（内含多种现代主义作品）等大型丛书先后出版。

不管怎么说，在选本内容上包括了后期象征主义、表现主义和未来主义的《外国现代派作品选》第一册的地位是无法被取代的。它的译者有艾青、卞之琳、冯至、袁可嘉、查良铮、赵萝蕤、杜运燮、吕同六、王守仁、郭沫若、李文俊、叶廷芳、闻家驷、傅惟慈等。翻译的诗人、小说家和剧作家包括瓦雷里、里尔

---

① 袁可嘉：《外国现代派作品选》（前言），参见《外国现代派作品选》第一册（上），上海译文出版社1980年，第26页。

克、叶芝、艾略特、庞德、勃洛克、叶赛宁、夸西莫多、洛尔
伽、梅特林克、奥威尔、阿波里奈和卡夫卡等。第一册诗歌占据
了主要的篇幅，且译者中聚集了三四十年代最重要的一批现代主
义诗人如艾青、卞之琳、冯至、穆旦、袁可嘉等。第一册选本直
接启蒙了恢复高考之后的第一批大学生，也是第三代诗人域外诗
学资源的直接源头。陈东东《游侠传奇》中提到："上海文艺出
版社的《外国现代派作品选》第一、二分册已经出版，我跟王寅
都如获至宝"。①

上海译文出版社成立于1978年，随后成立《外国文艺》编
辑室，创办《外国文艺》双月刊。《外国文艺》创刊号印数即有
5万册，后增至10万册，最高达18万册。1978年6月内部发行
的《外国文艺》第一期刊登了约瑟夫·赫勒的《第二十二条军
规》、川端康成的《伊豆的歌女》和《水月》、萨特的七幕剧《肮
脏的手》和蒙塔莱的诗歌等。这以后，许多重要的作家作品经由
《外国文艺》在中国首次发表，比如1979年第1期（总第4期）
发表王央乐翻译的博尔赫斯《交叉小径的花园》《南方》《马可福
音》《一个无可奈何的奇迹》四则短篇小说。这是博尔赫斯的小
说第一次被翻译、介绍到中国。② 1980年第3期刊登了"马尔克
斯短篇小说四篇"《格兰德大妈的葬礼》《咱们镇上没有小偷》
《礼拜二午睡时刻》《纸做的玫瑰花》，这也是中国大陆最早公开
发表加西亚·马尔克斯的作品。80年代的中国小说家感受着马

---

① 陈东东：《游侠传奇》，参见柏桦等《与神语：第三代人批评与自我批评》，中
　华工商联合出版社2014年，第91页。
② 参见季进：《作家们的作家——博尔赫斯及其在中国的影响》，《当代作家评论》
　2000年第3期。

尔克斯这座"灼热的高炉"。① 甚至连诗人也不例外，当时在上海读大学和生活的"城市诗"诗人张小波写过一首《一秒钟里听到百年孤独》，诗歌的题记是马尔克斯《百年孤独》著名的开头："很多年后，当他面对行刑队的枪口时，想起那个炎热的中午，他的父亲带他去寻找一块冰……"②

2009年5月《外国文艺》创刊30周年座谈会上，上海作协主席王安忆发言表示，很幸运在那个年代通过《外国文艺》接触到外国第一流的作家和作品，"我们这一代是'译文'的一代。"作家陈村则说："这一代作家都是在《外国文艺》照耀下成长起来。它上面介绍的作家和作品常常会成为一个话题，开阔我们的眼界，而且原来小说还可以这么写。"③ 不仅仅是20世纪80年代的作家得到《外国文艺》的滋养。《外国文艺》的先锋性，即便过了30年，在年轻研究者看来依然是令人震惊的："1978至1980年间《外国文艺》的译介也是'惊世骇俗'的，它似乎在一夜之间突破了建国后几十年外国文学译介上的'清规戒律'，为读者展现了一个全新的外国文学世界。和当时出版社大量重印20世纪之前的外国文学名著不同，《外国文学》译介的却是清一色的当代外国文学作品，这也是之前的文学翻译界刻意'遮蔽'的一个世界。"④

《外国文艺》创刊的同时，上海译文出版社开始出版"外国文艺丛书"。和《外国现代派作品选》同时启动的"外国文艺丛

---

① 莫言：《两座灼热的高炉》，《世界文学》1986年第3期。
② 宋琳、张小波等：《城市人》，学林出版社1987年，第136—137页。
③ 石剑峰：《〈外国文艺〉照耀了80年代》，《东方早报》2009年5月8日。
④ 倪嘉源：《1978—1980〈外国文艺〉译介与文学观念的变革》（硕士学位论文），上海外国语大学，2008年。

书"包括加缪的《鼠疫》(1980)、卡夫卡的《城堡》(1980)、阿兰·罗伯-格里耶的《橡皮》(1981)、约瑟夫·赫勒的《第二十二条军规》(1981)、伊塔洛·卡尔维诺的《被分成两半的子爵》(1981)、乔伊斯的《都柏林人》(1984)以及《加西亚·马尔克斯中短篇小说集》(1982)、《博尔赫斯短篇小说集》(1983)等现代派文学重要作家的经典长篇小说和个人作品选本。

《外国现代派作品选》和"外国文艺丛书"扮演的都是突破禁区的角色,"一道神秘的门终于悄悄地打开了"。[①]"外国文艺丛书"和《外国文艺》的关联性不仅体现出"丛书"是《外国文艺》的迁移和扩容,也表明了两者的先锋性和当代性的审美趣味也是一致的。我们可以用同一个作者在"丛书"出版和在《外国文艺》杂志发表的情况来加以互勘:约瑟夫·赫勒的《第二十二条军规》(1978 年第 1 期发表/1981 年出版)、拉斯普京的《活下来,并且记住》(1978 年第 2 期发表/1979 年出版)、索尔·贝娄的《寻找格林先生》(1978 年第 3 期发表/收入《当代美国短篇小说选》1979 年出版)、博尔赫斯短篇小说选 (1979 年第 1 期发表/1983 年出版)、维·阿斯塔菲耶夫《鱼王》(1979 年第 5 期发表/1982 年出版)、尤金·尤奈斯库的《阿麦迪或脱身术》(1979 年第 3 期发表/1980 年出版)、卡夫卡短篇小说两篇 (1980 年第 2 期发表/卡夫卡《城堡》1980 年出版)、马尔克斯短篇小说四篇 (1980 年第 3 期发表/《加西亚·马尔克斯中短篇小说集》1982 年出版)、乔伊斯短篇小说三篇 (1980 年第 4 期发表/乔伊斯《都柏林人》1984 年出版)、纳博科夫的《普宁》(1980 年第 5 期

---

① 陈思和:《想起了〈外国文艺〉创刊号》,《博览群书》1998 年第 4 期。

发表/1981 年出版)、伊塔洛·卡尔维诺《被分成两半的子爵》（1981 年第 1 期发表/1981 年出版)。①

《外国文艺》《外国现代派作品选》和"外国文艺丛书"等之于 20 世纪 80 年代，应该有比文学更广阔的思想启蒙意义。世界主义的"上海复兴"事实上是从"文学复兴"，尤其是现代主义文学复兴肇始的。它和 20 世纪 70 年代末的思想解放同步，随时回应着世界的思想文化动向。比如，1980 年 4 月萨特去世。时隔数月，1980 年《外国文艺》第 5 期就发表了周煦良译的《存在主义是一种人道主义》。

陈思和认为，在中国现代文学期刊史上，可以和《外国文艺》及其影响相比肩的是《新青年》和五四时期的思想启蒙，《小说月报》《创造月刊》和新文学创作，《现代》和 20 世纪 30 年代中国现代主义文学以及《文艺新潮》（香港)、《文学杂志》《现代文学》（台湾）对港台地区现代主义文学的推动。这个谱系的刊物，其关键词是五四启蒙主义的中国现代性逻辑。"若以这样的标准来看'文革'后中国文学发展与期刊的关系，我觉得其关系最大、影响最重要的，倒不是当时那些质量平平的文学期刊，而是有关外国现代文学观念引进和介绍的刊物——我想说的是上海译文出版社出的《外国文艺》杂志。"② 和开埠为起点的上海现代性不完全相同，20 世纪 80 年代的上海，不是租界所提供的西方现代性的示范样本，也不是城市营建、工商业发达和消费文化勃兴的衍生物。《外国文艺》《外国现代派作品选》和"外

---

① 括弧中的两个时间，前者为《外国文艺》发表时间，后者为作为上海译文出版社"外国文艺丛书"出版的时间。
② 陈思和：《想起了〈外国文艺〉创刊号》，《博览群书》1998 年第 4 期。

国文艺丛书"等的"外国文艺",在 20 世纪 80 年代营造的是"海上蜃景"。马尔科姆·布雷德伯里认为:"迁居和流亡往往有助于现代艺术之乡成员的增加;这种艺术之乡是许多伟大作家——乔伊斯、劳伦斯·曼、布莱希特,奥登、纳博科夫——经常游历的地方。它逐渐有了自己的风景、地形、聚居地区、流亡处所——如第一次世界大战期间的苏黎世,第二次世界大战的纽约。"[①] 20 世纪 80 年代的上海,虽然不是现实地理上伟大作家的迁居和流亡地,但世界文学经典作家的文本经过翻译、出版、阅读和写作的"文本置换"迁居到上海,有了"自己的风景、地形、聚居地区",而"我们总算建立了一个小小的属于自己的根据地"[②]。

"文本置换"不一定只是从一个空间到另一个空间,类似于20 世纪三四十年代上海现代主义文学的试验者和世界现代主义文学的翻译和转换,"文本置换"也可能发生在从一个时代到另一个时代,发生在李欧梵《上海摩登》的 1930—1945 年的上海和 20 世纪 80 年代的上海之间。在这里,时间其实就是空间。需要注意的是,这种"文本置换"通过"重刊"和"再版"1930—1945 年的现代文学作品,使之进入 20 世纪 80 年代的文学生产和阅读,"文本置换"因此得以继续。典型的例子是张爱玲对于八九十年代中国作家的影响。《1988 上海文化年鉴》中"出版"部分的条目显示:"《中国现代文学史参考资料》出齐"。[③] 上海

---

① 【美】马尔科姆·布雷德伯里:《现代主义的城市》,参见【英】马尔科姆·布雷德伯里、【英】詹姆斯·麦克法兰编《现代主义》,胡家峦等译,上海教育出版社 1992 年,第 81 页。
② 格非:《师大忆旧》,《收获》2008 年第 3 期。
③《上海文化年鉴》编辑部编:《1988 上海文化年鉴》,上海人民出版社 1988 年。

书店出版社花了近十年时间影印出版了全套 10 辑 100 种的"中国现代文学史参考资料"。1978 年，国家出版局批准上海书店出版社从事古旧书刊复制出版。1979 年，《鲁迅先生纪念集》《郁达夫游记》和胡适的《中国章回小说考证》成为第一批影印出版的图书。这三本书中，鲁迅和郁达夫的固然没有问题，但是"问题人物"胡适的书在大陆已经几十年没有出版过。可以想见，上海书店出版社第一批选择胡适的古典小说研究著作，同样是一种谨慎的试探。果然，胡适的这本书遇到了麻烦，导致这个出版计划暂时中止。1981 年，上海书店出版社设想了一个新的出版方案——以"中国现代文学史参考资料"为丛书名，影印现代文学著作，选印范围包括"现代文学史上各社团、流派、著名作家的著作，以及作家传记、作品评论、文学论争集等"。既然是提供研究的"参考资料"，就可以兼顾各种不同政治立场的"左、中、右"了。①"参考资料"的提法，有点类似当时给一些存在禁忌和风险的图书标注"内部发行"的做法，比如《外国现代派作品选》就在封底印着"内部发行"字样。这样，1981 年和 1982 年"中国现代文学史参考资料"丛书顺利出版了周作人的《知堂文集》、胡适的《尝试集》、陈梦家编的《新月诗选》、陈源的《西滢闲话》、苏汶编的《文艺自由论辩集》等自由主义作家的文集和诗集。

从出版时间表来看，1981 年上海文艺出版社以"中国现代文学参考资料"（乙种）的方式影印出版了 1935 年良友图书公司

---

① 参见俞子林《艰难的历程——出版〈中国现代文学史参考资料〉的回忆》，《出版史料》2009 年第 1 期。

的《中国新文学大系》，这也正是上海译文出版社出版加缪的《鼠疫》、卡夫卡的《城堡》、阿兰·罗伯-格里耶的《橡皮》、约瑟夫·赫勒的《第二十二条军规》、伊塔洛·卡尔维诺的《被分成两半的子爵》、乔伊斯的《都柏林人》以及《加西亚·马尔克斯中短篇小说集》《博尔赫斯短篇小说集》的时间，也是上海文艺出版社出版《外国现代派作品选》的时间。这张不同出版社的出版时间表，自然会让我们联想到作为中国现代印刷文化发育、繁荣的地点之一，以及作为新文化中心的上海。

就上海的现代性和现代文学的关系问题，上海书店出版社的《中国现代文学史参考资料》提供了关于"另一个上海"的文学地图。贾植芳主编的"现代都市小说专辑"（1988）10 种包括：刘呐鸥的《都市风景线》、施蛰存的《将军底头》、穆时英的《圣处女的感情》《白金女体塑像》、徐霞村的《古国的儿女》、黑婴的《帝国的女儿》、无名氏的《塔里的女人》、杜衡的《旋涡里外》、叶灵凤的《红的天使》以及徐訏的《精神病患者的悲歌》。贾植芳为"现代都市小说专辑"撰写的题记认为："第一次世界大战后，西方现代主义文学思潮传入我国，对五四初期的小说、诗歌均发生一定影响。20 年代末始，上海有几位文学青年创办《无轨列车》《新文艺》等刊物，有意借鉴和模仿日本新感觉小说和其他西方现代派文学，继而形成现代都市生活的小说流派，其代表者有刘呐鸥、施蛰存、穆时英、徐霞村等。由于他们在 30 年代的创作多发表在《现代》杂志上，故又称'现代派'。黑婴、叶灵凤的作品，也多属此类。杜衡当时搞理论也搞创作，虽然他的小说风格与其他诸作家不同，比较倾向写实，但在理论上是赞同、理解这种探索的，因此在习惯上也被视作一个派。"现代都市小说是新文学发展的一个重要环节。"抗战爆发后，此派小说作家发生分化。四十年代，以现代心理分析方法写都市人病态生活的，有徐訏、无名氏等人，风格也相去甚远矣。"① 此专辑的穆时英和施蛰存分别有《公墓》和《善女人行品》入选其他的专辑。李欧梵把张爱玲和本专辑的叶灵凤、施蛰存、穆时英、刘呐鸥都放在"上海摩登"下展开讨论，相比其余几人，张爱玲的《传奇》和《流言》已先期分别于1985年和1987年入选"中国现代文学史参考资料"的其他专辑。顺便一提，《收获》1985年第3期即"重刊"张爱玲的代表作《倾城之恋》并配发柯灵的回忆文章《遥寄张爱玲》。《中国现代文学史参考资料》另有魏绍昌主编的"海派小说专辑"10种，收入黄震遐的《大上海的毁灭》、崔万秋的《新路》、林微音的《花厅夫人》、李同愈的《忘情草》、予且的《两间房》、苏青的《结婚十年正续》、丁谛的《前程》、施济美的《凤仪园》、东方蝃蝀的《绅士淑女图》、潘柳黛的《退职夫人自传》。该专辑"影印说明"中提出，"海派"是由于特殊的历史渊源和畸形的都市环境形成的文学流派，产生于20世纪三四十年代的上海。"他们都以上海人的眼光和心态写上海滩的形形色色。作品语言渗透着那种洋场气息和浓郁的上海风味"。② 这里的"海派"和李欧梵《上海摩登》讨论的六个作家张爱玲、叶灵凤、施蛰存、穆时英、刘呐鸥、邵洵美，正好共享着同一个"上海时间"，都具有"洋场气息和浓郁的上海风味"。

---

① 贾植芳：《中国现代文学史参考资料》"现代都市小说专辑"题记，上海书店出版社1988年。
②《中国现代文学史参考资料》"海派小说专辑"影印说明，上海书店出版社1989年。

如果说，"上海风味"是一个暧昧不明的词，"洋场气息"则有具体的、租界的上海现代性的所指。《上海摩登》以现代主义文学为尺度，将这一专辑的 10 位作家排除在外。即使按照李欧梵提出的租界城市建筑和地景、印刷文化以及电影等消费文化共同生产的上海现代性空间的"重绘上海"，其间也蕴藏着多种文学可能性——《上海摩登》所论的现代主义文学，贾植芳、魏绍昌选编的"都市小说"和"海派小说"，它们都属于 20 世纪三四十年代上海"现代文学的想象"。它们是如何做到张真所说的现代性的"会聚"的？李欧梵的《上海摩登》中并未作出回答。1988年，正是上海批评家王晓明和陈思和在《上海文论》发起"重写文学史"的年份。我们检索了和"重写文学史"相关的实践活动，其中得到最多讨论的是 20 世纪 80 年代文学史观念的转变和它在中国现代文学史书写上的体现，或者是文学史家和批评家在刊物主持的栏目、发表的论文。这当然没错。但是，我们不能忽视另外一条线索，那就是 1949 年以前文学作品和图书的"重刊"和"重版"。"重版"包括中国现代报刊的"影印"。中国现代文学在 20 世纪 80 年代的"重刊"和"重版"，应该是可以与"重写"等量齐观的文学史事件，值得同样的重视。

第二节 "游侠列传"和"海上诗群"

马尔科姆·布雷德伯里认为："19 世纪末兴起，并发展到今天的实验性现代主义，从许多方面来看都是城市的艺术，尤其是多语种城市的艺术。"这个城市不是我们一般意义的城市，而是

"享有思想文化交流中心的盛名"。① 作为五四新文化和新文学的发源地之一，从五四时期到 20 世纪三四十年代，上海一直"享有思想文化交流中心的盛名"，直到 1949 年以后现代主义在上海几乎隐退，上海成为一座新兴的工业城市。

现代主义在中国的复苏是 20 世纪 80 年代文学史上的一个引人注目的现象。现代主义自 20 世纪 70 年代开始在上海、北京以及南京、成都、重庆、长沙等多个城市萌蘖。综合考量文艺社群、翻译、发表、出版和文学批评等元素，上海无疑是 20 世纪 80 年代中国现代主义文学第一城。

但值得注意的是，现代主义在上海集中爆发的 20 世纪 80 年代中期，上海不仅不再"享有思想文化交流中心的盛名"，经济发展也落后于珠三角沿海地区，同时也不是北京这样的政治中心。但马尔科姆·布雷德伯里也描述了使城市成为思想活动中心的另一种可能性："当知识分子阶层不断扩大，获得强烈的自我意识，感到与占统治地位的社会秩序日渐离异，并日益表明对未来的态度和对变革的信念时，城市就成为思想活动的中心。"② 20 世纪 80 年代至今已经过去了 40 余年，回望 20 世纪 80 年代，因为以诗人、小说家和批评家为代表的知识分子阶层的"扩大""离异"和"信念"，他们参与缔造的 20 世纪 80 年代上海现代主义文学运动所造成的结果是，上海再次成为"思想活动的中心"。

---

① 【英】马尔科姆·布雷德伯里：《现代主义的城市》，【英】马尔科姆·布雷德伯里、【英】詹姆斯·麦克法兰编：《现代主义》，胡家峦等译，上海教育出版社 1992 年，第 76 页。
② 【英】马尔科姆·布雷德伯里：《现代主义的城市》，【英】马尔科姆·布雷德伯里、【英】詹姆斯·麦克法兰编：《现代主义》，胡家峦等译，上海教育出版社 1992 年，第 77 页。

某种意义上，20 世纪 80 年代上海有些类似于 19 世纪末欧洲现代主义即将到来的时代。改革开放时期开启后，"许多社会作用和地位大不同的人们聚集于城市，使得城市成为产生摩擦、变革和新意识的场所；在城市不断发展的同时，也产生了对新文化的渴望，产生了与艺术特别有关的价值和表现形式方面的危机感"。[①] 值得一提的是，马尔科姆·布雷德伯里指出，现代主义"在对形式的变化进行独特的美学探索中，一座城市可以通向另一座城市。"[②]《现代主义的城市》关注的是 1890—1930 年欧美现代主义和城市的关系，如果马尔科姆·布雷德伯里看到 20 世纪 30 年代以后世界范围内现代主义的路线图，包括李欧梵《上海摩登》里所绘制的 1930—1945 年的上海现代主义文学地图，他描绘的也许就会是另外一幅世界现代主义图景了。

　　不管怎么说，现代主义的"一座城市可以通向另一座城市"，发生在 20 世纪 30 年代的上海，也发生在 20 世纪 80 年代的上海。在世界现代主义浪潮过去几十年之后，20 世纪 80 年代的上海再次成为世界现代主义流向的汇聚之城。在这个汇聚过程中，上海虽然没有形成"追求美学功能的波希米亚式豪放不羁的文人区和邻近地区"[③]，却形成了和"波希米亚式豪放不羁的文人区和邻近地区"精神上一致的移动的"文艺社群"。

---

① 【英】马尔科姆·布雷德伯里：《现代主义的城市》，【英】马尔科姆·布雷德伯里、【英】詹姆斯·麦克法兰编：《现代主义》，胡家峦等译，上海教育出版社 1992 年，第 78 页。
② 【英】马尔科姆·布雷德伯里：《现代主义的城市》，【英】马尔科姆·布雷德伯里、【英】詹姆斯·麦克法兰编：《现代主义》，胡家峦等译，上海教育出版社 1992 年，第 81 页。
③ 【英】马尔科姆·布雷德伯里：《现代主义的城市》，参见【英】马尔科姆·布雷德伯里、【英】詹姆斯·麦克法兰编：《现代主义》，胡家峦等译，上海教育出版社 1992 年，第 83 页。

"文艺社群"是雷蒙德·威廉斯用来指认现代大都市"横跨更广阔社会历史背景的文化团体、文艺运动和趋势的联合体"①的一个术语。雷蒙德·威廉斯举的例子包括：戈得温文艺圈、前拉斐尔派诗人和画家以及 20 世纪的布卢姆斯伯里文化圈。在彼得·布鲁克看来，雷蒙德·威廉斯定义的"文艺社群"，其重要特征在于："像这样的文艺社群皆因为一种社会意识形态、阶级立场、美学理念，更重要的还因为职业和个人关系、友谊、合作关系和婚姻等将个体汇聚在一起。他们的特征是有共同的目标感，甚至是共同的个人风格，还有内在的差异和摩擦，以及他们的艺术和社会视角与整个社会的冲突。从某种意义上说，他们用社会主流价值认可的各种各样的方法去批判主流价值，与社会保持着一种对话关系。"② 彼得·布鲁克在《现代性和大都市：写作、电影和城市的文艺社群》中沿用了"文艺社群"一词来描述在伦敦活动的美国现代主义者。有意思的是，在他的描述中，也出现了我们描述上海现代性"马赛克城市"的"马赛克"概念："庞德于 1908—1909 年在伦敦生活，而艾略特所处的时间段是 1915—1965 年，虽然有重叠的时间，但他们所了解的仍然是不同的伦敦。正如福特·马多克斯·福特所说，伦敦不能被视为一个整体，而是由不同地方拼凑而成的马赛克图案，而人们对这些地方的认识、经历和记忆是不同的。"③ 当然，这里的"马赛克

①【英】彼得·布鲁克：《现代性和大都市：写作、电影和城市的文艺社群》，杨春丽译，江苏凤凰教育出版社 2015 年，第 21 页。
②【英】彼得·布鲁克：《现代性和大都市：写作、电影和城市的文艺社群》，杨春丽译，江苏凤凰教育出版社 2015 年，第 21 页。
③【英】彼得·布鲁克：《现代性和大都市：写作、电影和城市的文艺社群》，杨春丽译，江苏凤凰教育出版社 2015 年，第 35 页。

图案"，除了用于表述阶层归属、政治立场和美学理想的不同，更倾向于用来表述艺术家在伦敦的不同的现实生活和艺术活动方式（包括谋生方式、写作方式、交往圈层）——伦敦对于生活在肯辛顿的庞德和一度在劳埃德银行做职员的艾略特，是绝不相同的。事实上，20世纪80年代的上海也是由一个个批评家、诗人、编辑、小说家、剧作家等等离合和拼凑而成的"马赛克图案"的文艺之城。

研究20世纪80年代上海的"马赛克图案"，不仅可以观察各人的文艺生活，也可以窥看精神动向和审美趣味。宋琳、张小波、孙晓刚和李彬勇是四位诗人，他们被放在"城市人"的概念下来辨识和定义。但是，宋琳、张小波"外省"的上海异乡人身份被分离和强调，可以被称为"外省"的"城市人"。而"海上诗群"主要成员都是"上海的孩子"。同样是"上海的孩子"，"撒娇派"对"学院"保持距离。"海上诗群"中，有着上海师范学院和华东师范大学学院身份的刊物《作品》和《广场》，本身就是和各自大学学生会文学社团分离的结果。

"文艺社群"，用上海批评家吴亮的表述，就是"文学圈子"。"文学圈子"是20世纪80年代特有的一种文化景观。[①]"文学圈子"的形成，基于文学观念和文学趣味的接近、地缘和学缘的交集，当然也可能是各种权力运作的结果。《中国现代主义诗群大观1986—1988》收录的上海的"海上诗群""撒娇派"和"城市诗"，作为"文艺社群"或者"文学圈子"的聚集方式，并不完全相同。"海上诗群"是和大学学生会官方背景的文学社团不同

---

① 吴亮：《文学与圈子》，吴亮：《批评的发现》，漓江出版社1988年，第56页。

的同人诗社的整合。他们自觉选择民间和江湖的位置和立场，而将大学体制作为假想敌。从诗歌美学上讲，宋琳和张小波接近"海上诗群"。"海上诗群"却没有接纳他们，并不是因为他们外省人的身份，而是因为他们华东师范大学夏雨诗社的"官方"文学社团的背景。类似的例子还有卓松盛，他本来是实验诗社的成员，按理说应自然而然地随着诗社转移到"海上诗群"，但因为他复旦诗社成员的身份，在"海上诗群"主要成员里，没有出现他的名字。"撒娇派"之所以在"海上诗群"之外另立山头，动因是"海上诗群"因为学院趣味对《MN》成员的边缘化。而"城市诗"虽然是一个以刚刚毕业的大学生为主体的小群体，但确实渗透了"政治、市场、文学的运作和传播方式"[1]。

1987年宋琳、张小波、孙晓刚和李彬勇的诗歌合集《城市人》出版。朱大可为其作的序《焦灼的一代和城市梦》写于1985年8月，发表于1986年第1期的《当代文艺思潮》。"那是大学以后。这个《城市人》诗选是这样一种情况，当时我是也没想到去凑合这个东西，当时我已经分到镇江文联了，上海有个出版社想把我们几个的诗凑起来出一本诗集，那我说当然可以。"张小波1984年从华东师范大学毕业。按照杨黎对张小波的访谈推算，《城市人》这本诗集编辑完成应该在1984年下半年到1985年初。[2]

20世纪80年代上海的"城市诗"，由作协和刊物主动参与组织和推动。1984年，《萌芽》第12期的诗歌专辑就叫"城市

---

① 程光炜：《试论四十年代的文人集团》，《海南师范学院学报》2003年第5期。
② 杨黎：《灿烂 第三代人的写作和生活》，青海人民出版社2004年，第482—483页。

之光"，打头的诗人是宋琳。王晓渔把大学社团出身的诗人称为"大学才子"，他认为："在1980年代，作家协会和大学才子的关系并没有后来那么疏远。"他的依据一是根据《城市人》的作者简介，几位在艺术自释中自称"大学才子"的"城市人"——宋琳、孙晓刚、李彬勇均为上海作协会员。二是1987年4月7日，中国作协上海分会诗歌组、《文学报》和《诗刊》在上海联合召开座谈会，参加会议的不仅有《诗刊》副主编、上海文联党组书记、《文学报》社社长，还有宋琳、李彬勇、陈东东、朱大可等人。① 其实，就在一年前的1986年，4月8日，上海作协举行了为期三天的"上海诗歌创作讨论会"，探讨城市诗创作问题。作协上海分会党组书记茹志鹃、副书记赵长天、副主席罗洛、肖岱以及书记处书记张军等参加了会议。《文学报》的报道给"城市诗"的定义是："所谓'城市诗'，就是用诗篇反映现代工业化背景下的城市生活。城市的内容是很广泛的，不能仅仅局限在工业生产上，也不能肤浅地捕捉一些表面现象。关键是要用新的观念，反映出在改革潮流中的城市人的心灵与感受。"② 一年之后，座谈会沿袭了"城市诗"的界定："城市诗的概念和工业诗的概念不一样，和五六十年代的'车间诗'更不一样。它反映的是处于变革中的城市人的生态和心态，牵涉面很广、很复杂。"③ 也正是1987年的座谈会后不久的7月，学林出版社出版了宋琳、张小波、孙晓刚和李彬勇的诗歌合集《城市人》，该书"出版说

---

① 王晓渔：《诗歌的春秋战国——当代上海的诗歌场域（1980—1989）》，王晓渔：《文学、文化与公共性》，上海书店出版社2018年，第5页。
② 桂兴华：《怎样发展"城市诗"——上海诗歌创作讨论会进行讨论》，《文学报》1986年4月17日。
③ 北新：《一次热烈而有益的座谈》，《诗刊》1987年第6期。

明"同样强调"城市人心态"。孙晓刚和李彬勇发表在《上海文学》1986年第9期的《当代城市诗的一次努力》和《历史、城市及城市诗》应该是"上海诗歌创作讨论会"的成果。

但这种所谓的"城市诗"有多少是现代主义意义上的文本，需要仔细考辨。"城市诗"作为重要的现代主义诗群参加了1986年《诗歌报》和《深圳青年报》合办的"中国诗坛1986现代诗群大展"，作品也编入了其后出版的《中国现代主义诗群大观1986—1988》。李劼在1989年第1期的《诗刊》发表《城市诗人与城市诗？——读〈城市人〉》就对"城市诗"的城市性提出质疑，他认为："所谓城市诗无非是这么两个向度上的意义指向：或者是对城市文明的认同，或者是对城市文明的反叛。从对城市文明的体验上说，这四位诗人没有一个具备城市人的心态。虽然他们驻足于当代中国的最大城市。但城市文明并没有在这个城市里充分发达。可以说他们不是现代文明意义上的城市人，但他们又选择了城市诗。于是在他们生命的心理结构和诗歌的审美形式之间产生了严重的断裂。为了弥补这种断裂，他们不得不扮演了城市人的角色，戴上了城市人的人格面具，写作他们认为的城市诗。确切些说，他们上演的是一场假面舞会。"① 进而，李劼指出："在这一指称下聚集的却不是城市诗人，而是一批自称是城市诗人的大学生。其中，宋琳、张小波是一种类型，孙晓刚、李彬勇是另一种类型。""对于城市来说，宋琳和张小波是两个外乡人。他们对城市有一种天生的陌生感。"② 李劼指出，宋琳早期

① 李劼：《城市诗人与城市诗？——读〈城市人〉》，《诗刊》1989年第1期。
② 李劼：《城市诗人与城市诗？——读〈城市人〉》，《诗刊》1989年第1期。

诗歌带有"十足的学生腔",孙晓刚和李彬勇则是"两个迷失于青春期的小小少年",并有限度地肯定张小波的《钢铁启示录》等诗从"迅速地进入生命的高速运转,同时漫无节制地抛射能量"到"能量的衰竭使他不住地构筑死亡意象",从而在诗歌中实现一种自我建构。有意思的是这篇文章最后发出的诘问:"若干年之后,也许他们自己也会面面相觑地相对发问:我们是城市诗人?我们写过城市诗?"[1]事实上,他预言的诗人的自我反思在宋琳和张小波后来的言论中也得到了印证。

朱大可认为,宋琳"一开始就以一个城市人的身份参与到当代诗歌运动中去。他显示了对城市的狂热崇拜",但当宋琳成为一个著名诗人之后,"每次谈起那个时期的诗歌,宋琳都露出厌恶的表情。他可能已经发现城市是个骗局。""他的计划是用诗向城市复仇,揭露城市的丑陋与卑鄙。这使他成了个坚定的反城市主义者。"[2]宋琳收录在《城市人》里的《中国门牌:1983》《音乐山谷》《孩子和青年宫》等迎合时代的诗歌,不但与我们所说的现代主义相去甚远,甚至作为真正意义上的诗歌而言都是幼稚和青涩的。朱大可认为,宋琳之所以一直被当作"城市诗派"的代表之一,"造成这种误解的全部原因只能归咎于宋琳自己,正是他拒绝从城市出走,并坚持在一大堆城市意象的尘埃里哭泣。"[3]《城市人》另外一个诗人张小波也认为"城市诗"这个概念总的来讲是个很滑稽的概念。在接受诗人杨黎的访谈时,张小波隐约透露《城市人》事先作者选定的篇目和最后的出版有出

---

① 李劼:《城市诗人与城市诗?——读〈城市人〉》,《诗刊》1989 年第 1 期。
② 朱大可:《慵懒的自由——宋琳及其诗论》,《当代作家评论》1988 年第 3 期。
③ 朱大可:《慵懒的自由——宋琳及其诗论》,《当代作家评论》1988 年第 3 期。

人，他还表示，"什么城市诗歌，什么乡村诗工厂诗，诗歌怎么可能是以一个地域来命名呢？当时也感觉不对，但是出版商肯定与你有差距。""朱大可的序是预先发表，发表在兰州当时的《当代文艺思潮》。当时我们就是为了应付发表才写的诗歌，虽说也写点发自内心的根本发表不了的东西，但出版的诗集其实是个妥协的结果，这个诗集现在看起来，反正我是觉得很脸红。"① 无论怎么说，《城市人》这本诗集肯定是作协、出版机构和诗人们协商下的审美选择。张小波认为："我们那时候把我们的诗叫作城市诗派，我认为是不管宋琳他们怎么认为，或者我另外一些诗更接近我理想中的一种东西。你是不是要写两种诗，一种能发表，一种不能发表，可能是我们想法比较杂，也可能正好是当时那个时代也可能逼迫你一方面有些功利性的选择。"②

《城市人》由四位诗人的"自述"和诗歌作品选组成。四位诗人的"自述"只有孙晓刚明确地谈到了"城市诗"，也只是泛泛而谈，包括"以当代城市物象为主体"，"城市不是作为一个具体的描述对象，而是作为特质的审美材料"。③《中国现代主义诗群大观 1986—1988》中的"城市诗"部分收入宋琳、张小波、孙晓刚和李彬勇的诗歌各一首，张小波的《在蚂蚁和蜥蜴的天空》、孙晓刚的《和一只昆虫交朋友》和李彬勇的《钢铁》都出自《城市人》，而宋琳则从《城市人》之外另选了一首《站在窗前一分钟》，也可以说这种选择是按照现代主义标准的一次重新

① 杨黎：《灿烂：第三代人的写作和生活》，中华工商联合出版社 2014 年，第482、483 页。
② 杨黎：《灿烂：第三代人的写作和生活》，中华工商联合出版社 2014 年，第484 页。
③ 孙晓刚：《孙晓刚自述》，参见宋琳等《城市人》，学林出版社 1987 年，第 147 页。

甄别和确认。富有意味的是，选自《城市人》中的三人三首诗在朱大可的序《焦灼的一代和城市梦》中都没有被谈及。张小波谈及朱大可为《城市人》作的序时说"他（朱大可）可能也是刚刚进入到诗歌"，"那个序有点华丽，也可以说还没达到诗歌……还没进入"。[1]《中国现代主义诗群大观 1986—1988》附有"艺术自释"——《城市诗：实验与主张》：

> 我们生活在城市。作为诗人，我们对发生在城市中的一切怀有特殊的敏感是天经地义的。
>
> ……
>
> 必须承认，我们正在进行的是一种危险的实验。1，关注城市文化背景下人的日常心态〔包括反常心态〕，促成了诗与个体生命的对话，容易变得琐碎或失去崇高。2，艺术地创造"城市人工景象"，使符号呈现新的质感，有可能失去自然的原始亲近。3，反抒情和对媒介的不信任，在语言上表现出看上去混乱和无序的状态，这既是老和生命现象的同构，又是我们的难度所在。然而我们无从选择，唯一的出路是在否定中确立自身！[2]

陈东东后来说："城市诗的那篇题作《实验与主张》的宣言让我注目了很久，因为它更接近我一直感兴趣的诗人、诗歌跟上海这座奇特都市的关系问题。"[3]《城市人》的诗人中，被文学史

---

[1] 杨黎：《灿烂：第三代人的写作和生活》，中华工商联合出版社 2014 年，第483 页。

[2] 徐敬亚等编：《中国现代主义诗群大观 1986—1988》，同济大学出版社 1988年，第 389—390 页。

[3] 陈东东：《游侠传奇》，柏桦等：《与神语：第三代人批评与自我批评》，中华工商联合出版社 2014 年，第 110 页。

接纳的宋琳和张小波是上海的闯入者和外乡人，就像他们的"艺术自释"所揭示的——这个"艺术自释"某种程度上也只对宋琳和张小波两个城市的异客有效——他们的越界旅行使得他们能够感觉到由乡入城的路线图以及由乡入城在自己身上造成的精神震颤。他们往往有一个热情地拥抱和讴歌城市的阶段，甚至不惜虚构"城市人工景象"，虚拟他们认为属于城市的地景和建筑，比如张小波的诗歌里大量出现当时并不属于上海的地铁等，但是随着他们深入城市，有一天他们终会发现他们不属于这个城市，就像王晓渔指出的："对城市的简单幻觉，使得《城市人》里的诗歌普遍缺乏深入的纹理。只有在梦醒时分，他们才发现自己的'倾城之恋'只是一场'城市梦'。"① 从"倾城之恋"的"城市梦"到城市梦幻灭，接着是他们的诗歌或者向"还乡"母题靠近，或者求诸异邦，这之间会有一个或长或短的焦灼期，李劼称之为"断裂"。朱大可在诗集序里将"焦灼的一代"和"城市梦"的对举是准确的。在朱大可看来，他们的"焦灼""显然不仅是诗歌美学思潮，而是当代青年的普通心理和行为特征"。② "故乡"是张小波的《在蚂蚁和蜥蜴上空》，"异邦"是宋琳向画家埃舍尔致意的《致埃舍尔》。说到底，故乡和异邦都是断裂或者焦灼引发的"乡愁"，这种"怀乡病"是中国现代诗歌写城市和人的关系的一个传统，它往往借助逃离此在的城市来转嫁更深刻的断裂和焦灼的心理危机，维持一种表面的平衡，但这种平衡往往也使得汉语诗歌很难向更深刻的张力掘进。

---

① 王晓渔：《诗歌的春秋战国——当代上海的诗歌场域（1980—1989）》，王晓渔：《文学、文化与公共性》，上海书店出版社 2018 年，第 10 页。
② 朱大可：《焦灼的一代和城市梦》，《当代文艺思潮》1986 年第 1 期。

值得注意的是，《城市人》中，以张小波为例，除了乡愁的平衡，他的诗歌中包含暴力、黑暗和死亡的部分，像《钢铁启示录》《身居何处》等，这一部分内容也是"大学才子"诗人和先锋诗人的一个分界标识。与《城市人》几乎同时出版的《中国当代实验诗选》（唐晓渡主编）①收入宋琳的《视觉的快感》《无调性》《流水》《致埃舍尔》《空白》五首诗和张小波的《一条很长的布裹住了冬天的窗子》《十来只东西》《闪电消息》三首诗，这些诗均见诸《城市人》，但这个选本未收入孙晓刚和李彬勇的诗歌。在1993年，万夏和潇潇主编的大型选本《后朦胧诗全集》②同样只选入宋琳和张小波的作品，其中包括宋琳被收入《中国当代实验诗选》《中国现代主义诗群大观1986—1988》的全部六首诗，而张小波除了《一条很长的布裹住了冬天的窗子》《闪电消息》之外，还有从《城市人》中选录的《钢铁启示录》《旧式皮箱》《极性》等。而那首朱大可认为是"一种真正的创造，它标志诗正从意象的漂流中摆脱出来，我为此拍案叫绝不下九次"③的《这么多的雨披》则没有被这些选本选入。《这么多的雨披》这首诗写道：

> 这么多的雨披从地铁车站涌来
> 仿佛一次旅行进入最后的阶段
> 他打量着两旁的玻璃转门
> 她眼睫上的水珠又弹飞在发笑的鼻尖

---

① 唐晓渡主编：《中国当代实验诗选》，春风文艺出版社1987年。
② 万夏、潇潇主编：《后朦胧诗全集》，四川教育出版社1993年。
③ 朱大可：《焦灼的一代和城市梦》，《当代文艺思潮》1986年第1期。

雨披和雨披之间

是大片大片的积水，是积水和积水的反光

那半只面包已经被雨意充实

在背后的一隅渐渐膨胀

他耸耸两肩感叹这倒霉的天气

她踩向水洼尝试水靴的性能

他八小时之外激动地加了许多夜班

她不必为了去旅游保存一个个工休假日

他发现时刻表上常常波动雨的节奏

她认为将雨披搭在臂膊更为动人

到达这座城市正是多雨时节

总感到单调的旅馆愈加朦朦胧胧

眼睛和眼睛之间

是有意无意的距离，是稍纵即逝的过程

他和她在途中另一个地铁车站相遇

她的雨披是他的雨披的补色

他的短发和她的长发有同等的抗拉强度

她和他同时觉察彼此眼中别人无法捕捉的神情

他一个粗犷的男子每天得意地在船坞上走动

她一个好看的女子因为待业总是凭空远眺

他试着戒了一次又一次的纸烟

她正靠看烟摊等待营业执照

他有过插队和病退回城的辛酸经历

她偏爱生活之路上哗啦哗啦的雨披和男性旁白

他和她是一个球体的正面和背面

他远足归来她又行色匆匆

这么多的雨披向城市深处行去

也许是每年都出现的流动风光

他们在大桥下面指点远方灯火

雨水从他的指尖快速流向她的指尖

又通过他的嘴唇快要触到她的嘴唇

雨披隐蔽了这场慌乱的行动①

　　写作实践是"文本置换"的一个重要环节。当这些诗人在未来被当作实验诗或者现代主义诗人群体来谈论时，我们既可以发现这个群体的群像面目暧昧，也可以发现"文本置换"中的损耗和不可"翻译"。不但他们宣称的诗学观念混乱，而且他们选择"置换"的母本也是混乱的。西方现代主义积累的文本时空错置地同时抵达中国，这些20世纪80年代中国的现代主义文学实验者，和20世纪30年代的现代主义作家不同，他们既不在世界现代主义同时代的共振板块上，也没有与西方现代主义文本生产的相似都市空间和语境可以体验，以至于现代主义"文本置换"演变成了"文本搬运"。张小波的这首诗可以看作20世纪90年代上海新市民小说或者世纪之交青春文学的提前演练。回过头看李劫对《城市人》的严苛批评。《城市人》是不是像李劫批评的那样不堪？从这些经受住时间考验的选本看，《城市人》固然存在

---

① 张小波：《这么多的雨披》，参见宋琳等《城市人》，学林出版社1987年，第82页。

李劼所批评的"十足的学生腔",但这种"十足的学生腔"正是时代趣味的一个部分,是作协和《诗刊》《萌芽》《上海文学》所理解的"城市诗",作为张小波所说的"妥协的结果",醒目地出现在《城市人》中。因此,我们似乎可以理解,为何宋琳在《中国现代主义诗群大观1986—1988》中提供了一首没有出现在《城市人》中的诗歌和一篇全新的"艺术自释",这也可以被视为个人艺术追求上的进步。事实上,《城市人》是一个混合了年轻的写作者在个人写作史初始阶段的不确定性和侵入各自还不成熟的身心的审美时风的集合,但此刻写作的限度也隐含了未来的可能性。

20世纪80年代是一个社群涌现的时代,标榜现代主义或者先锋的"文艺社群"很多。据1986年9月30日《深圳青年报》报道:"1986——在这个被称为'无法拒绝的年代',全国2000多家诗社和十倍百倍于此数字的自谓诗人,以成千上万的诗集、诗报、诗刊与传统实行着断裂"。① 据1987年初《文学报》记者的不完全统计,当时上海49所大专院校有近百个文学社团。郁郁谈到20世纪80年代上海高校的文学社团和刊物,认为:"高校的文学社团不过是学生课余生活的点缀,复旦的《诗耕地》、华师大的《夏雨岛》、上师大的《蓝潮》以及交大的《新上院》和上大的《笠泽》,基本上都是放歌高唱、青春励志充满学生腔

---

① 参见徐敬亚等编《中国现代主义诗群大观1986—1988》,同济大学出版社1988年,第560页。

轻飘飘的玩意。"① 这在某种意义上和李劼关于《城市人》中"十足的学生腔"的批评是一致的。20 世纪 80 年代的大学文学社团写作是一个复杂的存在。诗人的自我反思和选本的双重汰选是中国当代诗歌史上的现代主义写作中曾经存在的事实，而《城市人》则是一个从文本和社群角度都值得研究的案例。除了前面我们对《城市人》诗歌文本的考察，这四个诗人都有大学社团的经历，是所谓的"大学才子"。

1982 年 5 月，宋琳参加华东师范大学夏雨诗社，并被选为首任社长。夏雨诗社早期主要成员是 78、79 和 80 级中文系学生。"策划地是我们戏称为'巴士底狱'的第一学生宿舍，灰色的三层回字形楼房，这栋建筑是民国时期大夏大学的旧址"。某个春夜，宋琳听从 78 级师兄刘新华的建议创立诗社。1982 年 5 月下旬，《夏雨岛》创刊号诞生。② 20 世纪 80 年代大多数大学文学社团几乎很少有严格意义上的现代主义"文艺社群"。大学校园，甚至中学校园写作，只是他们文学的学徒期，这一点只要观察收入《中国现代主义诗群大观 1986—1988》的"海上诗群"，就可以看得清楚。

现代大学制度的建立是中国现代性的一个重要构件。"大学才子"式写作一直是新文学的传统，比如新月派和清华大学、九叶诗人和西南联大等等派别和大学之间渊源深厚的组合，都是著

---

① 郁郁：《废墟上的瓷》（上卷 1976—1989），参见公众号"诗歌阅读"2020 年 6 月 26 日，经向作者郁郁查证，本文为他授权公众号发布。原名《废墟上的瓷——〈大陆〉或与诗有关的人和事》，刊于《大陆》纪念号，05'06'07'合刊，2008 年 6 月，第 193—194 页。
② 参见姜红伟、宋琳《大学与诗歌文化——宋琳访谈录》，《诗探索》2015 年第 7 期。

名的例子。中国当代诗歌发展到 20 世纪 80 年代中期的"第三代诗"或者"后朦胧诗"阶段时，和"朦胧诗"阶段相比，一个重要的差异是，"第三代诗人"或者"后朦胧诗人"大多数都接受过正规的大学（中专及以上）教育，而朦胧诗人则很少有这种经历。大学文学社团是 20 世纪 80 年代大学社团文化的一个部分，而不是独立意义上的文学社团。《中国现代主义诗群大观 1986—1988》也收入了更缺少审美边界的"大学生诗派"。它既不是以某一大学为中心的普通文学社团，也不是严格意义上诗歌群体，而是与青年亚文化相关的一种准文学思潮。比较尚仲敏撰写的"艺术自释"和徐敬亚等所作的"注"，虽然对于"大学生诗派"的缘起、成员等的理解有分歧，但它们都认可"大学生诗派""通过自办的民间诗刊开始前卫文学活动"，对"'朦胧诗'的巨大反叛和承续"。大学校园内的文学社团一般采取与整个大学制度合作的态度，就像宋琳描述的"夏雨岛"的成立过程所展示的，而"大学生诗派"则宣称"捣碎！打破！砸烂！"，甚至对大学本身、对"博学和高深"也取"粗暴"的反击态度。① 观察 20 世纪 80 年代"第三代诗人"的个人写作史，他们的"实验""先锋"或者笼统放在现代主义名下的文学实践并不自觉，往往是"出大学"后其"实验性"和"先锋性"才被确认。

除了"城市诗"，《中国现代主义诗群大观 1986—1988》收录的"海上诗群"和"撒娇派"成员存在交集。事实上，两者也多有交集。1986 年安徽《诗歌报》和《深圳青年报》的"联合

① 参见徐敬亚等编《中国现代主义诗群大观 1986—1988》，同济大学出版社 1988 年，第 185 页。

行动"——"中国诗坛 1986 现代诗群大展"是一次典型的、自觉的批评家和报刊合作的文学策划。其策划意识也影响到具体诗群关于如何去"展"的决定。观察以"大展"为蓝本正式出版的《中国现代主义诗群大观 1986—1988》中收录的诗派和其艺术主张及作品,会发现其中或多或少存在"艺术自释"标新立异,且观点和诗歌文本并不一致之处。不仅如此,绝大多数所谓"诗群"并非自然而然地形成的严格意义的诗歌社团,而是因为"大展"的邀约临时拼凑起来,在"大展"时就并非一个诗群,"大展"之后能够以"诗群"方式得以延续的可能只有"非非主义""他们"等寥寥几个诗歌群体。"海上诗群"也是一个临时性的文学社团。据陈东东回忆:"10 月底(注:1986 年),……我发现我和他的诗被印在'海上诗群'(指《深圳青年报》和《诗歌报》的'中国诗坛 1986 现代诗群大展')名下——那个'海上诗群'宣言,我也才第一次读到。"[①]《中国现代主义诗群大观 1986—1988》列有"海上诗群"的"作品集结",包括《海上》《大陆》《MN》《城市的孩子》及《作品》等。从"作品集结"入手,大致也可以梳理出"海上诗群"的路线图。对这个路线图,名列"海上诗群"主要成员的郁郁有一段清晰的描述:

> 以王小龙、白夜(张毅伟)、蓝色(蒋华健)、张真、卓松盛、沈宏非等组成的《实验》诗社;以冰释之、郁郁、夏睿等组成的《MN》(送葬者);以默默(朱维国)、卡欣(林沁园)、胡赤峰等组成的《城市的孩子》;以及分散在杨

---

① 陈东东:《游侠传奇》,参见柏桦等《与神语:第三代人批评与自我批评》,中华工商联合出版社 2014 年,第 109 页。

浦、闸北，就读于华东政法，由方文（孙放）、朱乃云、纤夫（戴坚）、董守春组成的《舟》；还有需特别提及的，那些与学生会、校团委无甚干系，就读于华师大的刘漫流（刘佑军）、海客（张志平）、天游（周泽雄）、舟子（杭炜）组成的《广场》；和上师大由王寅、陈东东、陆忆敏、成茂朝组成的《作品》。①

因此，"海上诗群"是一系列的文学社团和自办诗歌刊物的汇合，它首先是因《海上》这个刊物而起。另一位主要成员默默的回忆也证实了这一点：

> 《海上》俱乐部是由《城市的孩子》诗刊、《广场》诗刊、《MNOE》诗刊、《舟》诗刊、《师大》诗丛、《笠》诗刊共同组建下成立的，后被中国诗坛称为"海上诗群"是贴切的。
>
> 《广场》诗刊的成员是刘漫流、天游、海客、杭炜，共出两期，小32开本；《MNOE》诗刊的成员是郁郁、冰释之等，共出5期，16开本；《舟》诗刊的成员是方文、戴坚、泰子、朱乃云，共出3期，小32开本；《师大》诗丛的成员是成茂朝、王寅、陆忆敏、陈东东，共出5期，小32开本；《笠》诗刊的成员是黑白、刘敦、金乐敏，共出2期，16开本。②

这段回忆除了增加了《笠》以及《MNOE》《师大》刊名和

---

① 郁郁：《废墟上的瓷》（上卷1976—1989），参见公众号"诗歌阅读"2020年6月26日，原名《废墟上的瓷——〈大陆〉或与诗有关的人和事》，刊于《大陆》纪念号，05'06'07'合刊，2008年6月，第193—194页。
② 参见默默《我们就是海市蜃楼——一个人的诗歌史》，该回忆录部分收入柏桦等《与神语：第三代人批评与自我批评》，中华工商联合出版社2014年，第244—276页。本文所引皆出自默默提供的未刊全稿。

郁郁的回忆稍有出入，其他方面是一致的。这两个刊名，《MN》，当事人郁郁的回忆应该是准确的，而《师大》，据《中国现代主义诗群大观1986—1988》的"海上诗群"的"作品集结"，名称是《作品》。可以作为佐证的是，刊物参与者之一陈东东曾经说过："我们的那个小小的杂志没有名字，每一期以其中一首诗的标题为标题，封底则印上'作品X号'。""这份杂志，每半个月一期，一直出到'作品20号'。"关于"海上"成立情况，默默回忆道：

> 《海上》诗刊筹备会在漫流的办公室举行，参加的人员有我、刘漫流、天游、海客、黑白等，时间大约是85年4月初的一个晚上；海上诗刊的成立大会，也就是创刊号首发会的地点是华东师大的丽娃茶社，时间是4月16日，到会的有100多位诗界同仁及文学爱好者。①

陈东东的《游侠传奇》记录，《海上》杂志创办的聚会是在1985年2月16日。"这年的2月16日，春节前没几天，由海客发起，《海上》杂志的创办聚会在华东师范大学的丽娃茶室进行。"②再有，郁郁的回忆显示，在"海上"正式成立之前还有一个"海上艺术家俱乐部"。1985年2月26日，上述社团或者刊物的海客、刘漫流、默默、王寅等人，还有刚从中央工艺美院毕业的巴海（杨晖），成立了"海上艺术家俱乐部"，准备编出具有

---

① 参见默默《我们就是海市蜃楼——一个人的诗歌史》，该回忆录部分收入柏桦等：《与神语：第三代人批评与自我批评》，中华工商联合出版社2014年，第244—276页。本文所引皆出自默默提供的未刊全稿。
② 陈东东：《游侠传奇》，参见柏桦等《与神语：第三代人批评与自我批评》，中华工商联合出版社2014年，第105页。

"各类探索性的感受语言、表现性的价值判断作品"的《海上》诗歌月刊,"举办造型艺术作品展览,印行版画集和诗画合集"。①

让我们观察一下汇集到《海上》的这些文学社团和诗歌刊物。《作品》本来是上海师院王寅、陈东东、陆忆敏、成茂朝用于同学之间文学交流的同人刊物,后因陈东东和外地诗人之间的通信,《作品》开始刊用外地诗人雪迪、严力、苏童、韩东和于坚等的诗歌。《城市的孩子》是"牺牲"诗社的诗刊,其前身是默默和同学办的《红云》诗社和诗刊。"城市的孩子"是默默的一首长诗的题目,诗里写道:"他是城市的孩子/到死、到死也是"。"城市的孩子"用来概括《海上》的诗人们很准确,这些从小生活在上海各个角落的孩子汇集起来成为"海上"的风景,海市蜃楼的风景。《实验》诗刊是从上海青年宫诗歌辅导班的学员作品手册演变而来的,16开本,每期二十几页,共出40期。默默认为真正意义上的《实验》诗刊只有最后的6期。实验诗社是松散型的,成员是王小龙、默默、张真、白夜、蓝色、卓松盛、沈宏菲和伢儿等。20世纪80年代初,王小龙在上海青年宫文艺科主管中学生诗歌培训工作,开了两期分别为时半年的诗歌讲座。"青年宫的前身为大世界游乐场,诗歌最能代表上海五花八门低级趣味的地方。1974年,大世界成了青年宫,为了结束其低级趣味的五花八门,青年宫一度设了话剧、文学、美术等小组,不对外开放,让有资格参加其中各小组活动的年轻人,不免有一点点高尚的精英感。"② 《舟》诗社的灵魂人物是方文和戴

---

① 参见《海上》作品第1号,1985年3月,第2页、第4页。
② 默默:《王小龙其人其事》,参见柏桦等《与神语:第三代人批评与自我批评》,中华工商联合出版社2014年,第255页。

坚，成员主要是当时居住在闸北区的一批诗人，有泰子、张国顺、朱乃云、董守春等。《MN》从 1981 年到 1985 年，共出过五期。郁郁曾回忆刊物得名由来：

> 80—81 年间，我和冰释之（李冰）开始上班了，他在上摩厂总装车间，我在宝钢粮食部门，……杂志取名：猫呢（英文 MOURNER，意为"送葬者"）。很得要领，且意味深长。①

需要特别提及的是《广场》。陈东东《游侠传奇》谈当时上海诗歌社团的分流时提到了《广场》。陈东东说："海客他们办了一份同仁性质的油印小杂志《广场》，而宋琳和张小波主管着华东师大学生会的夏雨诗社和印得很挺括的《夏雨岛》诗刊，于是被指责为官方"。② 陈东东虽然也是学院诗人，但他认为自己和有着学生会背景的大学文学社团诗人还是有区别的，他说："复旦诗社在 1980 年代的上海可谓一方重镇，除了卓松盛、许德民、孙小刚、李彬勇等人也都名头很响，跟华东师范大学夏雨诗社贡献出来的宋琳和张小波，在上海大学生诗歌阵营里举足轻重。但这些诗人，跟王寅和我几无交往。1988 年以后，我和宋琳才成为朋友。"③ 而默默则说得更具体："《广场》的诞生是对《夏雨岛》的叛逆。《夏雨岛》诗刊是华东师大校团委主办的一份诗刊，

---

① 郁郁：《废墟上的瓷》（上卷 1976—1989），参见公众号"诗歌阅读"2020 年 6 月 26 日，原名《废墟上的瓷——〈大陆〉或与诗有关的人和事》，刊于《大陆》纪念号，05'06'07'合刊，2008 年 6 月，第 193—194 页。

② 陈东东：《游侠传奇》，参见柏桦等《与神语：第三代人批评与自我批评》，中华工商联合出版社 2014 年，第 93 页。

③ 陈东东：《游侠传奇》，参见柏桦等《与神语：第三代人批评与自我批评》，中华工商联合出版社 2014 年，第 95 页。

主要的活跃者是宋琳、张小波、徐芳。最后一任主编是陈鸣华。陈刚曾经是81级的组长，后来退出。刘漫流、天游、海客当时的诗风与为人很难与之融合。"① 陈东东和默默对大学学生会背景的学生社团的态度，一定程度上也代表了"海上诗群"的态度。"海上诗群"的主要成员都是出生于上海的"城市的孩子"，也许并非有意使然，但与复旦诗社和夏雨诗社的关系的撇清则意味着一种文学态度。这种分流也发生在"海上诗群"内部。默默因其创作与《海上》的编辑方针不相符，和京不特另外组建"撒娇"诗社。至于"撒娇"的由来，默默说：

> 京不特的日记本里有一首较长的诗，题目叫《傻叫》，我随口说："《傻叫》没金斯伯格的《嚎叫》好。诗社名就叫《撒娇》吧。撒娇是一种温柔的反抗。"②

徐敬亚认为"撒娇派"是一种"红色幽默"。与"撒娇"诗社同时，以"海上诗群"的《舟》《MN》和《城市的孩子》为班底，《大陆》诗刊也于1985年5月创刊。其背景一方面是其编者认为"海上"成员中一些人学院气、酸腐味甚浓；另一方面，也是顺时应势，如首期《大陆》诗刊"编者的话"所说："办社团、出刊物，如今已成时尚"。1980年诗人之间的交往当中的结盟和结仇构成了一幅复杂的中国当代诗歌地图。"海上诗群"的诗歌地图不只局限在上海，《中国现代主义诗群大观1986—

---

① 参见默默《我们就是海市蜃楼——一个人的诗歌史》，该回忆录部分收入柏桦等《与神语：第三代人批评与自我批评》，中华工商联合出版社2014年，第244—276页。本文所引皆出自默默提供的未刊全稿。
② 参见默默《我们就是海市蜃楼——一个人的诗歌史》，该回忆录部分收入柏桦等《与神语：第三代人批评与自我批评》，中华工商联合出版社2014年，第244—276页。本文所引皆出自默默提供的未刊全稿。

1988》收入的安徽的"世纪末"诗派，从主要成员和艺术自释看，就是"海上诗群"的播撒结果。"海上诗群"合与分的发生和其关联的 20 世纪 80 年代上海的城市文艺生活，与《上海摩登》中描述的与城市消费空间（依靠咖啡馆等新的城市消费空间以及媒体开拓的想象空间）相关的城市文艺生活不同，20 世纪 80 年代上海的城市文艺生活，更偏重诗人之间的跨区域串联、结社、办刊、交流阅读和写作等等。

20 世纪 80 年代上海的城市文艺生活和现代主义诗歌实践提出了一个问题：欧美现代主义和现代都市相互建构的图景，是不是现代主义唯一的生成方式？确实，上海摩登塑造了 20 世纪 30 年代的中国现代主义文学，而且 20 世纪 80 年代上海摩登的残余以大学和《收获》《上海文学》为中心，也催生了先锋小说，成为文学思潮。但还有另外的方式和图景。陈东东用"游侠"来指认 20 世纪 80 年代的"海上诗群"。"游"，揭示了诗人和城市之间的一种流动关系，在 20 世纪 80 年代上海城市公共空间不发达的时代，他们借助个体在城市里的移动，拓殖着新的城市空间。和陈东东的"游侠"类似，王晓渔用"都市的游牧民族"来指认"海上诗群"的诗人们。王晓渔认为，"海上诗群"的波希米亚天赋，与"异乡人"（包括"逃亡者"和"陌生人"）气质，都和上海的血缘学有关。从 1958 年开始，根据《中华人民共和国户口登记条例》，上海开始严格限制外来人口，这使波希米亚人/"异乡人"的生存空间极度逼仄。"海上诗群"的命名，"正说明了这些上海诗人面临的精神地理学难题：外在日益逼仄的波希米亚空间，与内心不断唤起的波希米亚情绪，不停地互相交锋。"①

　　而且，上海现代性传统对"海上诗群"诗人来说，还是一种有影响的存在。"海上诗群"仅收录陈东东一首诗，但陈东东是排在这个诗群入选诗人中的第一个，可见他对于"海上诗群"的重要性。陈东东作为"海上诗群"的重要成员，既不知道被纳入诗群，对于阐释共同文学观的宣言也一无所知，我们当然可以就此论证所谓"海上诗群"的"社团性"的匮乏，但另一方面，也正是通过"大展"和"大观"的分类，陈东东所意识到的诗人、诗歌与上海这座奇特都市之间的关系问题在《中国现代主义诗群大观 1986—1988》中被无意中加以强调。陈东东认为"写得语焉不详的'海上诗群'宣言"（其实是"艺术自释"）其实相当准确到位："上海被推了过来，活生生展开。这个中国最大的工商业城市同时只是数学和物理学概念中的一个点。我们深陷其中。作为诗人，我们是孤立无援的。作为人，我们看到了千千万万双向我们伸来的手。""更重要的是活着的人。人类正生活在地球村中。上海跟这颗星球上的任何一个地方都靠得太近了。人和人为什么并不总能成为邻居，成为朋友？我们的诗歌是村民的诗歌，紧挨我们身边的都市显得并不重要，我们内心的时空无始无终、无边无际。""诗人是天生的。如果，我们这一群竟也一个个成了诗人，那纯属偶然；这正像我们生在上海纯属偶然。必然的、不可逆转的事实是：我们深陷其中。"② 该宣言对中国现代性谱系

①　王晓渔：《诗歌的春秋战国——当代上海的诗歌场域（1980—1989）》，王晓渔：《文学、文化与公共性》，上海书店出版社 2018 年，第 18 页。
②　《"海上诗群"艺术自释》，徐敬亚等编：《中国现代主义诗群大观 1986—1988》，同济大学出版社 1988 年，第 70—71 页。

中的上海有着精确的判断，早在 1986 年便预见到世界性上海时代的来临。而诗人的孤独是"生在上海"这个宏大现代性上海的孤独。同样，另一篇刘漫流执笔的"艺术自释"也涉及"在上海写作"的诗人成为孤独感主体的话题："上海有那么一些个人，都孤独得可怕。常常走不到一起。他们躲在这座城市的各个角落，写诗，小心翼翼地使用这样一种语言。"① 《中国现代主义诗群大观 1986—1988》的"海上诗群"中收入了 8 位诗人的诗歌作品，仅次于"朦胧诗派"的 12 位，但"朦胧诗派"收入的诗人有一半不是来自北京的。同样值得注意的是，除了"海上诗群"，"大展"和"大观"列人的上海诗群还有"撒娇派""城市诗""主观印象"和"情绪流"。即便陈东东对自己被列入"海上诗群"多有微词，但他也承认："来自上海青年诗人的这几篇宣言大概说出了一个重点：上海的诗歌地理学，在截止于 1986 年的青年诗歌运动时期，已经作为一个跟现代性写作和美学的现代主义追求捆绑在一起的问题，被上海的年轻诗人充分地意识到。它的独特性在于这并非一种地域、地方意识，而是一种超越地域、地方性，甚至超越民族性和中国性的文明意识和'上海'意识，一种'上海的个人'意识。这的确因为上海这座城市诞生和发展的奇特，这种奇特，在历史、时代、文化和现实的中国语境及全球化语境都会显得更为奇特。它是否催生了独一无二的奇特诗意？"②

---

① 刘漫流：《"海上诗群"艺术自释》，徐敬亚等编：《中国现代主义诗群大观 1986—1988》，同济大学出版社 1988 年，第 71 页。

② 陈东东：《游侠传奇》，柏桦等：《与神语：第三代人批评与自我批评》，中华工商联合出版社 2014 年，第 110—111 页。

通过诗人的行事方式（比如"撒娇派"），通过现代主义主题索引，比如孤独、疏离、异化等等，很容易辨识出"海上诗群"和现代主义之间的亲缘关系。王寅说过："80 年代，我的大学生涯是在翻动纸页的轻微声响中度过的。文学是如此，对电影的认知和了解也是如此，在那个年代里，能够看到外国电影的地方，不是在电影院里，而是在各种文学期刊和电影期刊上。"① 柏桦观察到王寅的个人阅读史，称之为"诗人必要的漫游之旅"。惠特曼、米沃什、施耐德、勃莱、莱奥帕尔迪、莱蒙托夫、涅克拉索夫、沃尔科特、夸西莫多、萨克斯……"这些异国的他者和王寅之间构成了一种互文性的存在，那是王寅诗文中静水流深般的洋气。"② 我们想进一步追问的是，在"上海"成为"幽灵"和"鬼影"的 20 世纪 80 年代，曾经是"中国最大的工商业城市"的上海的幽灵，如何活在 20 世纪 80 年代的诗人中间？其方式可能是相当隐秘的。"陆忆敏的海派文化，经过种种剔洗，已经是残剩下来的淡远的背景。"③ 崔卫平认为："生于上海并长于此地的陆忆敏显然承受了这座早已国际化了的大都市的某些精神气质：拥有许多小小的规则，并尽量遵守它们，不去存心触碰它们。因此在遵守背后，也是享有一种呵护；接受限制，也意味着给个人的活动和想象力留下可区别的余地。"④ 有研究者注意到上海文化性格的两歧性，风雅和世俗、布尔乔亚和波希米亚，这

---

① 王寅：《刺破梦境》，古吴轩出版社 2005 年，第 124 页。
② 柏桦：《旁观与亲历：王寅的诗歌》，《江汉大学学报（人文科学版）》2008 年第 6 期。
③ 胡亮：《谁能理解陆忆敏》，《诗探索》2014 年第 7 期。
④ 崔卫平：《文明的女儿》，陆忆敏：《出梅入夏：陆忆敏诗集 1981—2010》，北岳文艺出版社 2015 年，第 123—124 页。

是"马赛克城市"的必然性。① "海上诗群"也是一个审美两歧的马赛克式诗群："撒娇"和优雅节制、学院和城市边缘、口语和欧化语等等并现。上海是真实的，而"海上"则是诗人"放纵和幻想，奇特地并列在一起的各种奇特自我的活动舞台。"② 20世纪80年代上海的现代主义提供的可能是一个现代主义/城市现实、海上/上海的非对等的案例，就像当时参与的诗人和小说家所体验到的"我们就是海市蜃楼"（默默）。陈东东有一段回忆：

> 我记得有个南京诗人讲起他对上海的感觉，说："只要给它一双翅膀，它就会飞离中国。"而我回答说："但上海是飞来中国的都市……"并且，在20世纪1980年代，上海堪称中国唯一的现代都市。③

这个所谓中国"唯一的现代都市"，一座"飞来中国的都市"，对20世纪80年代的陈东东而言，可能是他陷入的、如孙甘露所说的"肉体错觉"。上海曾经的"现代"是20世纪80年代上海的"一个镜像的幻想体"。④ 所谓"一个镜像的幻想体"，在陈东东、孙甘露等开始写作的时期，或许还指代着当时大量引进出版的域外文化和文学。在这个意义上而言，20世纪80年代的再造上海摩登——上海现代主义文学，也可以说是"飞来中国的现代主义"。

---

① 许纪霖、罗岗等：《城市的记忆——上海文化的多元历史传统》，上海书店出版社2011年，第12—22页。
② 【英】马尔科姆·布雷德伯里：《现代主义的城市》，【英】马尔科姆·布雷德伯里、【英】詹姆斯·麦克法兰编：《现代主义》，胡家峦等译，上海教育出版社1992年，第79页。
③ 陈东东：《游侠传奇》，柏桦等：《与神语：第三代人批评与自我批评》，中华工商联合出版社2014年，第111页。
④ 孙甘露：《时间玩偶》，《上海的时间玩偶》，学林出版社2003年，第13页。

第三节　从新小说到先锋小说

2009 年第 1 期《当代作家评论》中，程光炜在"文学与思潮三十年"栏目发表论文《如何理解"先锋小说"》，第一个问题便谈到了先锋小说和上海的关联性。程光炜认为，20 世纪 80 年代的先锋作家主要分布在北京、上海、江浙和西藏等地，但是"显然，就像 20 世纪 30 年代曾经发生过的一样，它的'文学中心'无疑在上海"①。程光炜的判断是准确的。以文学期刊为例，即使不算《收获》这个公认的先锋小说大本营，1985—1987 年的三年间，《上海文学》就发表了 30 余篇先锋小说。需要指出的是，程光炜所指的先锋小说是当时广义的新潮小说，包括郑万隆、陈村、王安忆、张辛欣、李锐，甚至张炜等人的作品。现代主义狭义意义上的先锋小说概念，可能不同于如此大规模的扩容和增员。毕竟到 2009 年，经过现代主义的文学启蒙，对先锋小说的理解已经不同于 1986 年初吴亮和程德培基于新的小说形势编选《新小说在 1985》时的思路了。《新小说在 1985》，1986 年 9 月由上海社会科学院出版社正式出版。以严格的先锋小说标准来看，《上海文学》这三年间发表的先锋小说有马原的《冈底斯的诱惑》《海的印象》《游神》《八角街雪》（1985 年第 2、5 期/1987 年第 1、12 期）、韩少功的《女女女》（1986 年第 5 期）、徐晓鹤的《小说两篇》（1986 年第 6 期）、残雪的《旷野里》（1986 年第 8 期）、孙甘露的《访问梦境》（1986 年第 9 期）、苏童的

① 程光炜：《如何理解"先锋小说"》，《当代作家评论》2009 年第 1 期。

《飞越我的枫杨树故乡》（1987 年第 3 期）以及莫言的《罪过》《猫事荟萃》（1987 年第 3、11 期）等十余篇。"缩水"之后，依然能够从中看出此际《上海文学》对先锋文学的贡献，像马原的《冈底斯的诱惑》、孙甘露的《访问梦境》、韩少功的《女女女》、苏童的《飞越我的枫杨树故乡》和莫言的《猫事荟萃》，即使放在今天，仍可称为先锋小说的代表。这一时期，《收获》发表的先锋小说的数量和影响力应该超过《上海文学》。粗略地统计，就有 1985 年第 3 期扎西达娃的《巴桑和他的弟妹们》和徐晓鹤的《院长和他的疯子们》，第 5 期莫言的《球状闪电》和马原的《西海的无帆船》，1986 年第 2 期刘索拉的《多余的故事》，第 5 期马原的《虚构》和苏童的《青石与河流》，第 6 期徐晓鹤的《疯子和他们的院长》，1987 年第 1 期马原的《错误》，第 3 期皮皮的《全世界都八岁》、莫言的《红蝗》和叶兆言的《五月的黄昏》，第 4 期刘索拉的《摇摇滚滚的路》，第 5 期马原的《上下都很平坦》、洪峰的《极地之侧》、余华的《四月三日事件》、色波的《圆形日子》、苏童的《1934 年的逃亡》、孙甘露的《信使之函》，第 6 期余华的《一九八六年》、皮皮的《光明的迷途》和格非的《迷舟》等 20 余篇。接下来一年，又有 1988 年第 5、6 期余华的《世事如烟》《难逃劫数》、苏童的《罂粟之家》、孙甘露的《请女人猜谜》、马原的《死亡的诗意》、潘军的《南方的情绪》、史铁生的《一个谜语的几种简单的猜法》和格非的《青黄》等。值得注意的是，1989 年吕新和北村这两个重要的先锋小说家接续上了这一波先锋小说的浪潮。

事实上，文学期刊和作品发表只能用于观察一个时代文学的某一个侧面，20 世纪 80 年代的先锋文学是和更广泛的文学讨论、文学会议以及期刊运作等文学事件联系在一起的，而文学刊物往往是文学事件的参与者和促成者。仍以《上海文学》为例，整个80年代，《上海文学》"组织召开了许多文学会议，这些都直接或者间接地影响了80年代文学的进展"①。像我们熟悉的1982年的三只"小风筝"事件和1984年的"杭州会议"都切实地影响了中国当代先锋文学的进程。②

1981年9月，高行健的《现代小说技巧初探》出版。③ 1982年，作家冯骥才、李陀和刘心武以通信的方式讨论"现代派"的相关问题，最终以《中国文学需要"现代派"——冯骥才给李陀的信》《"现代小说"不等于"现代派"——李陀给刘心武的信》和《需要冷静地思考——刘心武给冯骥才的信》为题发表在《上海文学》1982年第8期。据时任《上海文学》副主编的李子云回忆："李陀告诉我北京不能发，我说给《上海文学》吧。"④ 对于北京和上海的地缘政治产生的不同文学空间，李陀有自己的判断，而且李陀与《上海文学》以及吴亮等批评家有着密切的互动，甚至现实地参与到上海文学空间的建构中，比如阿城的《棋王》就是经李陀推荐发表于《上海文学》的。上海和北京的文学空间和文学生态，不只是被李陀感受到，身处杭州的李杭育多年以后也回忆道："1984年3月我从北京领奖回来，由上海回湖州途中，心想上海或许是比北京更能容忍我在当时的文坛意识形态

---

① 蔡翔：《有关"杭州会议"的前后》，《当代作家评论》2000年第6期。
② 参见王尧《"新时期文学"口述史》的相关论述，生活·读书·新知三联书店2024年。
③ 高行健：《现代小说技巧初探》，花城出版社1981年。
④ 王尧：《现代派"通信"述略——新时期文学口述史之一》，《文艺争鸣》2009年第4期。

语境之外另起炉灶的地方。"① 这可能也是后来李杭育和他的哥哥李庆西促成"杭州会议"的重要原因。

事实也证明李陀的感觉和判断是准确的。据李子云回忆："发表通信的那期刊物出厂那天，我早上刚到办公室，冯牧同志就打电话来，命令我撤掉这组文章。我跟他解释，杂志已经印出来了，根本来不及换版面。"② 冯牧其实只是在传达指示。耐人寻味的是，冯牧1985年担任新创刊的《中国作家》主编，创刊号的办刊方针里就有"百花齐放"。创刊的第一年就发表了阿城的《树王》、莫言的《透明的红萝卜》、王安忆的《小鲍庄》、张承志的《残月》等小说。其引领文学新潮，较之同时期的《收获》《上海文学》，有过之而无不及。类似的情况，也出现在丁玲主编的《中国》中。《中国》是当时为数不多的几家接纳先锋文学的刊物之一。因此，可以说文艺官员和文学刊物主编之间的双重身份，令他们的文学观和文艺实践存在差异。而且他们个人的文学观和执行文艺政策时所体现的文学观之间往往也有微妙的差异。

"三篇通信发表后，就有人说这是为'现代派'试探风向的三只'小风筝'"③。过了两个月，巴金来了一篇文章，是写给瑞士作家的一封信。李子云发表巴金的这封信时，并没有意识到它和三只"小风筝"有什么关系。到了过年的时候，夏衍的一篇长稿《与友人书》，批判了文化专制主义，着重谈了需不需要借鉴

---

① 李杭育：《我的一九八四（之二）》，《上海文学》2013 年第 11 期。
② 王尧：《现代派"通信"述略——新时期文学口述史之一》，《文艺争鸣》2009 年第 4 期。
③ 王尧：《现代派"通信"述略——新时期文学口述史之一》，《文艺争鸣》2009 年第 4 期。

现代派的问题，也发表了。1983 年 4 月—5 月召开的中宣部部务扩大会议上，周扬表示："夏衍同志的文章使我们很为难。我对夏衍同志是尊重的。……但是他在《上海文学》上发表的文章基本观点是不对的，产生影响是不好的。使得我们没有办法处理。"周扬的发言还证实了一个事实："夏衍同志文章发表，上海马上开了一个座谈会，发表了座谈纪要，响应夏衍同志的文章，说是现在该是实行文艺民主的时候了，说是要正确对待现代派。"①同样据李子云回忆："当时正好又是讨论异化问题。……点名《上海文学》是重点，要检讨。""幸亏钟望阳几位领导和杂志社同仁支持，没有这些领导，我早就完蛋了。"②

这一连续的事件并没有影响到《上海文学》的办刊方向。用时任《上海文学》编辑周介人的话来说就是，"《上海文学》应该坚持和发展文学性、当代性、探索性的刊貌"。③ 1984 年，《上海文学》第 7 期刊发了李陀和郑万隆推荐的被《北京文学》退稿的作品，阿城的《棋王》。退稿的原因据说是写了知青生活的阴暗面。此后不久，12 月"杭州会议"召开。李陀、韩少功、阿城、郑万隆、陈建功、陈村、黄子平、吴亮、陈思和、程德培、许子东、季红真、鲁枢元、李子云、茹志鹃、李杭育和李庆西等作家和批评家参加了会议。文学史书写中一般认为，正是这次会议启动了随后 1985 年的"寻根文学"。参加本次会议的陈思和，多年后总结道："开了几天的会议好像也没有达成过什么共识。但是

---

① 顾骧：《晚年周扬》，文汇出版社 2003 年，第 69、71 页。
② 参见王尧：《现代派"通信"述略——新时期文学口述史之一》，《文艺争鸣》2009 年第 4 期。
③ 周介人：《编辑手记·文学性、当代性、探索性》，《新尺度》，浙江文艺出版社1989 年，第 212 页。

有一点是明显的，大家对现代派文学完全是肯定的，对当前小说创作的形式实验有了信心，对于过去不甚注意的民族传统，尤其是民间文化传统，开始有了关注的意愿。但这种关注，绝不是拒绝西方的现代主义影响倒回到传统里去，而是努力用西方现代意识来重新发现与诠释传统。"① 这样看，这次会议上，对现代派文学的合法性形成了一个文学圈内的共识。也是在这次会议上，马原的《冈底斯的诱惑》得到李陀的肯定，因而后来在《上海文学》上顺利发表。由于参加这次会议的阿城、韩少功、李杭育和郑万隆被认为是后来"寻根文学"的主要班底。因此，这次会议和"寻根文学"的关系被凸显出来，以至于朱大可认为批评界把"寻根文学"奉为先锋文学是一个错误。②

程光炜认为："无论从杂志、批评家还是作为现代大都市的标志的生活氛围，上海在推动和培育'先锋小说'的区位优势上，要比其他城市处在更领先的位置。""即使在一九八〇年代，上海的文化特色仍然是西洋文化、市场文化与本土市民文化的复杂混合体，消费文化不仅构成这座城市的处世哲学和文化心理，也渗透到文学领域，使其具有了先锋性的历史面孔。"③ 顺着程光炜的研究思路，还可以找到很多证据，证明上海和先锋小说的勾连，比如上面一节讨论的上海作为 20 世纪 80 年代现代派文学出版重镇的事实。问题是，也很容易举出很多反例。程光炜举王安忆《海上繁华梦》中的上海夜景描写来说明上海现代大都市的

---

① 陈思和：《杭州会议和寻根文学》，《文艺争鸣》2014 年第 11 期。
② 参见朱大可、张献、宋琳、孙甘露、杨小滨《保卫先锋文学》，《上海文学》1989 年第 5 期。
③ 程光炜：《如何理解"先锋小说"》，《当代作家评论》2009 年第 2 期。

生活氛围。吴亮的《八十年代琐忆》一开始就写道："那时候上海没有夜生活，晚上十点以后全城一片漆黑。"① 1988 年，李天纲在《复旦学报》发表的关于 20 世纪 80 年代上海城市状况的论文，题目就叫《文化中心地位的衰退与重建》②。李天纲谈到的"上海衰退"主要表现在以下诸方面：都市国际化的程度大为降低，作为中国文化中心的地位在转移，文化创新能力在萎缩，市民现代心态的失落。也正是在 1988 年，俞天白发表了长篇小说《大上海沉没》。因此，如果要去勾连上海和先锋小说的关系，或许不能仅仅着眼于现实的都市氛围，而是要借助像王安忆的《长恨歌》中所写的隐秘城市气质。李天纲概括的都市国际化、中国文化中心地位、文化创新能力和市民现代心态这些指标，其实是李欧梵的"上海摩登"的另一种表述。着眼于这些指标来判断的话，"文学中心地位的上海"并没有衰退。以 20 世纪 70 年代末思想解放为起点的 20 世纪 80 年代，是一个重启现代化的时代，也是一个重审和重建丰富现代性的时代。一定意义上，中国现代性是由上海定义的，它产生于混杂的或者说是马赛克的跨文化场域。在这里，所谓跨文化，"并非仅跨越语际及国界，还包括二元对立的瓦解，例如过去/现代、菁英/通俗、国家/区域、男性/女性、文学/非文学、圈内/圈外。'跨文化'的概念也更具有包容性。""任何人只要以突破传统、追求创新为己任，都在从事跨文化实践：他们是现代性的推手。""惟独少数的文化菁英能运用创造力来创造、创新记忆。他们的表现是跨文化现代性的精髓：

---

① 吴亮：《八十年代琐忆（一）》，《书城》2006 年第 3 期。
② 李天纲：《文化中心地位的衰退与重建》，《复旦学报》（社会科学版）1998 年第 3 期。

对自己在分水岭或门槛上（on the threshold）的工作具有高度自觉，总是不断测试界限，尝试逾越。"① 20 世纪 70 年代末到 20 世纪 80 年代中前期聚集于上海的作家、翻译家、批评家、编辑和出版人就是这样的"现代性的推手"。从上面的描述来看，说 20 世纪 80 年代的上海是先锋小说的汇聚之城，应不会引起太大异议。但是，需要指出的是，同一时期北京的《北京文学》《中国作家》《人民文学》《中国》也曾领程光炜所指认的先锋小说之风骚，甚至远胜于上海。即便如此，在这一轮始于 20 世纪 70 年代末的文学现代性重建中，如果能证明得风气之先者是上海，尤其是最终能证明"极端主义"的先锋小说发生在上海，那么，近现代上海的现代性传统成就了 20 世纪 80 年代先锋小说这一命题自然也就得到了证明。

不妨看看上海批评家吴亮和程德培编选的《新小说在 1985》和《探索小说集》。这两个选本 1986 年 9 月分别由上海社会科学院出版社和上海文艺出版社出版。《新小说在 1985》收录的小说都发表于 1985 年。《人民文学》入选 5 篇，《北京文学》和《上海文学》各入选 4 篇，《收获》仅入选 1 篇；而《探索小说集》收录的小说，最早发表于 1982 年，绝大多数发表于 1985 年。《人民文学》入选 8 篇，《上海文学》入选 5 篇，《收获》也只有 1 篇。更重要的是，《爸爸爸》《透明的红萝卜》《小鲍庄》《你别无选择》《无主题变奏》《西藏，隐秘的岁月》《山上的小屋》等代表性作品都不是在上海刊物上发表的。我们后来归入先锋文学的

①彭小妍：《浪荡子美学与跨文化现代性——一九三〇年代上海、东京及巴黎的浪荡子、漫游者与译者》，联经出版社事业股份有限公司 2012 年，第 10—13 页。

代表作家，除了马原、洪峰和孙甘露，最早的成名作都是在北京的刊物发表的，包括余华和苏童，他们的成名作《十八岁出门远行》和《桑园留念》分别发表于《北京文学》1986年第1、2期。因此，刊物的风格和地域文化可能有关系，但更重要的还是刊物编辑者的趣味。1985年《人民文学》的主编是王蒙。王蒙1983年7月即担任《人民文学》主编，"用了一年半时间过渡，才慎重推动了1985年的耀亮整个文坛的效果。"①而《北京文学》，要到1986年，林斤澜担任主编时，李陀才担任了副主编。此前，李陀在北京的家是一个文学聚集中心。"牵连着四面八方，1985年'文学革命'中的众多重要人物，比如马原，那时是李陀家里常客，莫言也去过。"②但李陀的文学影响，许多方面却和《上海文学》相关，比如1982年关于"现代派"问题的通信、1984年的"杭州会议"、阿城和马原的《棋王》《冈底斯的诱惑》在《上海文学》经他的力推而得到的发表。余华也是由他带入《收获》作者群的。朱伟认为："1985年之前，上海的《收获》与《上海文学》似乎扮演着文学进程标杆的角色，到这一年局面彻底扭转过来。"③因此，单单以先锋文学而论，是存在空间的转移的，而不是只集中在上海一城一地。据朱伟回忆，1985年《人民文学》在先锋小说的推发上"形成潮头"，《收获》只有第5期才"靓丽一下"，《上海文学》的唯一优势是抢发了马原的重要作品《冈底斯的诱惑》。④但是"《人民文学》的辉煌期非常短

---

① 朱伟：《重读八十年代》，中信出版集团2018年，第15页。
② 朱伟：《重读八十年代》，中信出版集团2018年，第39页。
③ 朱伟：《重读八十年代》，中信出版集团2018年，第20页。
④ 朱伟：《重读八十年代》，中信出版集团2018年，第20—21页。

暂",1986年春王蒙不再担任《人民文学》主编,而担任了《北京文学》副主编的李陀"在小说推陈出新方面,比我们预想的要谨慎得多"①。这为《收获》赢得了机会,尤其值得注意的是1983年才进入《收获》的年轻编辑程永新也及时地抓住了这个机会。

作为"文学进程标杆",1985年前,《收获》的贡献主要体现为对"反思文学"的推动,特别是对于禁区的突破。《收获》首开时代之风气,先后发表了从维熙的《大墙下的红玉兰》(1979年第2期)、张一弓的《犯人李铜钟的故事》(1980年第1期)、从维熙的《远去的白帆》(1982年第1期)等小说,这些小说均获得当年的全国优秀中篇小说奖。这一时期的《收获》和巴金的《随想录》的内在精神气质是一致的。1987年的第5、6两期和1988年的第6期《收获》推出"青年作家"专号,1987年的第5期为孙甘露的《信使之函》开设"实验文体"专栏,将先锋文学的先锋性发挥到极致。"青年作家"专号的设置是马原和程永新共同策划的结果。1986年在《收获》举办的广西桂林笔会上,程永新与马原相识。"当时,我与马原都敏感地察觉到文坛上正酝酿着一种变化,全国各地分别有一些零星的青年作者写出与此前截然不同的小说,但如何使这些散兵游勇成为一支有冲击力的正规部队,如何使涓涓细流汇聚成河,形成一定气候,我想到了《西藏文学》的办法……我则想把全国冒尖作者汇集在一起,搞一次文学的大阅兵。当时我想,只有《收获》才具有这

---

① 朱伟:《重读八十年代》,中信出版集团2018年,第40页。

样的代表性和影响力,《收获》做了这件事才不愧为《收获》。"①
这里"《西藏文学》的办法"是指 1985 年第 6 期《西藏文学》以
特辑的方式推出的"魔幻小说专辑",打头的是扎西达娃的《西
藏,隐秘岁月》,还包括色波、刘伟、金志国、李启达等人的小
说,并且以编者的"编后"来阐释专辑的意图。从扎西达娃
1986 年 8 月 8 日写给程永新的信来看,这个专辑在西藏引起了
反响,也受到主管宣传部门的批评。② 1986 年底,马原在写给程
永新的信中表示:"另外就是明年四期稿子的事。我计算了一下,
如果按照原来计划的,人人完成,大概就要超出几万或更多。你
想,我十五万,扎(西达娃)六万,残(雪)、韩(少功)、张
(献)、刘(注:估计是刘索拉)、史(铁生)、莫(言)、陈(村)
即使各六万也已经四十二万字了,另外还有几个短篇,怎么得
了? 怎么办你拿主意。陈村也约短的吧,还有莫言。你约稿时最
好规定一下字数。李启达一个短的,鲁一玮再说。"③ 从这封信
来看,这个专辑就是后来的 1987 年第 5 期。计划中的扎(西达
娃)、残(雪)、韩(少功)、刘(注:估计是刘索拉)、史(铁
生)、莫(言)、陈(村)均缺阵,增加了苏童、余华、孙甘露、
洪峰。为什么作者阵容会发生变化? 稿子是程永新组来,最后由
李小林定夺。可以肯定的是,最后的名单还应该包括残雪和莫
言。多年以后,程永新谈到 1986、1987、1988 年的专辑,曾经

---

① 程永新:《八三年出发》,云南人民出版社 2004 年,第 168 页。
② 程永新:《一个人的文学史》,天津人民出版社 2007 年,第 3 页。
③ 这封信没有注明日期。程永新和马原在《收获》桂林笔会初识,信中说"刚刚
认识一个多月",他们在笔会谈到《收获》1986 年第 5 期,谈到孙甘露的《访
问梦境》,推算这封信是 1986 年年底写的。程永新:《一个人的文学史》,天津
人民出版社 2007 年,第 13 页。

表示："因为客观上的原因，没有莫言和残雪的作品，我觉得这是很大的遗憾。"① 考虑到连续三年都推出过这一专辑，那么，那些预先列入，后来没有进入专辑的，也并没有人表示遗憾，估计是一种"自觉的放弃"。事实上，也能在其他非专辑的常规栏目中看到这些预先设想过，但后来没有进入专辑的作者的稿子。史铁生第一次没有被列入专辑，他的《一个谜语的几种简单的猜法》进入了1988年的专辑。可以看出，程永新是在阅读来稿的过程中，慢慢地明晰了专辑最终的模样。余华的稿子是李陀寄过来的。在《四月三日事件》和《一九八六》里面，选了字数较短的《四月三日事件》。② 苏童的《1934年的逃亡》是1987年上半年到稿的。③《信使之函》则是约稿。④ 我们应该注意到，编辑行为本身也可被视为一种文学批评实践。因此，《收获》专辑剔除了计划中的韩少功、陈村和刘索拉。这几位都入选了《探索小说集》和《新小说在1985》。而孙甘露、苏童、余华、张献、格非这些严格意义上在1985年之后出现的作家，和马原、洪峰、莫言、残雪一道构成了《收获》或者说程永新和李小林所想象的"新潮小说"作者群。1988年6月，程永新选编的《中国新潮小说选》以皮皮和刘索拉替代了1987年专辑里的色波和鲁一玮。至此，从1985年的"新小说"到1988年的"新潮小说"，真正意义上的"先锋小说"从泛泛而言的"新小说"或者"探索小说"中独立出来了。宋琳认为："先锋艺术的最重要的特征就是

① 程永新：《一个人的文学史》，天津人民出版社2007年，第307页。
② 程永新：《一个人的文学史》，天津人民出版社2007年，第307页。
③ 程永新：《一个人的文学史》，天津人民出版社2007年，第40页。
④ 程永新：《一个人的文学史》，天津人民出版社2007年，第39页。

反叛。""这是一个先锋诗人最基本的生存态度。"而朱大可则强调先锋小说的"实验性"。① 苏童读了1987年的《收获》专辑后给程永新写信说："这一期有一种'改朝换代'的感觉"。② 而余华给程永新的信则表示："我一直希望有这样一本小说集,一本极端主义的小说集。中国现在所有有质量的小说家似乎都照顾到各方面,连题材也照顾。我觉得你编的这部将会不一样,你这部不会去考虑所谓客观全面地展示当代小说的创作,而应该显示出一种力量,异端的力量。就像你编去年《收获》5期一样。"③ 陈思和认为,现代文化一旦形成,依然会不断遭遇新的叛逆,"这种叛逆性不是来自传统的保守立场,而是来自更激进,同时也是边缘化的先锋立场;不是来自某种集团势力的反对,而是更具有个人色彩的独立特行的反叛。"④ 他称之为"复杂的叛逆性"。他举陈独秀和鲁迅做例子,认为他们的反叛都属于这样一种先锋、个人色彩的反叛,而且上海现代文学谱系中有鲁迅到巴金这样一支:"他们由边缘向主流演变都是在北京完成的,而他们从主流走向更加先锋的叛逆,恰恰是在上海完成的。并不是说上海是叛逆者的发源地,但它可以成为叛逆者的温床和庇护所。"⑤ 这正是20世纪80年代的《收获》所呈现的,某种程度上也是巴金、李小林和程永新个人的"叛逆性"。在这种意义上,《收获》连续

① 参见朱大可、张献、宋琳、孙甘露、杨小滨:《保卫先锋文学》,《上海文学》1989年第5期。
② 程永新:《一个人的文学史》,天津人民出版社2007年,第40页。
③ 程永新:《一个人的文学史》,天津人民出版社2007年,第44—45页。
④ 陈思和:《复杂的叛逆性——现代海派文学的特点》,《昙花现集》,上海人民出版社2015年,第336页。
⑤ 陈思和:《复杂的叛逆性——现代海派文学的特点》,《昙花现集》,上海人民出版社2015年,第336页。

以专辑方式推出的"先锋小说"之先锋，既是对《收获》参与缔造的现实主义深化的叛逆，也是对"新潮小说"的叛逆。既然他们在1985年会师，成为时代文学的主流，那么，如果要继续激进、继续先锋，则要选择更极端也更边缘的方式，这是李小林和程永新的取舍的结果。值得注意的是，就在《收获》"先锋"的高光时刻，程永新一边挖掘和输送"先锋"链条的新人，一边连续推出了王朔的《顽主》《动物凶猛》《我是你爸爸》，以延缓"先锋"的衰退，同时一旦"先锋"成为主流，王朔便成了"叛逆者"。汪民安认为："从上个世纪的80年代开始，一种癫狂的神经分裂的句法出现了。孙甘露、莫言、残雪和王朔或许代表四种分裂的方式，四种语法的癫狂形象：莫言是叫喊的语法，王朔是狂笑的语法，残雪是唠叨的语法，孙甘露则是臆想的语法。"①是否可以以此来解释程永新为什么会选中和推出不久的将来将成为上海"人文精神讨论"的靶子的王朔？《收获》，至少20世纪80年代的《收获》，是典型的"上海的"——对成为主流抱有警惕、时刻准备叛逆，造就了上海的时尚和新潮的瞬时性，这是"上海摩登"的题中之义。上海的现代性精神中的开放和宽容也是依靠这种对叛逆者的尊重形成的。

《收获》式的再造上海摩登，不是对城市空间的改写，而是改写文学的空间。程德培在接受访谈时，反对将80年代中期上海文学批评的"独领风骚"和上海勾连起来："这个批评圈的出现和走红似乎和上海的地域和文化因素没有什么关系。上海在这

---

① 汪民安：《孙甘露：汉语中的陌生人》，郭春林编：《为什么要读孙甘露》，上海人民出版社2014年，第159页。

里仅仅是一个地名，一批人恰巧在这里集聚。这种巧合千万不要向 30 年代这座城市的文化优势上靠。"① 但同时程德培也指出，上海的小说人才"不能和湖南、北京、浙江、江苏等地相比"。他揭示的另一个事实则是，"80 年代的中国，城市管理工作依赖户籍管理，不存在人口的自由流动。唯一的流动性无非是大学的招生"。那么，可以进一步思考的是，1949 年之前的上海，作为新文化中心，有多少人不是移民而来？进而，程德培也承认大学招生的人口流动对上海文学批评的繁荣的有限影响。20 世纪 80 年代大学招生对所有城市而言都是一个常量，它不必然造成每一个大学都聚集起华东师范大学和复旦大学那么多的批评家。更重要的是变量，不是每一座城市每一所大学都有钱谷融的。而对于上海而言，"钱谷融"不是单数，而是复数的"钱谷融们"，比如华东师范大学的徐中玉、许杰和施蛰存，复旦大学的贾植芳。而且，如程德培所言："80 年代可没有什么学院不学院之分的感觉和认识，作协（尤其是上海作协）可能是一个更吸引人的去处。""在我的印象中，当年的作协和《上海文学》更像是一所学院，充满着学术气氛，李子云师、周介人师都是我们终身受益的导师。"② 巴金任主编的《收获》更是意义特殊，比如宋遂良谈到上海批评家和北京批评家的差异时，便特别提及《收获》的精神意义："我感受上海的文学批评空气时，总忘不了抬头看一看那个从来不发文学评论的《收获》杂志。它以它四十年来（特别是

① 程德培、白亮：《记忆·阅读·方法——程德培与新时期文学批评》，程德培：《谁也管不住说话这张嘴》，上海文艺出版社 2011 年，第 262 页。
② 程德培、白亮：《记忆·阅读·方法——程德培与新时期文学批评》，程德培：《谁也管不住说话这张嘴》，上海文艺出版社 2011 年，第 265 页。

近十五年来）坚持一贯的选稿标准，以它雍容大度，甚至有点讳莫如深的风格，在培育和引导一种审美的、多样化的、宽松的批评原则。这个用提倡什么来批评什么的权威杂志，好像成了上海批评界的一面旗帜。"① 和巴金不同，茹志鹃和李子云都在 1949 年之前投身革命，1949 年后进入文化事业，70 年代末期复出。茹志鹃在新时期之初就是写出了《剪辑错了的故事》（《人民文学》1979 年第 2 期）、《草原上的小路》（《收获》1979 年第 3 期）、《儿女情》（《上海文学》1980 年第 1 期）等小说的活跃小说家。李子云 1979 年发表了题为《为文艺正名——驳"文艺是阶级斗争的工具"说》的评论员文章。② "在 1980 年代，几乎每一个文学的转折关口，都隐含着李子云老师的重要作用，而这些作用通过《上海文学》淋漓尽致地表现出来。"③ 茹志鹃和李子云，以及王元化等这些上海 20 世纪 80 年代"现代性的推手"，往往被视为开明的文艺官员，但曾长期在《上海文学》工作，和李子云共事的蔡翔认为："李子云老师是文学中人，更是政治人，或者说，对于她那一代人来说，文学和政治本来就难解难分。当然，在一九八〇年代，无论是李子云老师还是其他的人，究竟要创造什么样的政治，他们自己也未必十分清楚。但政治始终是他们考虑的核心问题之一，他们甚至无法想象一旦文学剥离了和社会的诸种复杂的关系，它的意义究竟何在。这种强烈的政治性才真正是《上海文学》的灵魂。"④ 蔡翔看到的是李子云的"创

① 宋遂良：《北京的批评家和上海的批评家》，《上海艺术家》1995 第 5 期。
② 李子云：《为文艺正名——驳"文艺是阶级斗争的工具"说》，《上海文学》1979 年第 4 期。
③ 蔡翔：《到死未消兰气息》，《书城》2009 年第 8 期。
④ 蔡翔：《到死未消兰气息》，《书城》2009 年第 8 期。

造"，而夏衍的孙女沈芸则能细察到她的内心纠结："李子云曾经在'文艺复兴'的80年代'竖起羽毛去战斗'过，写出了《为文艺正名——驳"文艺是阶级斗争工具"说》极具气场的文章。但是在她最后的20年，攻势转为了守势，这很明显地反映在所写的文章上……我很清楚，是选择性的记忆和'挣扎'的内心使她的写作陷入困境不能自拔。"① 所以，一定意义上，《上海文学》和《收获》是因主编不同而成为类型不同的杂志。这就解释了为什么《收获》可以将"先锋"做到极致。

20世纪80年代的上海新潮批评，并不像程德培所说的那样，和上海这个城市无关。1949年之前的批评空间在20世纪80年代的大学和《收获》中再生，它与李子云在20世纪80年代创造的政治/文学想象的合体《上海文学》为文学批评预留的空间彼此生发，造成了20世纪80年代的新潮批评。这种批评空间存在和1949年之前主要以咖啡馆等城市消费空间和现代印刷文化开创的公共空间的不同——它寄身于大学和作协机关。"625宿舍是当时华东师大最重要的文化地标"②，在关于20世纪80年代文学生活的回忆录里，很容易找到它的踪迹：

> 1984年，我和吴亮在上海作协理论研究室小小的办公室里，整天不是读书写作，就是没完没了地和来自全国各地的作家与批评家聊天。也是在这间办公室里，我们认识了李劼、潘凯雄、陈晓明、郑义、杨小滨、马原、阿城、朱大可

---

① 沈芸：《两代人的"战争"与和平——回忆李子云阿姨》，《上海采风》2010年第2期。
② 毛尖：《没有人看见草生长》，《上海文学》2010年第7期。

等众多人士。①

也常有校外的名人来我们宿舍闲坐。陈村来，多半是来找姚霏。我那时与姚霏相善，也时常有机会聆听陈兄教诲。陈村为人厚道，却也锦心绣口，幽默风趣，往往清茶一杯，闲谈片刻而去，不给人任何的压抑感和心理负担。马原来，动静就要大得多，而且一来必要住上数日，他与李劼先生过从甚密，前后左右通常是围着一大群人，有认识的，有不认识的，也有似曾相识的。马原看似木讷，实则能言善辩，极有机锋，我曾见他与人激辩竟夕而毫无倦容。

余华来上海改稿，常到华东师大借宿。永新、吴亮、甘露诸君便时来聚谈。王安忆也来过数次。

……

到了80年代末，来华东师大的人就更多了，连远在福州的北村也成了这里的常客。不过，只要北村一来，清谈往往就要变成"剧谈"了。……在我看来，80年代那批作家中，若要说到善谈能辩，大概无人能出其右。更何况，此人来自盛产批评家的福建，反应敏捷，擅长辩驳，当年流行的各类理论、术语和复杂概念无不烂熟于心，且颇多发明。他有一句名言，叫作"真理越辩越乱"。话虽如此，可每次与他一见面，几乎是喘息未定，便立即切入正题，高谈阔论起来。语挟风雷（当然也有唾沫星子），以其昭昭，使人昏昏。往往到了最后，他自己也支撑不住了，双手抱住他那硕大的

---

① 程德培、白亮：《记忆·阅读·方法——程德培与新时期文学批评》，程德培：《谁也管不住说话这张嘴》，上海文艺出版社2011年，第266页。

脑袋，连叫头痛，方才想起来还有吃饭这回事。

……

师大有各色各样清谈的圈子，既私密，又开放。当时的风气是英雄不问出处，来之能谈，谈而便友，友而即忘。中文系聊天的圈子相对较为固定，不是吴洪森、李劼处，就是徐麟、张闳、宋琳等人的寝室。

李劼处去得相对较多。他年纪轻轻即声名显赫，且交游广泛，他的寝室照例是高朋满座，胜友如云，大有天下英雄尽入彀中之势。只是到了后来，他在门上贴出了一张纸条，规定凡去聊天者必须说英文之后，我们才有点望而却步。因担心不得其门而入，倒是下狠心苦练了一阵子英语对话。

在 80 年代诸师友中，我与洪森聊得最多，最为相契，得益也最多；而最让人难忘的则是徐麟的茶会。

徐麟是安徽人，身材壮硕，学问淹博，其言谈极富思辨性。在他那儿，常能见到王晓明、胡河清、张氏兄弟（张闳和张柠）、毛尖、崔宜明诸人。所谈论的话题除文学外，亦兼及哲学、宗教、思想史诸领域。唯独谈及音乐或遇某人兴致高涨欲一展歌喉之时，徐麟往往表情严肃，一言不发。我们私下里都认为此君不擅此道，或者简直就是五音不全。没想到有一天，他老人家忽然高兴起来，随手抓过一把已断了两根弦的小提琴，竖着支在腿上权当二胡，像模像样地拉了一段刘天华的《除夕小唱》，把我们吓了一大跳。

在北风呼啸的冬天，每有聚会，徐麟必然会用美味的"徐氏红茶"招待各色人等。烹茶用的电炉支在屋子中央的水泥地上，煮茶用的器皿十分简陋，多为大号的搪瓷碗，而

饮茶的杯子则为形状、大小不一的酱菜瓶子。……①

　　9舍625室是华东师大研究生宿舍中最著名的一间，主人是当时的中国现代文学博士研究生徐麟。他本与胡河清共居一室，由于胡家在上海，就很少来学校，于是，徐麟就等于一个人独居一室。

　　在学校里有这种地方，自然会招来各路牛鬼蛇神，麇集狂欢。到处找而找不到的人，很可能就在那里遇上了。胖胖大大的徐麟又格外的好客，他经常用自制的柠檬红茶和电炉烤馒头招待客人。有一度，我差不多每天都会去那里走一遭。其他如王晓明、胡河清、格非、张柠、陈福民、毛尖等，也是这里的常客。电炉烤出来的馒头，大家都觉得特别的香。徐麟得意地将其命名为"徐记烤馒头"。后来，哲学系博士生崔宜明入住625室，给这里带来了浓重的老庄和维特根斯坦的气息。

　　我与徐麟在9舍625室有过一场马拉松式的大辩论。核心问题"人是否可以自救，还是需要一种外在的力量来拯救"。当时徐麟认为鲁迅哲学中存在着一种"虚妄"哲学，并且通过它，鲁迅找到了克服黑暗、虚无的途径。但我认为，这不足以使他走出精神困境，必须要有另外的精神光芒来挽救黑暗。辩论持续了4个晚上，结果当然是不了了之，但在朋友圈内部引起了强烈的反响。这也可以说是日后"人文精神讨论"一个小小的前奏曲。

　　华东师大是前卫诗人、先锋小说家和新锐批评家的摇

---

① 格非：《师大忆旧》，《收获》2008年第3期。

篮。批评家聚会常常是在 9 舍 625 室,在 5 舍 109 室(5 舍 109 是张闳的宿舍)聚集的主要是诗人和小说家。

留校任教先锋小说家格非,则像吸铁石一般吸引各地小说家前来。马原、余华、苏童、北村,以及《收获》杂志的程永新和上海社科院的吴洪森,几乎是三天两头往华东师大跑。聚谈的地点也常常是在 5 舍 109 室。但大家很少谈小说,更多的是交换一些文坛趣闻。①

宋遂良比较北京批评家和上海批评家之不同,认为前者"在朝",后者"在野"。② 其实,20 世纪 80 年代的上海文学空间中,也并非没有这种朝野之分,不过两者彼此侵入、渗透、重叠,消弭了边界,有意无意地接近了开埠以来上海的跨文化现代性。对此我们可以挪用哈贝马斯的公共领域概念,它"以一种私人聚会的形式呈现,缘起于咖啡馆、客厅沙龙、音乐厅等公共活动空间,并伴随着市民社会的日益壮大而逐步发展"③。虽然,哈贝马斯的"公共领域"有其政治意涵所指,但他也说过:"咖啡馆的繁华时期是在 1680—1780 年,沙龙则在摄政和革命之间。无论何处,它们首先是文学批评中心,其次是政治批评中心,在批评过程中,一个介于贵族社会和市民阶级知识分子之间的有教养的中间阶层形成了。"④ 但 20 世纪 80 年代的华东师范大学 9—625 和 5—109 宿舍、上海作协理论研究室办公室、《上海文学》

---

① 张闳:《丽娃河上的文化幽灵》,《大学人文》2005 年第 3 辑。
② 宋遂良:《北京的批评家和上海的批评家》,《上海艺术家》1995 年第 5 期。
③【德】哈贝马斯:《公共领域的结构转型》,曹卫东等译,学林出版社 1987 年,第 39—40 页。
④【德】哈贝马斯:《公共领域的结构转型》,曹卫东等译,学林出版社 1987 年,第 37 页。

"批评家俱乐部"、《文学角》和《上海文论》，它们至多打开了一种开放和自由的"剧谈"方式和风度，到了20世纪90年代，"人文精神讨论"似乎也划定了自己的边界，但并没有形成一个"中间阶层"。

1995年，以上海为代表，新兴市民阶层崛起。在当年的《上海文学》第5期，韩毓海讨论"新感觉派的败北"，并将其与"我们的今天"相互勾连："新感觉派小说产生于这一短暂的物质发展期，当时的亚洲第一大城市的上海是它的摇篮，正像外滩的现代建筑体现了现代工艺的想象力一样，新感觉派小说将现代生产技术与艺术创造融为一炉，展现了一幅物质乌托邦的新画面。""新感觉派的创作不但与当时的日本文学，而且也与作为发达国家的西方主流文学是同步的，但这种同步仅仅是一种西方中心主义幻觉。"① 20世纪80年代"海上诗群"和"先锋小说"的"蜃景"也可以说是一种西方中心主义的幻觉，但是这个现代主义的"蜃景"建立在城市发展几乎停滞、浦东开发还没有启动的时期，提供了一个现代主义和城市物质乌托邦非对等的样本——现代主义在西方世界和中国20世纪三四十年代确实与城市物质乌托邦相互建构，但随着现代主义的经典化，在城市发育不充分的"非摩登上海"，也可以再造文学的"上海摩登"。韩毓海认为，"30年代的现实主义和革命民主主义就是为处理资本主义发展带来的问题而产生的"新的'发展模式'，伴随着它的产生必然的便是新感觉派的乌托邦的破碎。"对于"新的发展模式"，他认为存在

----

① 韩毓海：《几度风雨海上花——新感觉派小说的败北与我们的今天》，《上海文学》1995年第5期。

一个谱系："自从一八八九年以后，法国人率先别出心裁地改变了世界的'地图'，法国式的启蒙热情、德国式的创造历史的精神以及俄国式的革命暴力许诺了生产力和人的双重解放，许诺了审美的世界的诞生，许诺了对资本主义文化矛盾的想象性根本解决，正是这一迟发展国家的地缘政治理论鼓舞也唤醒了中国左翼知识分子。""从'红玫瑰'到'红旗'中国历史翻开了新的一页，与它相伴随的是新感觉派这个早产儿的夭亡以及现代中国作为独特的第三世界'民族国家'的成长。"① 值得思考的是，新感觉派的败北和韩毓海所说的"新的发展模式"之间，是否存在因果关系？而且法国、德国和俄国的"发展模式"内在的差异性应该得到甄别。如果存在韩毓海认为的文学从"'红玫瑰'到'红旗'"的历史逻辑，败北和夭亡的也不只是新感觉派这一派。1980 年上海"先锋文学""蜃景"的消逝，固然可以从市民文学的崛起中找到部分原因，但既然是"蜃景"，自然难免消逝的命运。20 世纪 90 年代之后余华、苏童、格非等重新出发，在现实的中国寻找文学的理由，连最"极端"的孙甘露，在他 1993 年出版的《呼吸》中，也让他的写作着陆于近现代的上海。

---

① 参见韩毓海《几度风雨海上花——新感觉派小说的败北与我们的今天》，《上海文学》1995 年第 5 期。

第四章

重述上海和再造摩登

20 世纪 80 年代，除了"城市诗"和王安忆的少数小说，很少有文学文本能够挪用上海这个城市文本进行想象性的再造和建构。程乃珊的《蓝屋》《丁香别墅》《女儿经》等与家族记忆相关的"上海往事"、俞天白的《大上海沉没》等"改革小说"，等等，只能算是城市风俗史意义上的有"上海味"，或者只是以上海为背景。1993 年，上海启动都市重建。"上海复兴"进入一个新的阶段。"浦东新区是以全球化都市的形象为蓝图勾勒建造的，更确切地说，陆家嘴区域计划，经过量身打造蜕变成另一个纽约、伦敦或香港。其中运作的逻辑是：'中国要加入全球化俱乐部，上海就得让自己成为全球化都市以便获得资本流动。'"[1] 有意思的是，王安忆的《纪实和虚构》、孙甘露的《呼吸》和吴亮的《城市伊甸园》也是在 1993 年出版和发表。20 世纪 90 年代"上海复兴"时期的文学，不再像 20 世纪 80 年代"海上诗群"和"先锋小说"那样建造现代主义文学的"蜃景"，而是勾连和接续起开埠以来的上海现代性，再造上海摩登。

第一节　1993 年：上海的纪实与虚构

1991 年，上海诗人陈东东在《在南方歌唱》[2] 第 0 首写道："这个下午宁静安逸，河流跟阳光两样正好。电车明黄，就像飞鸟，轻捷无声地掠过铁桥。在桥的西侧，高树和花荫间我为你随

---

[1] 黄宗仪：《全球城市的自我形象塑造：老上海的怀旧政治》，黄宗仪：《面对巨变中的东亚景观：大都会的自我身份书写》，广西师范大学出版社 2011 年，第 70 页。

[2] 陈东东：《在南方歌唱》，《青年文学》2000 年第 4 期。

手——指点，谈兴因景色而愈见浓郁，不亚于城市迟到的春天"（《这个下午宁静而安逸》）。在这里，城市和"我"无间无隔。于是，上海是诗人陈东东有情的"我"的城市。

同一组诗东第五首《城市之春》写道：

> 正当春天，在黑暗的末班电车里我突然忆及了相似的一夜。蓝色火焰的伟大典籍引领谁横贯。
>
> 月下的空城？
>
> 孤儿院的亡灵如一架梯子，升向高处，危险又僵硬。那瞎了眼的伪先知自一管烟囱进入了火炉。
>
> 辞语，这不分季候反复绽开的石榴，它虚假的珍珠又为谁闪耀革命之光？
>
> 在黑暗的末班电车里，我返回的心情超出了速度，直接相似的春天的子宫。陵园空旷。诗歌和雪线。谁的大红袍抖开黎明？谁在热爱中孕育了石头和新鲜的死亡？①

城市不是对实有城市的复刻，而是想象的再造，是诗人心灵的造影。同一年，陈东东的《七个短章》中有一首《城市之冬》，和这首《城市之春》在时间绵延上构成一种呼应：

> 深冬冷雨中，电车黯淡徐行，街灯——被提前点亮。这样的黄昏不会适合新鲜的事物：写下第一行诗句；与陌生人开始交往；或者突然有爱情生成……在过分的城市里，这样的黄昏被用于结束。喝尽残酒，倒掉剩茶，读小说的最后几

---

① 陈东东：《在南方歌唱》，《青年文学》2000 年第 4 期。

页。这样的黄昏，一个人下楼，等待邮差把坏消息递送。①

三首诗都出现了"电车"这个城市内景的沟通者。漫游者"我"有时候隐匿在电车中，有时候成为城市里移动的电车的观看者。陈东东的诗，仿佛回到西方现代主义漫游者和都市关系的原初——本雅明笔下的诗人与19世纪巴黎的时代。1992年，《呼吸》出版的前一年，孙甘露在《芒种》第10期发表《南方之夜》。关于这座城市，也写到电车、铁桥、街灯、革命……借助漫游者眼里城市的物象建造的，是一座追忆的、颓废的、哀伤的幻想之城：

> 上海，这座梦幻之城，被植入了多少异族的思想和意念。苏州河上的烟雾，如此迷离，带着硫黄和肉体的气息，漂浮着纸币和胭脂。铁桥和水泥桥的两侧布满了移动的人形，衔着纸烟，在雨天举着伞，或者在夕阳中垂荡着双手，臂膀与陌生人相接，挤上日趋旧去的电车。那些标语、横幅、招贴、广告、商标，转眼化为无痕春梦。路面已重新铺设，六十年代初期尚存的电车路轨的闪光和嚓嚓声仿佛在街头游行的人群散去之后，为魔法所撤走。②

在漫游者看来，这座梦幻之城也会露出它的本相和本质："到午夜，街区归于寂静，市民难免大梦，一个刚刚抵达的初冬旅行者大概会发现，他眼前的上海是由三部分构成的：跟阴沟相通的污秽的苏州河与黄浦江；无限蔓延的水泥、碎石块的楼房与

---

① 陈东东：《七个短章》《城市之冬》，万夏、潇潇主编：《中国现代诗编年史·后朦胧诗全集 上》，四川教育出版社1993年，第156—157页。
② 孙甘露：《南方之夜》，《芒种》1992年第10期。

车道；以及，镶嵌在所有建筑之上的，几乎是滤净的，升华了这座不再有形式与节制的城市的玻璃。——上海城与泥土无关，它被毒化鱼群的臭水托起，漂浮其上的银行、政治和物质生活随潮流进退，而玻璃则隔绝又映照，有如拒腐蚀的荷花，出于工业，成为不染尘埃的心境的象征。"① 和张小波、宋琳等上海的外乡人不同，孙甘露和陈东东是上海人。陈东东诗歌里的上海和他日常生活的上海是断裂的、彼此区分的。他诗歌里的上海是从此刻此在抽离出来的，而他日常生活的上海则是真实的上海城市地景："我的活动范围太小，走出位于淮海中路湖南路口的中南新邨，只是到康平路上的第五十四中学读书。暑假里，会去东平路上的冷库买冰，去高安路边的牛奶棚堂吃西瓜，要么就去复兴中路上的跳水池游泳。""淮海中路朝黄浦江方向两边是法国梧桐和商店橱窗，过往的车辆，特别是如一节火车车厢那么长的26路电车映现在连片排开的橱窗玻璃上，起起伏伏地向前，像是穿越了所有的商店。这是我从小就爱看的上海景象。"② 1959 年 7 月 10 日出生于上海三角地附近一所公立医院的孙甘露，在他的文字里却反复申明"此处是他乡"，他不但多次用这个题目写他在上海的"小半生"，甚至有一篇收入《上海流水》的小说也叫"此处是他乡"。孙甘露的此处是他乡的异乡人感受，可能是孙甘露上海解放者后裔的身份使然，也可能是有意放大和强调上海的异质性，或者是刻意营造生活在别处与此刻此处的间离感和漂

---

① 陈东东：《七个短章》《上海的玻璃》，万夏、潇潇主编：《中国现代诗编年史·后朦胧诗全集 上》，四川教育出版社 1993 年，第 157—158 页。
② 陈东东：《游侠传奇》，柏桦编：《与神语：第三代人批评与自我批评》，中华工商联合出版社 2014 年，第 86 页。

浮感。

事实上，20 世纪 80 年代孙甘露在中国文学、在中国先锋文学中的标新立异之处，就是他的陌生感和间离感。汪民安说他是"汉语中的陌生人。"① 上海和汉语的"陌生人"几乎是孙甘露的标签。孙甘露的散文中最多的内容是关于"上海"的。散文文体呈现个人自传的假象，使得孙甘露有可能在散文里制造出一个"孙甘露"形象。这造成了一种效果，散文中的"我"和日常生活里的孙甘露是同一个人。经过这一番置换，散文里那个发出声音的"我"就可以代言孙甘露，似乎从来没有人去探究散文里的上海是不是真实的孙甘露的"上海"。陈东东和孙甘露散文里的"上海"差异性很大，陈东东是追忆中求得精确的写实，复原个人生活史的场景，而孙甘露则是晦暗不明的、片段的和暂时的。孙甘露制造出的这个"我"和"上海"很重要。对孙甘露而言，写作就是拼贴。20 世纪 80 年代，他在《信使之函》《请女人猜谜》《访问梦境》等作品中偶尔会把他的"上海"拼贴到他的小说地图中，但在 90 年代的《忆秦娥》和《呼吸》中，他则是集中了所收集的"上海"拼图，去拼贴一个他的"小说上海"。

1992 年第 6 期的《收获》发表了格非的《边缘》、余华的《活着》、孙甘露的《忆秦娥》和苏童的《园艺》，他们都是1987、1988 年《收获》"先锋小说专辑"推出的年轻先锋小说家，但 1992 年这一期，他们的小说都不再是"极端主义"的先锋小说了。苏童的变化在发表于 1989 年第 6 期《收获》的《妻

---

① 汪民安：《孙甘露：汉语中的陌生人》，郭春林编：《为什么要读孙甘露》，上海人民出版社 2014 年，第 156 页。

妾成群》中已见端倪，这篇小说改编的电影《大红灯笼高高挂》由张艺谋导演，不但在北美创下华语电影的票房纪录，而且获得了 1991 年第 48 届威尼斯电影节银狮奖。而《余华》的《活着》亦被认为是他现实主义的转型之作。《活着》同样被张艺谋改编成电影，1994 年获戛纳电影节评委会大奖。

1986 年，孙甘露在《上海文学》第 9 期发表了他的成名作《访问梦境》。小说的题记引用了卡塔菲卢斯的一句话："到了结束的地方，没有了回忆的形象，只剩下语言。"这个"卡塔菲卢斯"应该是出自博尔赫斯的小说《不死的人》。孙甘露的小说中有许多不可考的人物和作品，都出自他的伪造和杜撰，此种招数博尔赫斯经常在小说中使用。孙甘露在开始写作的同时，很可能阅读过博尔赫斯和法国的新小说，包括《外国现代派作品选》第一册里的那些诗歌。① 《上海文学》的周介人是《访问梦境》的签发者，他认为孙甘露这代人的写作"缺少同'往事'的纠缠"。② 问题在于如何理解"往事"，以及"往事"如何进入小说。周介人所说的"往事"，指的是孙甘露的共和国记忆。孙甘露小说中的"往事"可能比共和国更往前，一直往前到了他所不曾亲身经历的"上海往事"。而且，和同时代的上海作家王安忆比较，孙甘露的"往事"也不是整体性、逻辑性地在小说中呈现的，而是需要读者在阅读中重新建构。进而，"往事"也可能是

---

① 孙甘露第一次给陈东东写信就提到了艾略特和叶芝。陈东东特别提及一个细节，在孙甘露家里第一次见面时，他看到孙甘露凌乱的书桌上，惹眼地有一个写着"瓦雷里先生收"的信封。这种刻意的夸饰和孙甘露小说的气质很吻合。陈东东：《游侠传奇》，柏桦等：《与神语：第三代人批评与自我批评》，中国工商联合出版社 2014 年，第 96—97 页。
② 周介人：《走向明智》，《上海文论》1987 年第 5 期。

想象和虚构的。吴亮指出："在《访问梦境》中，我们不断地读到伪历史——它以郑重其事的回忆方式向我们展示这些杜撰的历史碎片。通过捏造的书籍、经典和传说，还有充满诗性、灵感和想当然的即兴陈述，这些碎片混为一体，被压缩在它的文字流程中，遮遮掩掩地显露出另一部仿佛存在于某处并且被人们遗忘掉的历史。"① 汪民安把孙甘露小说的叙事命名为："臆想的语法"②。这种"臆想的语法"在读者看来是"臆想"，对孙甘露来说其实是一种"有序的编织"。只有识破了他那些叙事的技术和语言的障眼法，才能重建孙甘露小说的有序，揭示出他的小说中的"另一部仿佛存在于某处并且被人们遗忘掉的历史"。我们不妨看看孙甘露《访问梦境》中的一个场景。美男子在革命的大街上行走，一进城就遇上了大革命。小说写道："更何况这是一场涉及人们理想的纯洁性的革命"，"大街两旁所有的商店大门洞开，店员们挥舞长短不一、大小各异的刷子干得正欢，他们起誓说是要在一天之内将城市粉刷一新。"历史上，那些我们耳熟能详的革命都有各自带上时代印记的意义系统和人、事、物等的符号识别系统，孙甘露给意义系统另外发明一套人、事、物等的符号识别系统，使得意义成为被藏匿的意义，历史也成为遮遮掩掩的历史。不仅如此，孙甘露的小说语言是诗歌的语言，语言的逻辑也是诗歌的非线性和不及物。经过这些叙事策略，孙甘露小说的语言、意义和叙述对象之间的关系是非对应的、暧昧不明的。到了《呼吸》，孙甘露声称要"在语言的自我生成和对叙述对象

---

① 吴亮：《无指涉的虚构——关于孙甘露的〈访问梦境〉》，《当代作家评论》1990年第6期。
② 汪民安：《汉语中的陌生人》，《上海文化》2009年第3期。

的准确揭示之间"，"回到朴素的叙述"，"幸运地进入对当代生活的观察和研究"。① 这意味着《呼吸》的语言、意义和叙述对象之间变得有序，"回到朴素的叙述"在最直观的文本的语言呈现层面则变得透明。

《忆秦娥》比《呼吸》早一年，是《呼吸》的局部实验。在《呼吸》中，孙甘露写罗克向尹楚讲述少年时代对成年女性的性幻想。性幻想对象的丈夫是其母亲的表亲。罗克以这段少年往事来说明他和女演员区小临的关系。《忆秦娥》同样写了少年的"我"和成年女性"苏"的关系。"苏"是一个行为放荡的女子。"苏"祖籍馆陶，出生在接近内蒙古的商都，7岁被叔叔带到南方。"苏"的第一个男人是在内河航运船上做厨子的南方人，祖先是福建的渔民。他们有过一个"夭折的漂亮的非婚生的男孩"。其他和"苏"有染的男人有，曾经研究《周易》中的二进制，如今转向具有可操作性的《论语》的"书生"，这个男人"每次来就躲进祖母的房间哭泣"；曾在报馆做事，在马勒住宅附近开有一家私人照相馆的年轻人；还有"我"和"苏"一起去见的、一个有暴力倾向的酒鬼。另外，在小说中出场的还有早期有声电影的喜剧演员。"苏"生病的时候，前来探看的"来自不同的社会阶层，言谈举止相异其趣"的来历不明的男人，"前后总计有十多个"。"苏选择的男人，在我看来都是同一个类型的。他们游手好闲，好吃懒做，无所事事却又是忧心忡忡。一副愁眉苦脸的可怜相"。在"我"的记忆中，苏由众多的形象连缀而成，

① 孙甘露：《回到朴素的叙述》，郭春林编：《为什么要读孙甘露》，上海人民出版社 2014 年，第 172 页。

"她的气质中有一种香甜的东西，一经与优雅遇合在一起，便散发出一种罕见的柔和动人之感"，"矜持，太多的矜持，将一个狂野的心灵恰当地收进了一个躯壳"，但"苏"的生活中有邪恶的一面，"她的甚至在祖母看来也是荒淫的一面，但是祖母讨厌我使用娼妓这样的字眼"。"苏"和男人的荒淫是"我"对夜晚的"深刻"的窥视：那个书生"在苏敞露的胸前寻觅着、吞食着"；"苏和她的照相师互相爱抚着，吮吸着，她扑倒在祖母的棺木上，毫不掩饰地哭泣着，照相师忘情地仆身在上，仿佛她的斗篷"。

但"苏是我心目中的偶像，由我在内心深处塑造的完人。与如今我接触到的成人世界相去甚远。她是我母亲的朋友，因为某种当时我尚无力理解的原因，借住在我们家"。值得注意的是，"苏"是一个"旧上海"的女子。《忆秦娥》发表的时期正是从保守到开放的过渡期。"苏"的"上海"和过渡期的上海并置。而且"苏"的上海还没经过"上海怀旧"的刻意裁剪和省略。是不是可以作这样的联想："苏"对"我"的性启蒙隐含着"旧上海"对过渡期上海的启蒙。"苏"来"我"家的夏末秋初，"我"正发着高烧。小说特别提到"我"枕边的画报和"一些必须秘密翻阅的东西"。枕边意味着私人领地，秘密翻阅的东西是什么？小说没有交代，但从"苏"说理解"我的窘迫和不必须的羞愧"，大致可以判断应该和性或者情色相关。而且，之后"我"给"苏"看"我"的第一篇小说，"还有，一星半点的性的憧憬，曲折，隐晦，不像是真正的健康的性"。明乎此，才能够理解"我"对"苏"的凝视和谈话的敏感，就像小说写到的："那是我初次领悟异性间谈话的美妙之处，那种种含蓄和节制无疑是一种享受，那温和的语调，由苏的唇间吐出的音节利索的汉语，带一点点江浙的妩媚音调，顷刻灌注我的全身。"① "苏"留给"我"的日记本的赠言是"年年柳色，灞陵伤别"。"故别虽一绪，事乃万族。"前一句出自李白的《忆秦娥》；后一句出自江淹的《别赋》。"苏"的行为显然不在长幼，而关男女。但在作为男女的"我"和"苏"之间，"苏"就"像一个手法纯熟的玩牌者，将骗局摆弄得意趣盎然"。"苏"对少年的"我"而言是难以抗拒的，"我"迷恋"苏"，"钦慕的正是某种被称之为官能的东西"。"苏"也欣然接受"我的幼稚的迷恋以及感情上的馈赠"。除了"苏"的艳史和对"我"少年时代的性启蒙。小说还写到叙述者"我"的家族史。在这个城市居住多年，有一个"像个异乡人一样操着难懂的方言的父亲"在汉口做事。"我"的家庭历经种种变故。外祖父、祖父、祖母相继辞世。居室改变，家产变卖，书籍散失，家传的诸多信物不知踪迹。和孙甘露此前的小说不同，小说处处提醒写的是"上海往事"，他不再刻意置换小说叙述对象的符号系统。"那一片被称作外滩的地方，紧挨着浑浊的江水，涛声，满是锈迹的渡轮"，沙逊大厦，有轨电车，卡尔登公寓……通过这些地标和地景，可以肯定《忆秦娥》故事的发生地是上海。整篇小说没有标明任何确切的时间，呈现的只是一个妇女，一组地名，若干男人，"已不复存在了"的动荡不安的少年青春期和那个意乱情迷时代的这样一个上海。虽然无法确认，但小说最后一段还是透露出小说发生时间的大致范围：

> 她这样的人，用一份摘要便可囊括其一生的艳史。苏的
> 生命过于短暂，而且已离我越来越远，那些酒精、尖利的笑

---

① 孙甘露：《忆秦娥》，上海书店出版社 2007 年，第 1—30 页。

声、毫不节制的性欲、她的情人的平庸而怪异的面容都消失了。随同那个年代，仆欧和买办摩肩接踵，大楼的色泽和最初的装潢，那潮湿寒冷的冬季，洋泾浜的英语、私人电台播送的肥皂广告、电影和剧社，有轨电车的铃声，轶事趣闻，全都变成了追忆的对象，而它的中心，就是苏的形象，激烈但是不为人所知，它是秘密的和私人的，深陷在遗忘之中，只是向我展放。①

这个"已不复存在了"的上海正是李欧梵在《上海摩登》中重绘的摩登上海。"苏"和她的艳史属于这个上海摩登时代。"苏"从"我"的生活中消失以后，"我"成了威士忌、烟、照相机、古典文学、美食以及电影的热爱者，一个觉得生活无聊透顶的人，一个追忆者和蹩脚的故事写作者。尤其值得注意的是叙述者、被设计成"蹩脚的故事写作者"的"我"，少年时代就被"苏"预言"不会成功"，因为"那么年轻，就如此混乱"。长大后，"我"写作的那些故事被母亲痛斥为"无聊透顶、庸俗、浅薄、无知"。正是这个"蹩脚的故事写作者"再造了上海摩登，而"我"像一个穿行在上海时间中的"信使"，《忆秦娥》是"我"的"信使之函"。"蹩脚的故事写作者"、这个叙述者，还会出现在《呼吸》中。孙甘露为什么会选择这样一个叙述者？因为作为一个故事写作者，他才有想象、虚构和再造上海的能力。而因为"蹩脚"，他的讲述才会有那么多漏洞、暧昧和失控。这些漏洞、暧昧和失控是小说家的可能性，也是读者的可能性。是不

① 《忆秦娥》引文部分参见孙甘露《忆秦娥》，上海书店出版社2007年，第1—30页。

约而同地，还是因为相互启发？孙甘露、苏童和叶兆言在20世纪八九十年代之交的时代过渡期，都在讲述各自的淫逸、颓荡和哀伤的南方往事。孙甘露有《忆秦娥》，苏童有《妻妾成群》《1934年的逃亡》，叶兆言有"夜泊秦淮"系列。联系到当时新历史主义文学思潮的盛行，在远离政治的"南方"，这些"南方往事"，提供了另一种小说叙述的历史。陈晓明认为20世纪90年代，孙甘露进入了"丧失革命冲动"的时代。而20世纪80年代的孙甘露"无疑是这个时代最偏激的挑战者"，"寥寥几篇小说无疑是理解这个时代的'精神症候学'的导读手册；一部混乱不堪而又意味无穷的后现代寓言"。①

　　孙甘露以重述艳史来再造上海摩登。1993年6月，孙甘露的《呼吸》被收入花城出版社的"先锋长篇小说丛书"，这套丛书还包括格非的《敌人》、苏童的《我的帝王生涯》、余华的《在细雨中呼喊》、吕新的《抚摸》和北村的《施洗的河》。几乎同时，长江文艺出版社出版了陈骏涛主编的"跨世纪文丛"。第一辑就收入了苏童的《红粉》、格非的《嗯哨》和余华的《河边的错误》等。第二辑则收入莫言的《金发婴儿》、扎西达娃的《西藏隐秘岁月》、吕新的《夜晚的秩序》、孙甘露的《访问梦境》②、苏童的《刺青时代》、马原的《错误》和洪峰的《重返家园》等。和他们一起进入"跨世纪文丛"的小说家是王蒙、贾平凹、张承志、张洁、王安忆、方方、池莉等，这意味着20世纪80年代曾

---

① 陈晓明：《孙甘露：绝对的写作》，参见孙甘露《访问梦境》（跋），长江文艺出版社1993年，第309—316页。
② 1993年长江文艺出版社出版的孙甘露《访问梦境》有附录《孙甘露主要作品目录》，目录显示《呼吸》发表于《大家》创刊号，有误。《大家》1994年1月创刊，王蒙主持的长篇小说专栏发表的作品是苏童的《紫檀木球》。

经被视为激烈叛逆的先锋小说，已然成为文学历史叙事中的 20世纪 80 年代的经典。

　　孙甘露认为《呼吸》"是一部关涉爱欲的小说，它不是回忆录式的，但它确实是对爱欲的注释"。这意味着《呼吸》是《忆秦娥》的扩容和延伸。如何"不是回忆录式的"？孙甘露认为，"单纯的咏叹和哀悼对《呼吸》均不适宜"，"与爱欲有关的通常是热情、迷狂、谵妄、困惑和阴影"①，而回忆录式的则可能是冷静、理智、反思和澄清的。写罗克和五个女人尹芒、尹楚、区小临、刘亚之和项安之间或长或短的"艳史"的《呼吸》，是迄今为止孙甘露最后的重要作品，也是他唯一的一部长篇小说。不仅如此，这部小说和《忆秦娥》有一个明显的不同是，孙甘露"进入了对当代生活的观察和研究"。孙甘露直接将《呼吸》表述为"一个第三世界的，曾经是半殖民地的，经过社会主义改造的，开放的，人民的，南方的故事"②。《忆秦娥》中那个"已不复存在"的上海和它的时代是《呼吸》的前史。当然也可以说《呼吸》是《忆秦娥》的后史。但作为"后史"，《呼吸》对何时，发生了什么，导致什么不复存在，都不去深究和细究。这个任务留给了王安忆的《纪实和虚构》《长恨歌》《启蒙时代》《桃之夭夭》《富萍》等，但《呼吸》对家族史有着勘探的兴趣。

　　《呼吸》中，每个人的家族史的根系都扎在已不复存在的上海。因此，可以说《呼吸》是家族史，但它其实也是粗线条勾勒

① 孙甘露：《回到朴素的叙述》，参见郭春林编《为什么要读孙甘露》，上海人民出版社 2014 年，第 171 页。

② 孙甘露：《回到朴素的叙述》，参见郭春林编《为什么要读孙甘露》，上海人民出版社 2014 年，第 172 页。

的微小的"上海史"。小说只能以粗线条来勾勒，因为每个家族的起源和演变，都是一个体量庞大的"大河文学"。《呼吸》显然对庞大的家族史兴趣不大。《呼吸》对罗克和五个女性的家族过往都只作简单的说明，家族史都没有展开，更不可能发展出家族的性格史。按照《呼吸》提供的家族说明书，项安的叔叔是一个被妻子抛弃的胸科医院药剂师，其实是项安的生父。项安在香港的姨母是"四十年以前的半吊子钢琴教师，小馄饨鉴赏家，一位浪荡子的爱妾，与汽车间有着深厚感情的教会寄宿生"。罗克的父亲罗毅之是地主的儿子。"一生撰写过三十部戏剧以及近百首与农业机械和重工业有关的言词铿锵的抒情诗"。"上溯五十年，罗克的母亲可以称得上是位时代女性"，"读《新青年》，去堆满木板凳的会场观看文明戏"。罗克的叔叔放浪成性，在家信上自封剑桥博士生，四十五年前死在伦敦东区的妓院。罗克的姨妈，老处女陶波儿，"是一位难得一遇的离奇故事的忠实读者"。她的养子浪荡子陶列先是和船长的尤物玉儿鬼混，终于纵欲无度一命归天。尹芒和尹楚的父亲是杰出的铁路工程师，有过 3 位不幸的妻子，13 个子女。刘亚之的父亲曾经是银行职员。区小临的母亲是被神秘遗弃的混血儿，生父可能是个立陶宛人或白俄罗斯人。《呼吸》，集纳各个阶层旧时代上海内外传奇故事的可能性，但没有让任何一个传奇故事在小说的时间线上发育成饱满的情节和细节，更不要说塑造某一人物的性格史或者描述真正意义上的家族史。

《呼吸》中的家族往事本可深究和细究旧时代的上海如何不复存在。如果是王安忆，每一个家族都可以衍生出一部新旧剧变时代的悲欢离合的长篇。而且，新旧时代的遭逢本来便隐藏着时代的真相，比如罗克无数次被勾起的记忆中的那个 1966 年"兀然而立的一个多血而残暴的午后"。对刘亚之而言，1966 至 1967 年之间的一个什么日子，抄家的人冲进卫生间砸浴缸，寻找父亲砌进浴缸的金条，而 17 岁的刘亚之正在浴缸里洗澡。《呼吸》从时代之重闪避开去，为叙述之流开辟了另外的河道。所以，紧接着罗克回想的暴力场景，小说描写的就是当下的性事。同样，写刘亚之则直接写，"就是那个月里，我的月经提前到来，从那时起我非常渴望男人，一直持续到我结婚以后。"①

顺便一提，小说中关于刘亚之和罗克的年龄设定可能有误。小说写刘亚之遇到罗克是 39 岁，如果 1966 或 1967 年刘亚之 17 岁，那么，刘亚之应该生于 1950 年左右。刘亚之 39 岁时，即小说开始的时间 1989 年。按小说所说，这个时间尹芒已经去国多年并且去世了。但小说写到有一次罗克和尹芒约会，刘亚之来找罗克，那肯定在 1989 年之前。显然 1989 年不是罗克和刘亚之初见的时间。刘亚之遇到罗克时，"刚从部队服完兵役回家的罗克闲在家中等候分配工作"。小说写罗克 60 年代末去过越南战场，这意味着，罗克和刘亚之几乎差不多应该是同龄人。刘亚之和尹芒之间的交集，应该是在 20 世纪 80 年代早期，如果这个时候她已经 39 岁的话，那么，她关于 17 岁的回忆就存在问题。类似的问题还有，罗克和尹楚讲述 20 年前 7 岁的他对成年女性的性幻想，也存在时间上的不衔接。从这些时间上的漏洞，某种程度上也能看出孙甘露的小说从臆想着陆到当代生活时的不适应。当然，如果为孙甘露开脱，也可以把这些时间上的漏洞解释为《呼

---

① 孙甘露：《呼吸》，花城出版社 1993 年，第 48 页。《呼吸》引文均参见此版本。

吸》选择的叙述者也是一个"蹩脚的故事写作者"。

叙述者也是小说或隐或显的人物。某种意义上，罗克也可以说是孙甘露《访问梦境》《信使之函》《请女人猜谜》等代表性小说的叙述者。在《呼吸》中，孙甘露让原来只是承担小说叙事功能的、沉湎于幻想和呓语的叙述者，有了延伸在时间中的日常生活，有了自己的各种社会关系，也有了个人生命史，虽然我们看不到他性格形成过程中的动因，但能够看到罗克性格的结果。他的作家梦和写作经历有点像《忆秦娥》里的"我"，那个蹩脚的故事写作者，但他拥有属于作家的特征符号，热爱漫游、脆弱、耽于幻想。区小临对他有一个总结："罗克是一个不朽的失败者，他的千秋万代的业绩就是一错再错。他的无可避免的最终形象就是一个道德完善的奴才，但他尚不能安全抵达这一归宿，他是一个在途中徘徊的人，一头荒原之狼，一个试图以搏杀拯救灵魂的内心幽闭的流放者。"① 孙甘露认为罗克："其实是一种反英雄。罗克就是波德莱尔和本雅明意义上的游荡者。他的孤独、游荡、观察、被边缘化的状态，其实就是城市人的一种特征。上海以前很多这种人的，站在弄堂口晃来晃去，你看他们出去兜一圈又跑回来了。罗克就是这么一个在中国特定社会历史时期中的一个小资产阶级、一个城市青年。"在李欧梵的《上海摩登》所描述的1930—1945 年间，罗克的布尔乔亚气质与刘呐鸥、穆时英那样的现代主义作家相似。再有，关于《呼吸》对当代生活的观察和研究。不能把罗克混乱的性爱关系归因于时代的开放。小说提供

---

① 孙甘露：《呼吸》，花城出版社 1993 年，第 141—142 页。《呼吸》引文均参见此版本。

的一个反例是医科大学学生尹楚和她的男朋友赖特——原为一艘荷兰制造、西德所有、租赁法国股东、聘用美国船长的商船上的一名国籍不明的国际流浪汉。与冒充赞巴拉王国上层社会精粹之子的"赖特之恋"的结局是两年的囚禁。显然《呼吸》的"当代"还是一个禁锢的、封闭的、保守的时代,也像罗克感受到的"一个没有隐私的时代"。就都市性而言,在项安的"以看电视聊度余生的香港姨母"看来,"这是一个严重电力不足的远东城市"。小说写到一个"大草莓餐室",怀疑是孙甘露有意设计的,以和这个城市曾经的咖啡馆构成对照。"大草莓餐室是一个三位一体的综合体,它兼具酒吧和咖啡馆的功能,并且还随时供应老一套的盒交饭,不过这几年引用了一个新名词:快餐。"① 但这个时代还是正在发生着变化,就像罗克所说的:"一觉醒来连做小买卖的人也改换了门庭",广播电台开始播放摇滚乐,罗克的女友和同学,尹芒、刘亚之、徐冰也通过各种路径居留国外。20世纪80年代开始的上海复兴的一个重要标志是上海重回世界主义版图。《呼吸》在纽约、悉尼和中国澳门、中国香港的世界图景中展开,也许将《呼吸》和晚出的《长恨歌》的第三部分对读很有意味,它们共享了20世纪80年代的上海。《长恨歌》的薇薇一代开始重新走向世界。王安忆在《纪实和虚构》中说到孙甘露的《信使之函》:"有一天,我们这里出来一个小说,它的名字使我深受感动,那名字叫'信使之函'。我想,信使是我们这个城市多么重要的人物,他使我们彼此有了联络。"② 《呼吸》这部

---

① 孙甘露:《呼吸》,花城出版社1993年,第104页。
② 王安忆:《纪实和虚构》,《收获》1993年第2期。发表时题目是《纪实和虚构》,1993年6月人民文学出版社出版时书名为《纪实与虚构》。

小说起到的也许就是这个作用。小说勾连起新旧上海，上海和世界，以及主要以家族（家庭）为单位的上海内部空间的关系，孙甘露只是一个"信使"，只管信件的送达，并不关心信件的内容以及和信件相关的寄信人和收信人的世界。

在孙甘露作品研讨会上，王安忆曾经就孙甘露的写作提出一个问题，孙甘露20世纪80年代开始的先锋性写作和共和国记忆有什么关系？罗岗认为王安忆的提问"不仅仅指的是他们这一代人曾经在共和国的天空下生活过。更重要的是如她从《纪实和虚构》到《启蒙时代》中不断提醒的：他们是这座城市的解放者的后代（王安忆称为'同志的后代'）"①。王安忆所说的"共和国记忆"其实是上海现代记忆的断代史问题，而罗岗所说的"解放者的后代"则是上海人代际的断代史问题。在一定意义上，这两个历史是相互建构的。开埠以后，上海成为一个世界移民城市。在上海的城市断代史中描述移民进入上海时，1949 年是一个重要时刻。孙甘露说过："就我而言，上海过去的一百年，有四十年是隐含着肉体错觉，其余的六十年，则是一个镜像式的幻想体。因为我所无法摆脱的个体的历史，使上海在我的个人索引中，首先是一个建筑的殖民地，是一个由家属统治的兵营，一个有着宽阔江面的港口，一个处在郊区的工人区，若干条阴雨天中的街道，一个无数方言的汇聚地。"② 如果孙甘露愿意，这个"一个"还可以往下排，个人索引不只是时间的流动，更多的是马赛克城市的空间拼贴。这种"肉身错觉"和"镜像的幻想体"

---

① 罗岗、孙甘露：《作家，在本质上是要把内心的语言翻译出来》，《当代作家评论》2009 年第 2 期。
② 孙甘露：《时间玩偶》，《收获》1999 年第 5 期。

其实回应了王安忆的提问。孙甘露和王安忆小说的差别在于孙甘露宁可沉湎于错觉和幻想的支离破碎吉光片羽，以一种"以假作真"告诉你这就是上海。所以，他的小说不作深度勘探，也不作关系的辨析，错觉和幻想就是孙甘露小说的全部。而王安忆不同，她要寻找、勘探、辨析、分析和反思。如果我们对照王安忆和孙甘露的随笔，王安忆有《寻找苏青》《寻找上海》这样的篇名和书名，孙甘露则是《上海流水》《上海的时间玩偶》。孙甘露谈王安忆的《纪实和虚构》曾经说："在赫施所谓'含义'的层面上，《纪实和虚构》由社会批判转向了个人批判，这位不知疲倦的作家，这一次多少将她的内心景观看作是茫茫宇宙的一份完整的缩写。家族、漫游、战争、精神创痛、追忆均由据此延展的谱系和一纸迷惘的忏悔所容纳。这些都是经典作家的主题和方式。"① 值得一提的是，"共和国记忆"不只是"解放者的后代"的记忆，也是同时代上海各阶层所有人的记忆，甚至同为"解放者的后代"，"共和国记忆"也出现了孙甘露和王安忆这些不同的分支。

1985 年"新小说"的两个分支"寻根小说"和"先锋小说"各自发展，到了 1993 年的《纪实和虚构》和《呼吸》，在处理长时段微观历史上彼此靠近、合流。《纪实和虚构》可以视作王安忆的阶段性总结，也是向未来可能性的敞开。它混合了成长小说和家族叙事两种现代小说的基础模型，祖父之前的先辈是从草原到江南的"外来户"，祖父到"我"是上海的"外来户"。前者是

① 孙甘露：《王安忆》，参见《上海的时间玩偶》，学林出版社 2003 年，第 88—89 页。

一个从古典到现代的故事，后者则是"上海往事"和"共和国记忆"的混搭，从破落的旧家到共和国"同志"式家庭的摆渡。个人成长和家族命运构成互文和复调。《纪实和虚构》的叙述者"我"是"同志的后代"。"同志"和"同志的后代""我"这样进入上海：

> 像我们这些"同志"是打着腰鼓扭着秧歌进入上海的。腰鼓和秧歌来源于我们中央政权战斗与胜利的所在地延安，"延安"这山沟沟里的小东西后来成为上海最主要的一条东西大道。而个别到我们家，再个别到我们家的我——一个"同志"的后代，则是乘了火车坐在一个痰盂上进的上海。①

小说一开始的"序"就写道："很久以来，我们在上海这城市里，都像是个外来户。我们没有亲眷，在春节这样以亲眷团聚为主的假日，我们只能到一些'同志'家中去串门。"② 王安忆提供了一个南腔北调的普通话、标准普通话、上海话和苏北话的马赛克上海城市语言空间分布图景。"同志"是革命时代人和人新的关系方式。"同志关系是一种后天的再造的关系，亲戚则是与血缘有关的。"就像现在一些关于 1949 年之前的上海谍战题材小说所写的，"同志"的关系方式在 1949 年前已经潜藏在上海的人际关系网络。1949 年以后，像王安忆和孙甘露的父辈们，这种外来的"同志"大量进入上海。他们在上海原有的，主要由同乡、同学、职场和家族等建立的城市关系之外，建立起新型的

---

① 王安忆：《纪实和虚构》，《收获》1993 年第 2 期。发表时题目是《纪实和虚构》，1993 年 6 月人民文学出版社出版时书名为《纪实与虚构》。
② 王安忆：《纪实和虚构》，《收获》1993 年第 2 期。发表时题目是《纪实和虚构》，1993 年 6 月人民文学出版社出版时书名为《纪实与虚构》。

"同志"式的人际关系网络。"同志"式的关系网络生产出新的城市空间。王安忆提问孙甘露的"共和国记忆",是和这个新的人际关系网络、新的群体和新空间的出现分不开的。同时,因为这个新的网络、群体和空间的存在,从孤儿院出来参加革命的母亲,在"同志"式的大家庭里是"不孤"的。

《纪实和虚构》的"共和国记忆"被转译成了"私人的共和国记忆"。个人记忆,尤其是尚未形成理想反思能力的少年记忆,是一种感性的限制性记忆。"在有了记忆之后,上海就以其最高尚和最繁华的街道的面目出现在孩子我的眼里。""孩子我"就是少年和私人的复合视角,一个"同志的后代"的私人记忆。"孩子我"的共和国记忆从"曾经是半殖民地的"美丽街道开始。街道两侧有茂盛的法国梧桐,人行道铺着整齐的方砖,橱窗里琳琅满目、五光十色,马路中间有一条铁轨,走着叮当作响的电车。"这个孩子在她有了记忆的日子里,就喜欢上了这条街道。"这提醒"孩子我"共和国记忆构成的复杂性。社会主义改造是选择性的,旧上海摩登的城市景观也会未经改造直接进入新上海,参与建构新的社会主义上海,也进入"孩子我"的记忆。记忆即历史。当王安忆/"孩子我"成为一个作家,征用这些记忆,这些"私人的共和国记忆"就成为小说的"共和国上海史",发展出王安忆系列的"上海往事"。《纪实和虚构》是王安忆"上海往事"的重要起点。严格意义上,《富萍》(《收获》2000 年第 4 期)、《忧伤的年代》(《花城》1998 年第 3 期)、《桃之夭夭》(《收获》2003 年第 5 期)、《启蒙时代》(《收获》2007 年第 2 期)、《天香》(《收获》2011 年第 1 期)等都或多或少从《纪实和虚构》中衍生和生长出来。社会主义时代的孤独少女和她的朋友圈、出旧入新的扬州保姆与资本家、文明戏演员、同志在摩登上海的旧家庭成员等等，《纪实和虚构》都已经讲过一遍，又在未来的个人写作史中不断分蘖，独立成另外一部完整的小说。而《纪实和虚构》之后，1995年的《长恨歌》则稍有不同。它是从20世纪80年代的一则社会新闻向上推衍出来的，而不是从"孩子我"的共和国记忆向下生长出来的。某种意义上，时至今日，《纪实和虚构》早已经不是一部孤立的作品，而是一个被反复书写的"文学家族"。

在《纪实和虚构》中，和母亲失联多年，已经做了著名妇产科医院护士长的"老同学"来访。"我"被迫重建自己"同志的后代"之外的身份。这是少年的身份重建。"我"天真地以为母亲和她的"老同学"是上海这座城市的两个幸存孤儿，"我竟是这幸存者之一的孩子"。"老同学"和母亲的重逢开拓了"美丽街道"之外的上海想象，也重续了母亲在上海"同志"之外的同学和家族关系，也是母亲隐秘历史的开端。准确地说，这是《纪实和虚构》对母系家族寻根的触发点。从孤儿院牵出了和母亲分属"两个阶级阵营"的姨母。姨母住的大房子——"一座大理石砌成的大厦，带有维多利亚时代富丽而典雅的风格"，后来成了市少年宫。从姨母牵出外婆，从外婆牵出弃家的外公，在《纪实和虚构》中，母系家族里，母亲"最后到了军队就好像到了家"，母亲的历史归属是第一个被"我"澄清的。在参军之前，母亲从上海城市流民到被亲属送进了孤儿院，在寄宿女子中学和同学的表姐相识，表姐介绍母亲做了代课教师。因为和同学的表姐认识，母亲有限地接触到20世纪40年代上海中产阶级的摩登生活，比如石库门房屋、电影、咖啡馆等等。被同学表姐带入20

世纪 40 年代上海摩登生活的母亲和《长恨歌》中的王琦瑶有相似性。不过在《纪实和虚构》中，情节发展为母亲协助同学表姐逃婚，和她一起投奔苏北新四军。小说接着经由母亲的讲述修复了她的家族图谱。

从母亲家族图谱出发，《纪实和虚构》开启了家族神话的寻找之旅。"没有家族神话，我们都成了孤儿"。母亲的姓氏"茹"是黑暗中尚存的一线游离光明。从"茹"姓到"柔然"——"北魏时期的一个游牧民族"，到柔然最后灭绝的悲恸之地西安青门。此后，残存的祖先遗族，从北方草原迁徙到江南村庄"茹家溇"。从"茹家溇"到杭州，曾外祖父茹继生从箍桶店到做丝土生意，创办"茹生记"，成为"茹家溇一百年内出外闯荡最成功的一人"。茹继生的儿子，"我"的外公娶的是南浔庞家的女儿。《纪实和虚构》中母系家族的寻根最后落脚在虹口天香里（天祥里）十三号——"我母亲出生和我外婆去世的地方"。小说的寻根写到外曾祖父到杭州创业，是一个近代的祖辈创业、置业到父辈败家的家族故事。从外曾祖父脑出血去世，到外公和外曾祖母掏空库房之后库房不明原因起火，整个家族命运急转直下。1925 年，外公典押了杭州的房子，还清了债务，举家迁上海。家族离散的尾声是 1928 年，外婆得了白喉病去世。外公撇下外曾祖母和母亲出走杭州，和窑子里的相好姘居。"我外婆死了，这是香销玉沉的一刻，我们家最高贵最美丽的景象消逝了。"家族离散，这是外曾祖母和母亲沦为上海流民的另一个故事的开始。

《纪实和虚构》共十章，奇数章写"我"在上海的成长，写"我"的共和国记忆；偶数章写自柔然族开始的家族神话直至母亲投身革命。1985 年《中国作家》第 2 期发表王安忆的《小鲍庄》。这部中篇小说和阿城的《棋王》、韩少功的《爸爸爸》等被认为是"寻根文学"的典范之作。从《小鲍庄》到《纪实和虚构》,八年时间,"寻根文学"的文学思潮早已消歇,但"寻根"作为一种小说的观念和方法却更成熟了。《纪实和虚构》中,王安忆将《小鲍庄》的"他者"家族溯源转移到追问"我"的来处,从高蹈的文化寻根到自我精神来源的追寻,是中国当代寻根文学的重要流脉。

值得注意的是,《纪实和虚构》既是为"我"的母系家族寻根,也是为上海这座城市寻根,尤其是后者,将成为王安忆未来写作的一个重要方向。《纪实和虚构》的"跋"里提到小说曾经有另外的三个名字备选:"上海故事""茹家溇"和"教育诗","最后我认定,干脆将我创造这纸上世界的方法,也就是所谓'创世'的方法公之于众,那就是'纪实与虚构'——创造世界方法之一种。"① 《纪实和虚构》中,王安忆反复强调小说的"我"在上海的局外人的孤独感,这种孤独感在现实的日常生活中也许无法消解,但她通过纸上创世纪的"个人史诗",使得自己在无根的城市里成为一个有精神血缘的人,城市的孤儿因此得以真正"不孤"。《纪实和虚构》没有,也不可能全然否定"同志"这种后天再造的关系,但这种关系生产出的城市空间,同志的后代、社会主义时代的孤独少女和她的朋友圈,出旧入新的扬州保姆和资本家、文明戏演员、同志在摩登上海的旧家庭成员等等,他们依据各自的逻辑、谱系进入上海新的城市空间,也生长

---

① 王安忆:《纪实和虚构》,《收获》1993 年第 2 期。发表时题目是《纪实和虚构》,1993 年 6 月人民文学出版社出版时书名为《纪实与虚构》。

出他们各自的故事。

1993 年是文学"上海复兴"的重要一年。除了《呼吸》和《纪实和虚构》，这一年的 9 月，吴亮的《城市伊甸园》也由上海文艺出版社出版。这本书有一个副标题"漫游者的行踪"。这座包括了商店、剧院、餐馆、娱乐场、街道、广场、俱乐部、博物馆、竞技场、酒吧、咖啡馆、医院、影院、学校等构件的"城市伊甸园"是吴亮漫游其间的想象的城市。吴亮自己说："当我开始写作《漫游者的行踪》时，遵循的正是这样一条道路：把物和环境作为中心。从目之所及的各种环境出发，不囿于琐细的真实细节（细节总是变动不居的），进入超日常经验的、觉悟的、启智和去蔽的澄明境界。"[①] 换句话说，当孙甘露和王安忆在纪实与虚构"上海"时，吴亮关心的是超越上海的"城市是什么"。

第二节　摩登沉浮与平常人的城市稗史

李欧梵的《上海摩登》以外滩建筑、咖啡馆、舞厅、公园和跑马场等为城市地标"重绘上海"。王安忆则将弄堂纳入上海摩登的城市地理版图，对李欧梵的"重绘上海"进行"再重绘"。张真、叶文心、卢汉超和边玲玲等人的上海近现代都市文化研究成果为王安忆的"再重绘"提供了学理的支持。[②] 他们的研究认

---

① 吴亮：《城市伊甸园：漫游者的行踪》后记，上海文艺出版社 1993 年，第 207 页。
② 参见张真《银幕艳史——都市文化与上海电影 1896—1937》，沙丹等译，上海书店出版社 2019 年；叶文心：《上海繁华——都会经济伦理与近代中国》（繁体中文版序），时报文化出版企业股份有限公司 2010 年；【美】卢汉超：《霓虹灯外——20 世纪初日常生活中的上海》，段炼等译，山西人民出版社 2018 年；边玲玲：《打造消费天堂——百货公司与近代上海城市文化》，社会科学文献出版社 2018 年。

为："弄堂代表摩登生活中居家、缓和的日常一面"①，而"上海繁华是平常人的城市史"②。

王安忆不但是一个"上海往事"的重述者，很多时候她更像一位以上海为研究对象的观察者和批评家。检索王安忆发表和出版的作品，她以上海为专题的随笔就出过多种，剔除可能的重复收录，这部分文字也是很可观的。③ 王安忆的小说，叙述过程中往往夹杂着主观性的议论、评说和抒情，这部分议论、评说和抒情，既是针对小说叙述的故事，也是对上海的评说。王安忆有整体的上海城市观，在接受访谈的时候说过："我觉得上海是个奇特的地方，带有都市化倾向，它的地域性、本土性不强，比别的城市更符合国际潮流。一九四九年以后却开始有一种现代农村味道，从此，流动性被固定了。""上海还未长成的殖民化组织又被新的工农联盟所取代。所以上海的文化总是被切断。"④ 我们的论述将以《长恨歌》为中心，兼及王安忆 20 世纪八九十年代的其他小说，把小说发生的时间对应到上海现代性发展和转折的各阶段，去考察王安忆如何解码和征用上海，想象性地建构"小说上海"。从这种意义上，上海这个城市文本被王安忆反复征用进行文学生产，可以理解为一种不断的编码和再造。

《长恨歌》叙述的时间起点是"一九四五年底的上海"。《长

---

① 张真：《银幕艳史——都市文化与上海电影 1896—1937》，沙丹等译，上海书店出版社 2019 年，第 100 页。
② 叶文心：《上海繁华——都会经济伦理与近代中国》（繁体中文版序），时报文化出版企业股份有限公司 2010 年，第 9 页。
③ 如王安忆《寻找上海》，学林出版社 2001 年；王安忆：《王安忆的上海》，生活、读书、新知三联书店 2016 年。
④ 王安忆、【意大利】斯特凡亚：《从现实人生的体验到叙述策略的转型》，参见《王安忆说》，湖南文艺出版社 2003 年，第 33 页。

恨歌》写1945年的上海："是花团锦簇的上海，那夜夜笙歌因了日本投降而变得名正言顺、理直气壮。其实那歌舞是不问时事的心，只由着快乐的天性。橱窗里的时装，报纸副刊的连载小说，霓虹灯，电影海报，大减价的横幅，开张庆贺的花篮，都在放声歌唱，这城市高兴得不知怎么办才好。'沪上淑媛'也是欢乐乐章，是寻常儿女的歌舞，它告诉人们，上海这城市不会忘记每一个人，每一个人都有通向荣誉的道路。上海还是创造荣誉的城市，不拘一格、想象自由。它是唯恐不够繁华，唯恐不够荣耀，它像农民种庄稼一样播种荣誉，真是繁花似锦。'沪上淑媛'这名字有着'海上生明月'的场景，海是人海，月是寻常人家月。"① 这一段王安忆的"小说家言"俨然在回应和佐证《上海摩登》的"重绘上海"。问题在于，无论是李欧梵，还是王安忆，他们的"重绘"在多大程度上接近了那个20世纪40年代的上海。王安忆说："我对那个时代一无感性的经验，就更谈不上有什么心理上的怀旧因素，我只是要为王琦瑶的仅有的好日子，搭一个盛丽的舞台。"② 相较而言，同为上海作家的程乃珊有旧可怀。程乃珊有一个家族谱系上过去的好日子，也有《上海摩登》所说的"丧失所有的往昔风流"③ 的时刻。所以，程乃珊《金融家》写20世纪40年代的上海和王安忆的《长恨歌》不同，程乃珊写好日子的挽歌，在她的小说中是以家族往事"似真"的方式出场，而不是王安忆反复申明的想象和虚构。

---

① 王安忆：《长恨歌》，人民文学出版社2004年，第41页。《长恨歌》所有引文参见此版本。
② 王安忆、王雪瑛：《〈长恨歌〉，不是怀旧》，《新民晚报》2000年10月8日。
③【美】李欧梵：《上海摩登——一种新都市文化在中国1930—1945》，毛尖译，北京大学出版社2001年，第336页。

王安忆在《长恨歌》中频繁使用"摩登",达到三十余次。她写上海的闺阁"又古又摩登"。"古",推算一下,王琦瑶的父辈们应该生于20世纪初的晚清,一个新旧杂糅的时代,他们从这个时代过来,他们的家庭自然带着这个新旧杂糅时代的印记。而王琦瑶则完全是"摩登"上海的新人,所以王安忆写王琦瑶"是成群结队的摩登"。王安忆写女性时会专注在一些细节上,比如发型,王安忆写竞选"上海小姐"的选手们"摩登"的发型,甚至写女人之间的暗自较劲也是在"发型"。《长恨歌》写王琦瑶和严师母,写王琦瑶和薇薇,都写到理发,写到发型。小说里的程先生是王琦瑶生命中最重要的男人,他比王琦瑶大10岁,无疑是个"摩登"青年。40年代照相是个"摩登"玩意,程先生因"摩登"而被照相吸引,也因为专注照相让他收心,"不再是个'摩登'青年"。有意思的是,李先生去世后,王琦瑶避世疗伤的苏州乡下小镇邬桥,送老豆腐的阿二的装扮也是"旧时的'摩登'"。这毫不奇怪,在鲁迅、茅盾、沈从文等中国现代作家笔下,早在二三十年代,"现代"就已经和中国乡村发生关系,包括偏僻的湘西,何况离上海不远的邬桥,就像《长恨歌》里写的:"邬桥并不是完全与上海隔绝,也是有一点消息的。那龙虎牌万金油的广告画是从上海来的,美人图的月份牌也是上海的产物,百货铺里有上海的双妹牌花露水、老刀牌香烟,上海的申曲,邬桥人也会哼唱。"[1] 因此,租界和华界并存的政治、经济、

---

① 王安忆:《长恨歌》,人民文学出版社 2004 年,第 145 页。

文化混杂的马赛克①城市上海的现代性景观，是整个中国现代性进程中的城市和乡村、城市和城市、乡村和乡村等马赛克中国的缩影。《长恨歌》写曾经的上海"摩登"；写"摩登"在1949年以后上海的流转、更易和磨损，最后散落在民间；写1976年以后"摩登"的再现和重生。《长恨歌》可以看作"小说家言"的上海摩登沉浮的摩登稗史，而且是一部以王琦瑶这个平常人为主线的上海摩登稗史。

即便"对那个时代一无感性的经验"，王安忆是相信存在一个"上一个时代"的上海摩登的。王琦瑶搬到平安里不久，小说写道："王琦瑶总是穿一件素色的旗袍，在五十年代的上海街头，这样的旗袍正日渐少去，所剩无多的几件，难免带有缅怀的表情，是上个时代的遗迹，陈旧和摩登集一身的。"② 这么快就成为"上个时代的遗迹"，也才寥寥数年，就"缅怀"了。而资本家的后代康明逊："毛毛娘舅穿的是一身蓝咔叽人民装，熨得很平整；脚下的皮鞋略有些尖头，擦得锃亮；头发是学生头，稍长些，梳向一边，露出白净的额头。那考究是不露声色的，还是急流勇退的摩登。"③ "不露声色"和"急流勇退"是康明逊的穿着细事，也是他的家庭和阶层处身大变动时代的安身立命的人生姿

---

① 刘建辉在其《魔都上海——日本知识人的"近代"体验》观察上海城市空间，将上海称为"马赛克城市"。他认为，上海租界和华界两个空间无休止地"越界"，形成了不同和不合常规的"杂糅"城市空间的"马赛克城市"。"马赛克城市"上海，因其不同城市空间的"法律"和"秩序"的不同，"城市景观的多样性"和"罕见的异文化的越界乃至融合的现象，产生了世界性大都市特有的极其'混沌'的景观"。挪用"马赛克"指认上海和中国空间即意味着其杂糅的多样性。（参见刘建辉《魔都上海——日本知识人的"近代"体验》，甘慧杰译，上海古籍出版社2003年，第1—7页。）
② 王安忆：《长恨歌》，人民文学出版社2004年，第150页。
③ 王安忆：《长恨歌》，人民文学出版社2004年，第164—165页。

态。毕竟，严师母记忆里"西装短裤，白色的长筒袜，梳着分头，像个小伴童"，是康明逊"小时的样子"，也是"上一个时代的样子"。不是所有人都能躲过时代的磨损和折损的。和王琦瑶重逢的程先生，在严师母的眼里，"倒是那个程先生给了她奇异的印象。她看出他的旧西装是好料子的，他的做派是旧时代的摩登。她猜想他是一个小开，舞场上的旧知那类人物，就从他身上派生出许多想象。她曾有几回在弄口看见他，手里捧着油炸臭豆腐什么的，急匆匆地走着，怕手里的东西凉了，那油浸透了纸袋，几乎要滴下来的样子。严师母不由受了感动，觉出些江湖不忘的味道，暗里甚至还对王琦瑶生出羡嫉。"①"旧西装""旧时代"和"旧知"，曾经的摩登青年程先生彻底地"旧"了。1976年以后，一个"摩登"复兴时代到来。王琦瑶"走到马路上济济的人群中，心里就洋溢着很幸运的喜悦，觉着自己生逢其时。她从橱窗玻璃里照见自己模模糊糊的身影，那也是摩登的身影。"②但"摩登的身影"是不及物的，是身的"影"而已。

更重要的是摩登复兴的 20 世纪 80 年代给"摩登"的重新定义。王琦瑶的女儿薇薇那一代人不是 20 世纪 40 年代的闺阁少女。对于 20 世纪 80 年代薇薇时代的摩登，小说写道："薇薇这一代傲行马路的摩登女性比前边历代的都多了一个秉性，那就是馋。""这馋倒是给她们增添可爱的。电影院里，那哗哗剥剥老鼠吃夜食的声响，就是今天小姐们摩登的声音。""你要能放下架子，忍着她们的冷脸，无须长久，只一会儿便能与她们做朋友，

---

① 王安忆：《长恨歌》，人民文学出版社 2004 年，第 233 页。
② 王安忆：《长恨歌》，人民文学出版社 2004 年，第 279—280 页。

然后一起交流摩登的心得。这一代的摩登女性还有一个特征是闹。"馋且闹只是其表，而且心和脾气也已经不是上海的："今天的摩登小姐其实是有着一颗朴实的心，是乡下人的耿脾气，认准一条摩登的道路，不到黄河心不死。"① 20 世纪 80 年代的"摩登"似乎上演着上海和上海的双城记：一边是王琦瑶和老克腊的摩登，另一边是薇薇和她的女朋友们的摩登。"老克腊的那些男女青年朋友，都是摩登的人物，他们与老克腊处在事物的两极，他们是走在潮流的最前列。""对他来说呢，也是需要有一个摩登背景衬底，真将他抛入茫茫人海，无依无托的，他的那个老调子，难免会被淹没。因那老调子是有着过时的表象，为世人所难以识辨，它只有在一个崭崭新的座子上，才可显出价值。就好像一件古董是要放在天鹅绒华丽的底子上，倘若没这底子，就会被人扔进垃圾箱了。所以，他也离不开这个群体，虽然是寂寞的，但要是离开了，就连寂寞也没有，有的只是同流合俗。"② 而薇薇的朋友张永红，"装束摩登，形貌出众，身后簇拥着男孩子，个个都像仆人一样，言听计从，招来妒忌的目光。"

《长恨歌》在"上海小姐"部分连用五个"摩登"，直指"'上海'是摩登的代名词，'上海小姐'更是摩登的代名词，上海这地方，有什么能比'小姐'更摩登的呢？""这地方，谁不崇尚摩登啊？连时钟响的都是摩登的脚步声。"③《长恨歌》写到 20 世纪 80 年代上海暧昧不明的摩登，比如王琦瑶和老克腊、王琦瑶和张永红，比如薇薇和张永红，他们重叠着某些摩登，又区隔

---

① 王安忆：《长恨歌》，人民文学出版社 2004 年，第 280 页。
② 王安忆：《长恨歌》，人民文学出版社 2004 年，第 333 页。
③ 王安忆：《长恨歌》，人民文学出版社 2004 年，第 49 页。

着某些摩登，新的和旧的，真的和假的，参差驳杂，共享着一个摩登时代的复苏。令人稍感惊异的是，《长恨歌》直接用"摩登"写王琦瑶的只有两处，且都是配合着她当时的时代背景。一处是写王琦瑶少女时代追随潮流；一处写她1949年流落弄堂，写她的旗袍"陈旧和摩登集于一身"。小说写程先生用"摩登"最多，其中为了突出程先生摩登青年的时代特征，在一个段落就用了10次。再有就是薇薇和她的女朋友，用了7次。摩登和青年，是最容易让人看到的上海摩登。除了爱听京剧的李先生、萨沙和长脚，其他几个和王琦瑶有交往的男性都用了摩登，甚至邬桥送老豆腐的阿二。有意思的是，李先生、萨沙和长脚都或主动或被动地卷入各自时代的政治或者经济的湍流。1949—1966年，"摩登"用得最少，分别是写王琦瑶、康明逊和程先生的。

《长恨歌》第一句就显示了再造上海城市地景的雄心："站一个制高点看上海，上海的弄堂是壮观的景象。"从"制高点"看到的不是外滩，壮观的景象也不是租界殖民建筑遗址，而是"上海的弄堂"。对于外滩，小说也选了一个制高点，那就是程先生的住处。"程先生住在外滩的一幢大楼"。王琦瑶从程先生住处化妆间的窗户看见了外滩，"白带子似的一条"。《长恨歌》续写1945年之后的上海摩登。弄堂从一开始就是整个上海摩登的一部分。考虑到《长恨歌》的写作时间，它和王安忆在《长恨歌》之前写作的《流逝》《好姆妈、谢伯伯、小妹阿姨和妮妮》《"文革"轶事》《黑弄堂》《纪实和虚构》等一系列小说构成了王安忆个人写作史的上海弄堂系列。《长恨歌》是上海城市地图的一部分，弄堂和片场、电影院、外滩、百货公司、新亚酒楼和百乐门舞厅构成《长恨歌》的城市地图。《长恨歌》写上海弄堂的"形形种种，声色各异"；上海的弄堂"是性感的，有一股肌肤之亲似的。它有着触手的凉和暖，是可感可知，有一些私心的"；"上海弄堂的感动来自于最为日常的情景，这感动不是云水激荡的，而是一点一点累积起来。这是有烟火人气的感动"。① 因此，在弄堂里的上海寻根，寻找的是上海摩登的"烟火人气"。性感的上海弄堂是有它的生命，有它的肉身和精神的。

　　意味深长的是，《长恨歌》接着"弄堂"写的是"流言"。其实，如果按照空间的转换，王安忆可以由外而内、由大而小，从"弄堂"写到"闺阁"，从"闺阁"写到闺阁中的王琦瑶。现在，《长恨歌》在"弄堂"和"闺阁"之间横生出"流言"一节。在王安忆的理解里，无流言，何以成弄堂？流言就是弄堂流动的"烟火人气"。还不止于此。从王安忆亦褒亦贬说流言的做法中，可以看出她对流言的偏心偏爱，看出她的小说观。如果在正传和流言之间作一个选择，王安忆会选流言。也因此，《长恨歌》不是宏大叙事的正传，甚至不是习见的"为人生"的现代小说。有意思的是，我们看"流言"前后的"弄堂"和"闺阁"，"弄堂"说形声色还有些正传腔，而"闺阁"则近乎"流言"了："上海弄堂里的闺阁，说不好就成了海市蜃楼，流光溢彩的天上人间，却转瞬即逝。"② 值得注意的是，1949 年以后，有着"沪上名媛"和"上海小姐"前史的王琦瑶藏身在有可能"流言"四起的平安里。在严师母看来，她的身世可疑。她和康明逊、萨沙、程先生交往甚密。她生出了薇薇这个父亲成谜的女儿。但平安里的"流

① 王安忆：《长恨歌》，人民文学出版社 2004 年，第 5—6 页。
② 王安忆：《长恨歌》，人民文学出版社 2004 年，第 13 页。

言"一直没有起来，甚至王琦瑶也安然度过了小说略去的 1966 年到 1976 年的十年。"鸽子"是王安忆写上海的"至高点"。"鸽子是这城市的精灵。""精灵"意味着自由自在、全知全能。凌驾在城市和城市芸芸众生之上的是超然的"鸽眼"。"这城市里最深藏不露的罪与罚，祸与福，都瞒不过它们的眼睛。"① 《长恨歌》写都市小儿女传奇很容易流俗而成为"鸳鸯蝴蝶派文学"的余脉旁枝，但其"鸽眼"高蹈和警醒的叙述者姿态，说到底还是五四启蒙文学一路的。

写"弄堂"时，《长恨歌》书写了不同阶层的弄堂景象和日常生活。弄堂是马赛克城市上海城市空间的具体而微。上海弄堂的女儿自然也有各自的命运和前途。值得注意的是，《长恨歌》的弄堂是复数，闺阁是复数，自然王琦瑶也是复数的"王琦瑶们"。"王琦瑶们"中的"这一个"王琦瑶，她的一生是上海弄堂女儿的一生。"王琦瑶是典型的上海弄堂的女儿"。这是"沪上名媛"和"上海小姐"王琦瑶的前史。至于王琦瑶和上海摩登之间的关系，如前文所说的，小说写道，"'上海'是摩登的代名词，'上海小姐'更是摩登的代名词，上海这地方，有什么能比'小姐'更摩登的呢？"② 这里，提到了上海摩登的性别。是一种怎样的权力定义了"'上海小姐'更是摩登的代名词"？事实上，离开了女性，尤其是年轻的女性，那个"声光电"的上海是无法被制造出来的。问题是，这种商业逻辑以及潜藏在商业之下的政治逻辑是不是和现代女性的觉醒和独立相冲突？"上海摩登"和

---

① 王安忆：《长恨歌》，人民文学出版社 2004 年，第 18 页。
② 王安忆：《长恨歌》，人民文学出版社 2004 年，第 49 页。

"上海小姐"之间更隐秘的关系涉及的是性别和政治、性别和商业资本。在政治和商业的征用中，女性是否能反制政治和商业资本叙事，书写独立女性的自我叙事？王琦瑶曾经是现代学校的女学生，小说中写的三个女学生之一。其他两个女学生，一个随婆家搬到了香港，一个成为上海解放者，而"上海小姐"王琦瑶做了李主任的情人。《长恨歌》辨识"上海小姐"王琦瑶的来去，揭开了缠绕着"上海小姐"的那些权力关系，甚至给出了可能的理由并为之辩护。但"上一个时代"注定是要落幕的。王琦瑶到邬桥疗伤。我们几乎以为王琦瑶要永远离开上海弄堂了。对王琦瑶而言，邬桥是她的外婆家，是她的疗伤地，也可能是她城市的乡愁。

其实，不只是王琦瑶，上海弄堂女儿王琦瑶们应该不少都有和邬桥相似的外婆家？邬桥也是现代上海的隐秘前世，邬桥是上海租界之前的另一个"上海"。"邬桥这种地方，是专门供作避乱的……这种小镇在江南不计其数，也是供怀旧用的。动乱过去，旧事也缅怀尽了，整顿整顿，再出发去开天辟地。"不只是邬桥，甚至苏州也是上海的乡愁。这样看，如果要谈双城记，恐怕就不只是香港和上海，也可能是苏州和上海，就像王安忆写到的："苏州是上海的回忆，上海要就是不忆，一忆就忆到苏州。上海人要是梦回，就是回苏州。""苏州是上海的旧情难忘。"① 不只是苏州，还有宁波和上海，王安忆《启蒙时代》里的顾嘉宝，祖上就来自宁波，后来在上海做颜料生意。《启蒙时代》这样写宁波："宁波这地方，其实是上海草根的意思。到了宁波，就好像

---

① 王安忆：《长恨歌》，人民文学出版社 2004 年，第 146 页。

又向上海的腹地深了一步。"这样看，上海的现代性就不只是上海和纽约、东京、巴黎的世界主义的现代性，也是上海和香港、苏州的中国现代性，也是租界和华界的上海现代性。1945—1949年，也就短短的四年。王琦瑶从16岁成长到20岁，经历了女学生、沪上淑媛、上海小姐之三小姐、女寓公的角色转换。遇到程先生，遇到了李先生。她的日常生活有一部分和李欧梵的《上海摩登》可能是有交集的，比如新式学堂，比如片厂，比如照相，比如《上海生活》和沪上淑媛，比如百货公司和上海小姐，比如新亚酒楼和百乐门舞厅，甚至亭子间，等等；有的则毫无交集，比如弄堂和闺阁，比如爱丽丝公寓，比如苏州、邬桥和江南水乡。现在可以提问的是，这些交集和没有交集，哪个更上海摩登？或者如王安忆所认为的那样，它们只是上海摩登的明与暗？

"1949以后"，对王安忆而言，是小说的时空，也是人与事的转折，也是小说的叙事动力。不同身份的人如何进入1949年以后？这些人，在王安忆的弄堂小说系列中，包括《好姆妈、谢伯伯、小妹阿姨和妮妮》《鸠雀一战》《富萍》等中的保姆们，《好婆和李同志》《富萍》《启蒙时代》等中的上海解放者们，《流逝》《"文革"轶事》《长恨歌》等中的资本家，《桃之夭夭》《长恨歌》等中的类似笑明明、王琦瑶、程先生等受过中学或者职业教育的新市民……值得注意的是1949年以后个人命运有可能发生重大变化的现代启蒙知识分子和资本家。前者，王安忆的小说几乎没有涉及；后者，在书中也只是隐约的一个背影。"王琦瑶住进平安里三十九号三楼。"王安忆将小说第一部第一章全部用于讲弄堂，写"平安里"又用了一节。写平安里，第一句是"上海这城市最少也有一百条平安里。一说起平安里，眼前就会出现

那种曲折深长、藏污纳垢的弄堂"。"曲折深长",小说作了交代:
"它们有时是可走穿,来到另一条马路上;还有时它们会和邻弄
相通,连成一片。真是有些像网的,外地人一旦走进这种弄堂,
必定迷失方向,不知会把你带到哪里。"但接着写平安里"曲折
深长"的是:"这样的平安里,别人看,是一片迷乱,而它们自
己却是清醒的,各自守着各自的心,过着有些挣扎的日月。"①
这意味着弄堂是日常生活的根底。而"藏污纳垢"这个词,陈思
和曾经用来指认中国的"民间社会"。

《长恨歌》第二部第二章对应的时代是 1949—1966 年。张济
顺的《远去的都市——1950 年代的上海》第一章《掀动底层:
政治统合与里弄换颜(1949—1955)》专门讨论里弄的社会重构。
按照张济顺的研究:"在革命(政治运动)与国家(政治控制与
统合)两条逻辑的主导下,新政权一方面推动、允许或默认了社
会按照自身诉求,营造一方'新型的'自治空间;另一方面,沿
用革命时期的政治动员经验,掀动底层,一波又一波专门针对里
弄居民的清理整顿与普遍的政治运动交相呼应,革命与反革命的
分界成为里弄政治基本的'红线'。革命、国家、社会共同建构
了共和国早期的上海里弄。""即便到了 1955 年,国家权力渗透
至里弄的日常生活,国家统合社会的局面基本奠定,上海里弄仍
然不稳定,充满变数。"② 这能够解释"平安里"为何成为客观
存在的政治空白之处,以及王琦瑶何以能够藏身平安里。王琦瑶
到护士教习所学了三个月,得了一张注射执照,便在平安里弄口

---

① 王安忆:《长恨歌》,人民文学出版社 2004 年,第 148 页。
② 张济顺:《远去的都市——1950 年代的上海》,社会科学文献出版社 2015 年,
   第 79—80 页。

挂了牌子。这种牌子，几乎每三个弄口就有一块，是形形色色的王琦瑶的营生。查阅资料能够发现，新中国成立初期，对舞女和妓女有具体的改造措施，但对王琦瑶这样的"沪上淑媛""上海小姐""爱丽丝公寓"女主人如何处置，并没有明确的规定。王琦瑶住进平安里并没有隐姓埋名，正因为如此，康明逊后来知道了她的身份。不仅如此，王琦瑶不但和程先生恢复交往，和已经参加革命工作的蒋丽莉也恢复了联系，并且要充当蒋丽莉身份的证明人。不管怎么说，王琦瑶住进平安里并安顿了下来。这个也许现实上不太可靠的前提却保证了"上海摩登"有了续写的可能，即便在平安里的原生住户看来，有的后来的住户"行迹藏头露尾，有些神秘，在平安里的上空散布着疑云"。就像严师母第一眼见王琦瑶，心中便暗暗惊讶，"她想，这女人定是有些来历。王琦瑶一举一动，一衣一食，都在告诉她隐情，这隐情是繁华场上的。"①

　　王琦瑶隐身平安里。常来的人中有一位严家师母，住平安里弄底的独门独户的一幢。她三十六七岁的年纪，先生 1949 年以前是灯泡厂的厂主，公私合营后做了副厂长，照严家师母的话："不料公私合营，产业都归了国家，能保住一处私房就是天恩地恩，花园洋房终成泡影。"② 康明逊加入进来。他是严家师母表舅的儿子。他身为旧厂主的父亲在公私合营后办了退休手续，带着两个太太和三个儿女住在西区一幢花园洋房里。还有程先生，分别 12 年，王琦瑶与程先生故人重逢，是在淮海中路的旧货行。

---

① 王安忆：《长恨歌》，人民文学出版社 2004 年，第 153 页。
② 王安忆：《长恨歌》，人民文学出版社 2004 年，第 153 页。

小说写到王琦瑶去了程先生的住处，那个程先生给她拍照赢得"沪上淑媛"名号的故地。"程先生住的大楼果然如故，只是旧了些，外墙上的水迹加深了颜色，楼里似也暗了。玻璃窗好像蒙了十二年的灰没擦，透进的光都是蒙灰的。电梯也是旧了，铁栅栏生锈的，上下哐啷作响，激起回声。王琦瑶随了程先生走出电梯，等他摸钥匙开门，看见了穹顶上的蜘蛛网，悬着巨大的半张，想这也是十二年里织成的。程先生开了门，她走进去，先是眼睛一暗，然后便看见了那个布幔围起的小世界。这世界就好像藏在时间的芯子里似的，竟一点没有变化。"[①] 因为程先生，王琦瑶感受到时代变了，交往的还是那些人、那些阶层、那些生活的风致和情调。萨沙在《长恨歌》中是个特殊的人物。萨沙是革命的混血儿，是共产国际的产儿。他是这城市的新主人，可萨沙的心其实是没有归宿的。他自己也搞不清自己是谁，到哪边都是外国人。"这城市里有许多混血儿，他们的出生都来自一种偶然性很强的遭际，就好像是一个意外事故的结果。"但如果我们回望三四十年代的上海，萨沙就不是一个意外，他是世界主义混杂性的一种常态。《长恨歌》写这些人在一起，续写了一个三四十年代的上海摩登。他们打牌、打麻将、围炉夜话、做点心吃点心、说说不完的闲话，两个人聊天，三人也聊天，猜谜语、讲故事、调情、恋爱，偶尔去国际俱乐部喝咖啡。"这是一九五七年的冬天，外面的世界正在发生大事情，和这炉边的小天地无关。这小天地是在世界的边角上，或者缝隙里，互相都被遗忘，倒也是安全"。这样的日子，即便康明逊终于解了谜团，明白了王琦

① 王安忆：《长恨歌》，人民文学出版社 2004 年，第 220 页。

瑶的历史，但这历史也是"说不尽的奇情哀艳"，以至于康明逊生出感慨："这是一个新的王琦瑶，也是一个旧的王琦瑶。他好像不认识她了，又好像太认识她了。他怀了一股失而复得般的激动和欢喜。他想，这城市已是另一座了，路名都是新路名。那建筑和灯光还在，却只是个壳子，里头是换了心的。昔日，风吹过来，都是罗曼蒂克，法国梧桐也是使者。如今风是风，树是树，全还了原形。他觉着他，人跟了年头走，心却留在了上一个时代，成了个空心人。王琦瑶是上一个时代的一件遗物，她把他的心带回来了。"① 可王琦瑶之于康明逊至多也只是"上一个时代的一件遗物"，他的心可以，身却不可能和上个时代的"遗物"在一起。所以，他和王琦瑶之间的性和爱是不得善终的，康明逊最终的选择是不争和逃避。而王琦瑶身边剩下的只有和她一起从上一个时代过来的程先生。程先生陪着她生下了康明逊的女儿，接着陪伴她。晚上，两人各坐方桌一侧剥核桃，听隔壁无线电唱沪剧，"有一句没一句的，心里很是宁静。他们其实都是已经想好的，这一生再无所求，照眼下这情景也就够了，虽不是心满意足，却是到好就收，有一点是一点。"②

《长恨歌》写到两个人的死，程先生和蒋丽莉，这两个人都和王琦瑶一起拥有"上一个时代"。新的时代，程先生还是程先生，但蒋丽莉不是原来的蒋丽莉。她本来还有两年就可以拿到毕业文凭，却退学去做了一名纱厂工人，因为有文化又要求进步，就到工会做了干部。再后来，她就和纱厂的军代表结婚了。军代

---

① 王安忆：《长恨歌》，人民文学出版社 2004 年，第 191 页。
② 王安忆：《长恨歌》，人民文学出版社 2004 年，第 230 页。

表是山东人，随军南下到上海的。因此，弄堂的女儿住到了大杨浦的新村里。不过，蒋丽莉是生病去世，程先生却是自杀的。"一九六六年的夏天里，这城市大大小小，长长短短的弄堂，那些红瓦或者黑瓦、立有老虎天窗或者水泥晒台的屋顶，被揭开了。""程先生的顶楼也被揭开了，他成了一个身怀绝技的情报特务，照相机是他的武器，那些登门求照的女人，则是他一手培养的色情间谍。"[1] 又是一段被改写的历史。程先生和王琦瑶认为："他们又都是生活在社会的芯子里的人，埋头于各自的柴米生计"，"对于政治，都是边缘人。"现在，读者的疑问也许是：缘何王琦瑶能，程先生却不能，保全在这个从 1966 年开始的时代？《长恨歌》并没有给出令人信服的答案。

在人类文明史上，文学性文本一直参与着历史的建构。历史学家也会征用文学性文本来叙述历史，比如史景迁的《王氏之死》就使用过蒲松龄的《聊斋志异》。就上海而言，王安忆的《纪实和虚构》《长恨歌》《桃之夭夭》《富萍》《启蒙时代》《天香》《考工记》等小说堪称"一个人的上海史诗"。我们尝试用王安忆的文学文本来想象性地建构 1966—1976 年的"上海十年"。这十年的上海，王安忆有《流逝》《"文革"轶事》和《启蒙时代》等。《流逝》发表于 1982 年《钟山》第 6 期，《"文革"轶事》发表于 1993 年《小说界》第 5 期，而《启蒙时代》则发表于新世纪的 2007 年《收获》第 2 期。《流逝》比后来引起很大反响的谌容的《减去十岁》早了好几年。《减去十岁》发表于 1986 年《人民文学》第 2 期。王安忆的《流逝》中，欧阳端丽只是一

---

① 王安忆：《长恨歌》，人民文学出版社 2004 年，第 260—262 页。

个上海弄堂的女儿，小说所写的也不过是一个中产阶级家庭十年的乱世家变——当好时代来临的时候，因为失而复得又陷入家变。上海围墙内的小儿女十年惊变的流逝，虽然荒诞，但和谌容所写的大的国族命运的荒诞相比，也许还是轻了小了。不过，这篇小说对王安忆是有意义的，对观察上海的1966—1976年也是有意义的。和十年之后的《"文革"轶事》不同，《流逝》的阶层翻转故事，底层一方没有像"青工"赵志国那样进入资本家家庭内部，改写和重建一个新的阶层混杂的马赛克城市家庭的角色。《流逝》写到"红卫兵"骑上花园围墙的滋扰，写到抄家封门，写棚户区住户搬进资本家的底楼，甚至写到文影差点嫁到宁波乡下等等，但整个资本家的家庭内部结构没有发生实质的变化。文影和文光到农村和农场去，这是一个时代平常的离散故事，不单单出现在他们家。端丽精打细算、变卖家产、给人带孩子、到工厂做工，艰难维持着一家老小的日常生活，但至少不失尊严地活着。老资本家也还可以维持一点想象中的阶层优越感，比如公公对宁波乡下来相亲的男人的评价为"粗坯"。哪怕是楼上楼下的生活中，阶层马赛克的边界依然清晰。

《长恨歌》第三部的第一章都和王琦瑶的女儿有关：薇薇、薇薇的时代、薇薇的女朋友和薇薇的男朋友。按照王安忆在《"文革"轶事》中对历史和代际的分期："张思叶和张思蕊都是生于末世的孩子，其余那些孩子的出生，则连末世都谈不上，出生是在乱世了。"盛世、末世和乱世是历史分期和代际更迭，对应着王安忆小说中的人物谱系。这个人物谱系在王安忆的小说中繁衍和生长，最后发育成一个庞大的文学帝国。在《长恨歌》里是弄堂里的中产阶级、职员和市民；《桃之夭夭》里是一个没有成为明星的演员和她的孩子们；《富萍》里则是上海的外来者、扬州乡下女孩富萍和她的舅妈。尤其值得注意的是《启蒙时代》，小说集中书写了上海的解放者和他们的后代，亦即《纪实和虚构》里"同志的后代"。上一个时代的革命者们进入上海，成为这个城市的主人，这是《霓虹灯下的哨兵》所讲述的故事。虽然1949年之前的上海革命史是不是上海摩登的一部分，各方观点尚有分歧，但不可否认，上海有着与现代中国革命等长的革命史。1949年，革命者们从中国各地与上海的革命者们会合，缔造新上海。他们的后人包括王安忆和孙甘露，也包括《纪实和虚构》中的"孩子我"，《启蒙时代》里的南昌、陈卓然和小老大们。张旭东认为："中国革命的源头蕴含在它自身的史前史之中，但它的现实性，它的价值实体，却必须在革命所创造出来的生活世界中被具体地确立下来。这个确立过程包括'继续革命'（即'文化革命'）条件下的革命'第二代'的成长过程。在20世纪前半叶，启蒙的观念通过革命变成政治行动和社会现实，但只有在新的'立人'（鲁迅）的个体实践中，革命才获得其价值世界的确定。"[1]《启蒙时代》里，王安忆关心的是新上海和新人的相互塑造，而不是《长恨歌》里的上一个时代的上海和旧人在新上海的存与活。在王安忆的小说里，这是两种上海空间和生活形式，虽然他们偶尔会有触碰和交集，像《长恨歌》里的王琦瑶、革命之后的蒋丽莉以及革命后代萨沙，但革命和新上海在《长恨歌》里是被压抑和控制着的，而不是《启蒙时代》里那种恣意生

---

[1] 张旭东、王安忆：《对话启蒙时代》，生活·读书·新知三联书店2008年，第89页。

长着的。在《启蒙时代》里,两处上海空间和生活形式也有交集和对话,小说写南昌一伙,"他们潜入嘉宝家中,是为和她祖父聊天,一个老资产者聊天的",① 而不是我们习见的小说场景揪斗和打倒。他们互相称呼"先生"和"小将",这是写这个时代的小说中难得一见的场景。不仅如此,南昌的性启蒙也是与嘉宝一同完成的。嘉宝穿着形貌上"趋向成熟女性",她的头发是"柏林情话"式,她是女生中最早戴胸罩的,甚至早于高中的女生,"在夏天单薄的白衬衫下,清晰地透露出胸罩的带子"。不仅性感,"嘉宝有着和舒娅、珠珠、丁宜男都不相同的另一路生活经验,她家是一个大家庭","她家住独一幢弄堂房子,总共三层,大体是各家一层。"② 小说写南昌被嘉宝的身体诱惑:

> 嘉宝走到窗前的书桌边,迎着光,她的白衬衣被照成蝉翼一般透明,于是,身躯的轮廓显现出来。那是又丰腴又结实的,胸罩的带子略有些勒紧,并没有束缚反而更突出肌体的弹性。她的蓬松的短发被光照出一层毛茸茸的镶边,也是弹性的。她忽然一转身,面对南昌,于是,她就处于逆光。面部的影调使脸型柔和姣好,暗中的眼睛神秘极了。她向南昌伸出一只手,这是什么?南昌来不及看清她手上的东西,就走过去,抱住了她。③

《启蒙时代》提出了一个重要的命题:谁是新上海的启蒙者?是革命者的后裔南昌们,还是老资产者和他的孙女嘉宝?《长恨

---

① 王安忆:《启蒙时代》,人民文学出版社 2007 年,第 156 页。
② 王安忆:《启蒙时代》,人民文学出版社 2007 年,第 149—150 页。
③ 王安忆:《启蒙时代》,人民文学出版社 2007 年,第 176—177 页。

歌》里，薇薇出生于 1961 年，到了 1976 年，正是 15 岁的豆蔻年华。小说写："薇薇称不上是好看，虽然继承了王琦瑶的眉眼，可那类眉眼是要有风韵和情味作底的，否则便是平淡无趣了。而薇薇生长的那个年头，是最无法为人提供这两项的学习和培养。她难免也是干巴巴的，甚至在神情方面还有些粗陋。那些年头里，女孩子要称上好看，倒全是凭实力的，一点也掺不得水。"[1] 需要注意的是，薇薇时代，旧上海马赛克城市的格局依然有残存。"住在淮海路繁华的中段的人家，大凡都是小康。倘若再往西去，商店稀疏，街面冷清，嚣声偃止，便会有高级公寓和花园洋房出现，是另一个世界。这其实才是淮海路的主人，它是淮海路中段的女孩的梦想。"1976 年时，薇薇是高中一年级学生。"一九七六年的历史转变，带给薇薇她们的消息，也是生活美学范畴的。播映老电影是一桩，高跟鞋是一桩，电烫头发是又一桩。"[2] 到了第二年，服装的世界开始繁荣，许多新款式出现在街头。据老派人看来，"这些新款式都可以在旧款式里找到源头的"。"于是，王琦瑶便哀悼起她的衣箱，有多少她以为穿不着的衣服，如今到了出头之日，却已经卖的卖，破的破。"[3] 王琦瑶眼里的今日世界，不像在薇薇眼里是个新世界，而是个旧世界，是旧梦重温。有多少失去的快乐，这时又回来了。小说写王琦瑶和薇薇的"斗法"，其实是时代的对抗。"曾有一次，王琦瑶让薇薇试穿这件旗袍，还帮她将头发拢起来，像是要再现当年的自己。当薇薇一切收拾停当，站在面前时，王琦瑶却怅然若失。她

① 王安忆：《长恨歌》，人民文学出版社 2004 年，第 269 页。
② 王安忆：《长恨歌》，人民文学出版社 2004 年，第 276 页。
③ 王安忆：《长恨歌》，人民文学出版社 2004 年，第 272—273 页。

看见的并非当年的自己，而是长大的薇薇。"薇薇眼睛里的上海"开始繁荣"，又是一个新上海。而在王琦瑶看来，已经是走了样的。"城市心声"的有轨电车没了；"马路上的铁轨拆除了；南京路上的楠木地砖早二十年就撬起，换上了水泥"；"沿黄浦江的乔治式建筑，石砌的墙壁发了黑，窗户上蒙着灰垢。江水一年比一年浑浊稠厚，拍打防波堤的声音不觉降了好几个调。"这里姑且不去深究，近乎幽闭的王琦瑶如何能细察弄堂之外的上海之变。小说开始部分曾描写 20 世纪 50 年代的上海弄堂，叙述时间过去了三四十年之后，《长恨歌》又再次描绘上海的弄堂，这次的上海弄堂不是居高临下的鸽子眼睛俯瞰的、全景的"壮观的景象"。《长恨歌》里，细致地写"薇薇的时代"里上海弄堂的地、墙、电灯、阴沟、夹竹桃的叶子、地砖缝、木楼梯、水箱的铁皮板、砖砌的围栏、晒台、屋顶等等的磨损和改变。"弄堂房子的内心还算是沉得住气，基本是原来的样子，但是一推敲，却也不同了。""这城市变得有些暴风急雨似的，原先的优雅一扫而空。"王琦瑶甚至觉得，"如今满街的想穿好又没穿好的奇装异服，还不如'文化革命'中清一色的蓝布衫，单调是单调，至少还有点朴素的文雅。"①

对薇薇的时代，《长恨歌》的叙述似乎也失去了对前面时代那般的耐心。王琦瑶成为薇薇时代的评说者，叙述者也参与进来，有时候分不出彼此的声音，或许根本不需要辨析。小说写到这种程度，叙述者成为一个专制的控制者——控制着叙述的立场、叙述的内容、叙事的节奏和叙述的情调。王琦瑶站在自己走

① 王安忆：《长恨歌》，人民文学出版社 2004 年，第 277—279 页。

过的所谓上海摩登的盛世、末世和乱世，评说着新的时代，不适应、不满，也不屑一顾。叙述者不断加入进来，一边是王琦瑶和薇薇的故事；一边是对他们的故事的评点。《长恨歌》俨然成为《长恨歌》的评注本。这个薇薇的时代也是王安忆开始写作的时代，写作成为王安忆对世界的观察和表达。对王安忆和同时代人小说的研究可以发现，他们在小说中向来乐于扮演叙述者和思想者的双重角色，韩少功、张承志、张炜、阎连科、马原等等笔下都有这样的文体景观。所以，如果我们仔细对比，会发现这个叙述者在立场上甚至约等于王安忆。写作成为她对时代的思考过程和结果，这是她小说的长处，也是她小说的局限。这样看来，小说里写的："八十年代初期，这城市的时尚，是带些埋头苦干的意思。它集回顾和瞻望于一身，是两条腿走路的。它也经历了被扭曲和压抑的时代，这时同样面临了思想解放。说实在，这初解放时，它还真不知向哪里走呢！因此，也带着摸索前进的意思。街上的情景总有些奇特，有一点力不从心，又有一点言过其实。"① 某种意义上，这也是王安忆对时代的理解。直到王琦瑶发现薇薇的女朋友张永红和自己的心意相通："这两个女人的心，一颗是不会老的，另一颗是生来就有知的，总之，都是那种没有年纪的心，是真正的女人的心。"② 小说内在的怨气和愤懑才有所减退，小说才能从容地书写薇薇的男朋友小林，写旅游、结婚、去美国等。但王琦瑶有一颗不会老的寻找这世界的心、一颗生来就有知的心，也注定她在这个时代的悲剧。王琦瑶看似对薇

① 王安忆：《长恨歌》，人民文学出版社 2004 年，第 286 页。
② 王安忆：《长恨歌》，人民文学出版社 2004 年，第 287 页。

薇所处的时代有清醒的认知和判断，但有时又因过于沉湎于自己的所谓好的时代，而假想和美化那个所谓的好时代而不自知。张永红对王琦瑶是无害的，而老克腊却是有毒的。小说写的不只是王琦瑶的命运悲剧，也似乎极富预言性地昭示着，"上海怀旧"的上海摩登时代，到来的其实是老克腊式的上海摩登。且看《长恨歌》如何解读老克腊：

> 所谓"老克腊"指的是某一类风流人物，尤以五十和六十年代盛行。在那全新的社会风貌中，他们保持着上海的旧时尚，以固守为激进。"克腊"这词其实来自英语"colour"，表示着那个殖民地文化的时代特征。①

"老克腊"是这粗糙时尚中的一点精细所在。但这种精细是装饰性和表演性的。王安忆，或者小说的叙述者，对他们心知肚明。"其实，我们是可以把他们叫作'怀旧'这两个字的，虽然他们都是新人，无旧可念。"但按照小说的叙述时间安排，王琦瑶始终被蒙在鼓里。说到底，王琦瑶和老克腊所谓玩的时间魔术，造的是时间的幻觉，就像小说里写到的他们配合的表演：

> 他和王琦瑶说：到你这里，真有时光倒流的感觉。王琦瑶就嘲笑：你又有多少时间可供得起倒流的？难道倒回娘肚子里不成？他说：不，倒回上一世。王琦瑶听他的转世轮回说又来了，赶紧摇手笑道：知道你的上一世好，是个家有贤妻洋行供职的绅士。他也笑，笑过了则说：我在上一世怕是见过你的，女中的学生，穿旗袍，拎一个荷叶边的花书包。

---

① 王安忆：《长恨歌》，人民文学出版社 2004 年，第 330 页。

她接过去说：于是你就跟在后头，说一声：小姐，看不看电影，费雯丽主演的。两人笑弯了腰。这样就开了个头。以后的话题往往从此开始，大体按着好莱坞的模式，一路演绎下去，难免是与爱情有关的，因是虚拟的前提，彼此也无顾忌。一个是回忆，一个是憧憬，都有身临其境之感。①

薇薇的时代不只是有老克腊，还有长脚。我们可以简单地把长脚定义为"骗子"，但如果我们观察20世纪八九十年代先富裕的群体，长脚可能是他们中许多人的前史。他们是将要到来的商业时代财富神话的一部分，但《长恨歌》让长脚在这个粗鄙和粗鲁的时代见财起意杀死王琦瑶，这其实是低估了长脚们在这个时代和即将到来的90年代的能量。老克腊和长脚是20世纪80年代正在发生的新上海摩登的一体两面。有意思的是《长恨歌》写王琦瑶、张永红、老克腊和长脚的火锅之夜，好像是对王琦瑶、严师母、康明逊和萨沙围炉夜话的复刻和仿写。王琦瑶和老克腊的缠绵也逼肖王琦瑶和康明逊。这样看，张永红也是蒋丽莉、吴佩珍，而老克腊则分身出两个时代的康明逊。王琦瑶看不上薇薇时代的粗鲁，她在这个时代建造起一个假作真的"上一个时代"，而且自己先当了真。但时空错置的幻觉终究要见底，不说长脚觊觎王琦瑶的"黄货"，老克腊也只能陪着王琦瑶出演她的40年代，至多是50年代。当那一刻到来，"他走近去，想安慰她，却看见她枕头上染发水的污迹，情绪更低落了。房间里有一股隔宿的腐气，也是叫人意气消沉。"② 他要迅速"倒回上一世"。

---

① 王安忆：《长恨歌》，人民文学出版社2004年，第341页。
② 王安忆：《长恨歌》，人民文学出版社2004年，第375页。

王安忆说《长恨歌》："这个故事就是软弱的布尔乔亚覆灭在无产阶级的汪洋大海之中。"①王琦瑶的覆灭不是在 20 世纪 40年代，不是在 1949—1966 年，甚至不是在小说中空白的十年，而是在 1976 年以后的 1986 年，王琦瑶这个 20 世纪 40 年代的剩余物、小布尔乔亚的残余分子，三十余年里几无发育和壮大，在老克腊和长脚软与硬的暴力夹击下，覆灭是她必然的命运。王琦瑶的故事就是上海的城市故事。20 世纪 80 年代不是王琦瑶和上海的黄金时代，"上海的街景简直不忍卒读。""路名是改过来了，路上走着的就更这人不是那人了。"就此或许我们就能理解为何王安忆认为《长恨歌》"真正的故事是在八十年代"。②《逐鹿中街》（《收获》1988 年第 6 期）、《米尼》（《芙蓉》1991 年第 3期）、《妹头》（南海出版公司 2000 年），80 年代的上海是这些小说的主体部分，而且《米尼》里的米尼和阿康，《妹头》里的妹头和阿川，他们和《长恨歌》里的长脚一样都是感应到时代动向且投身时代的人物。《逐鹿中街》《米尼》和《妹头》不约而同地都写到出轨和背叛。有意思的是，《逐鹿中街》的烈士遗孤丰子铭仅比王琦瑶大一岁。小说写他在妻子去世以后，在 1978 年春天开始了人生第二春。王安忆说："五十年代那部分是写得最好的。"因为那是一个上海摩登的末世，王琦瑶无力挽回上一个时代，但她还有程先生，还有挣扎、有光，而 20 世纪 80 年代没有一个同路人的王琦瑶是一个真正的孤独者。1986 年，王琦瑶 57岁。孤独者王琦瑶死在"旧上海的尸骸又生长出一个崭新的上

---

① 王安忆、王雪瑛：《〈长恨歌〉，不是怀旧》，《新民晚报》2000 年 10 月 8 日。
② 王安忆、赵为民：《一九九七，访王安忆》，《海上文坛》1997 年第 3 期。

海"时，"在属于她的那个时代死去之后再死去"。①

王安忆再造上海摩登，从外滩为中心的殖民政治、金融和商业空间转移到从西区淮海路到棚户区的上海市民日常生活空间的上海摩登的边缘、细部和深处，她的小说展现了不同现代性逻辑下各阶层对马赛克城市上海空间的生产与建构。值得一提的是，由于我们的论题框定在 20 世纪八九十年代再造"上海摩登"的文本生产，考察王安忆提供对上海这个城市文本想象的诸种可能性，王安忆小说中的新世纪超越了以开埠为起点的租界现代性的上海来寻根，超出了我们预设的议题。《天香》（《收获》2011 年第 1、2 期）、《考工记》（《花城》（2018 年第 5 期）、《一把刀，千个字》（《收获》2020 年第 5 期）三部长篇小说中，《天香》叙述明清之际的上海现代性前史，《考工记》勘探民间文化的现代潜脉，而《一把刀，千个字》则在城与乡、上海和扬州、上海和纽约等地理空间的挪移中拓展上海的边界。至此，王安忆不仅仅是再造上海摩登，而且是再造上海。

第三节　他们发明"自己的文明"②

上海文艺出版社的"大上海小说丛书"，第一辑 1996 年出版③，第二辑 1999 年出版④。按照编辑说明，"大上海小说丛书"

---

① 王安忆、王雪瑛：《形象与思想——关于近期长篇小说创作的对话》，参见《王安忆说》，湖南文艺出版社 2003 年，第 89—90 页。
② 周介人：《都市女性的自怜与自卫》，参见周介人、陈保平主编：《几度风雨海上花》，上海三联书店出版社 1996 年，第 196 页。
③ 含孙颙《烟尘》、徐蕙照《水魇》、俞天白《连环套》、李其纲《股潮》和李春平《上海是个滩》五种。
④ 含李肇正的《躁动的城市》、史中兴的《暂憩园》、蒋丽萍的《水月》、陆星儿的《我儿我女》、殷慧芬的《汽车城》等。

"出版反映以上海为题材的都市内容，表现当代上海人在改革开放中创造的宏伟业绩，及其在生活、情感、命运、人际关系、价值观念等方面发生的变化的较为优秀的小说作品，展示世纪之交的小说创作实绩。"① 这意味着这套丛书的编辑思路认同的是改革开放的现代性逻辑，也可以说接近李欧梵所认为的"强烈的现代性"。② 逻辑上，李欧梵承认现代性有强弱之分，也承认"里弄的世界支撑着都市文化"，那么，"里弄的世界不是一个现代性的世界"的结论是如何得出的？这里面，还存在着李欧梵的"上海摩登"究竟是不是他所认为的"强烈的现代性"的问题。事实上，根据李欧梵在《上海摩登》中以 1930—1945 年外滩城市景观和 20 世纪末浦东高楼大厦为起点的研究，推动其空间生产的正是性质不同的"强烈的现代性"。《上海摩登》不只是观察到"强烈的现代性"在城市的遗存，而且揭示出"强烈的现代性"的流向、转换和安置，所以李欧梵要研究印刷文化、电影的都会语境和文学文本等等，而里弄的世界应该是这种流向中更细枝末节、隐微的市民日常生活空间。也正是在这种意义上，我们可以识别并肯定王安忆的"小说弄堂"再造"上海摩登"的属性、意义和价值。事实也是这样，根据我们前一节对王安忆《长恨歌》的编年式细读和考察，1949 年之后，恰恰里弄的世界成为"上海摩登"的流散和藏身之处。李欧梵描述的"上海摩登"客观存在着强与弱、显与隐、中心与边缘等相互关联的场域，不能体现"强烈的现代性"的里弄的世界是整个都市现代性世界的一个

---

① 参见上海文艺出版社"大上海小说丛书"的"编辑说明"。
②【美】李欧梵：《重绘上海的心理地图》，《开放时代》2002 年第 5 期。

部分。

我们观察到,同一时期上海的出版物,与"大上海"对应的有上海三联书店的"新市民文丛"①和上海书店出版社的"新市民作品集"②等小说集。除了"大上海"和"新市民"这两极,还有文汇出版社相对中性的"海派女作家文丛"③。"大上海小说丛书"作为上海市作家协会与上海文艺出版社联合编辑的丛书,有预设的主题,关心的是20世纪八九十年代合乎改革开放逻辑的"强烈的现代性"的上海图景,就像李春平的《上海是个滩》的内容提要写到的:"这部长篇小说反映某外驻沪办事处及其所属的建筑公司,投身于热火朝天的大上海建设的历程。""小说以外地人在浦东开发中的艰难历程来反映上海的改革风貌"。当然,他们也会写到改革过程中社会结构、人的伦理与心理的变化以及正义与邪恶、进步与落后、光明与黑暗之间的矛盾和冲突,就像李其纲的《股潮》的介绍:"小说以充满诗情画意的文笔,勾勒出一幅幅为孔方兄而生死搏斗的图画,从中折射出大都市人的种种心态,一些家庭关系裂变的隐隐轨迹";俞天白的《金环套》"表现的都是当代的都市人在经济大潮的冲击下,在光怪陆离、急剧变化的生活中,微妙而又焦虑的心理和心态"④,这些小说

---

① 含《几度风雨海上花》《都市消息》《手上的星光》。
② 含唐颖《丽人公寓》、潘向黎《无梦相随》、沈嘉禄《寒夜醉美人》、陈丹燕《晾着女孩裙子的阳台》、徐蕙照《闺情少人知》。
③ 含茹志鹃《儿女情》、黄宗英《我公然老了》、王小鹰《前巷深,后巷深》、王安忆《人世的沉浮》、竹林《年年岁岁花相似》、秦文君《老祖母的小房子》、王晓玉《我要去远方》、陆星儿《一撇一捺的人》、王周生《笑过的印记》、陈丹燕《遥远地方的音乐声》、周佩红《你的名字是什么》、南妮《花如情人》、殷慧芬《纪念》、须兰《思凡》。
④ 参见李春平《上海是个滩》、李其纲《股潮》、俞天白《金环套》的"内容提要",上海文艺出版社1996年。

以改革开放现代化道路的逻辑作为小说的叙事逻辑，接续的是书写现代上海的《子夜》《上海的早晨》的宏大叙事传统。小说最后的结局都是改革赢得最终的胜利，未来向好。它们出现在20世纪80年代末到21世纪初，其间文学参与上海的改革开放进程，证明着改革开放的必要性和合法性。

1994年7月《上海文学》和《佛山文艺》联合发布《"新市民小说联展"征文暨评奖启事》。如果说，20世纪80年代"海上诗群"和"先锋小说"是城市"蜃景"，"新市民小说"则是及物的，深入到城市内在的肌理，感受城市"正在发生的"事实。"新市民小说联展"征文暨评奖启事写道："城市正在成为90年代中国最为重要的人文景观。一个新的有别于计划体制时代的市民阶层随之悄然崛起，并且开始扮演城市的主要角色。在世俗化的致富奔小康的利益角逐之中，个人的生命力空前勃动，然而它又是极其原始与粗始化的。城市的发展将成为中国当代文化的生长点之一，它最终会给古老的中华文明带来什么，现在尚难完全把握，但是它已经成为我们时代一个不容回避的人文命题，处于城市社会生活的现实背景之下的文学作品和文学期刊，也必将对这一命题加以自己的演绎和阐释。"因此，"'新市民小说'应着重描述我们所处的时代，探索和表现今天的城市、市民以及生长着的各种价值观念的内蕴。'新市民'是我们时代的新现实，而'新市民小说'的创作及其在《上海文学》和《佛山文艺》的联展，将同样成为我们时代引人瞩目的新的人文景观。"① 值得注意的是，"新市民小说"也是文学期刊主动适应市场，参与市场

---

① 《"新市民小说联展"征文暨评奖启事》，《上海文学》1994年第9期。

运作的结果，但和 20 世纪 80 年代《收获》运作"先锋小说"以作者和文本为中心不同，"新市民小说"强调的是读者优先的原则："作为在上海这样一个国际性大都市编辑出版的文学刊物，它首先应该有一个基本的出发点，即它所发表的大部分作品是能够吸引市民的。"因此，也可以说，所谓"新市民小说"，也是"新市民"的小说："我们所称的'新市民'，既是具有明确的历史内涵的，同时又是广义的。它是指我国社会主义市场经济全面启动后，由于社会结构改变，社会运作机制转型，而或先或后更新了自己的生存状态与价值观念的那一个社会群体；这个群体正在逐步覆盖我国的城乡，从东南沿海扩展到中西部内陆地区。"①某种意义上，"新市民小说"有给城市新市民代言的意味。

也确实如此，被指认为"新市民小说"代表作家的唐颖、陈丹燕、潘向黎、姜丰等，她们是写作者，也是城市的儿女。作为"新市民小说"倡导者的《上海文学》的周介人认为，对于唐颖、陈丹燕、潘向黎、姜丰这些作家而言，"都市文明对她们而言并不是陌生的'他者'，而即是'自己的文明'。她们的心灵是适应'市场化'与'全球化'的，因此就不会在面对人类这样一种新的不同于农业文明的生存状态时，有生理性与心理性的拒斥。这并不是说她们毫无选择地接受都市生活的'物质性'与'包装性'，恰恰相反，正因为她们本身是这种'文明'的一分子，因而，对于'物质性'与'包装性'给人类的爱情、婚姻、家庭生活所带来的种种影响，也就有了更为深入的观察、体验与困

---

①《编者的话》，《上海文学》1995 年第 12 期。

惑。"① 对于李欧梵《上海摩登》中所论述的穆时英、刘呐鸥、张爱玲等作家而言，城市亦是他们各自时代"自己的文明"。"自己的文明"对于写作者而言，也是自己书写和发明的文本意义的"自己的文明"。应该看到，即便生活在同时代的上海，不同写作者的"文明"是一种差异性对话的"自己的文明"；而生活在不同时代的上海，则更是如此，所以，从这种意义上理解"新市民小说"所发明的"自己的文明"，它是"上海摩登"再造，也是1990年的新上海摩登的生产。读唐颖、陈丹燕、姜丰、潘向黎的《丽人公寓》《女友间》《情人假日酒店》和《无梦相随》等小说，我们能够感受到新女性和新市民的同构性，她们不但追求新市民之新，而且首先追求新女性之新。因此，在她们的小说中，城市新市民阶层的中产阶级梦想，是和都市女性自身的独立联系在一起的。中产阶级有其阶层品位和格调，但不能否认，"中产阶级"首先是一个需要用经济指标来衡量的社会阶层，那么，中产阶级梦想当然也不能剥离和否认对物质的追求。事实上，正是对个人合理物质欲望的肯定和尊重，在改革开放时期激活了现代化的潜能。"新市民小说"无一例外地肯定追求城市物质生活的合理性，而且在一个男性最大可能占有社会财富资源的当代城市，这些小说甚至不否认，选择一个男性意味着选择一种生活。而在财富资源分配过程中，不同男性占有的社会财富是不均等的，且既然是梦想，就存在"这山望着那山高"的可能，因此，在描述女性寻求社会上升通道的小说中，她们必然会遭遇和不同

---

① 周介人：《都市女性的自怜与自卫》，周介人、陈保平主编：《几度风雨海上花》，上海三联书店1996年，第196页。

男性的遇合和抉择，也必然游走在恋人、未婚夫、爱人和红颜、情人等之间，扮演着不同的角色，就像她们的小说写到的：

> 她用的彩妆是伊丽莎白·阿顿，当时这些品牌还未进口，是托人从香港带来，当然阿顿在名牌中相对便宜多了，如果跟着刘思川就别想用最昂贵的顶级牌子，这不是牢骚，乃事实也。但在海兰的衣橱里放着系列夏奈尔皮包、丝巾和化妆品。它们是四十九岁的华人安迪赠送宝宝的"小礼物"，二十二岁的宝宝可以不为金发碧眼的西洋人温柔的性骚扰所动，却没法抵御名牌的光芒，她把安迪的礼物存放在女友处，对思川就有了负疚和不满。[①]

> 我真正的理想不是当悲剧演员，而是毕业就退休。可我知道我不可能指望乌鱼养我一辈子。乌鱼又不是大款，他永远不能给我锦衣玉食的生活，在我和乌鱼恋爱的第一个情人节，他曾送了我一打玫瑰，这个含情脉脉的举动当时让我感动得涕泪横流。我终于醒悟，我不可能指望乌鱼开着枣红色油光锃亮的宝马跑车来接我，然后打开行李箱，满满的都是玫瑰，再吻着我的耳垂说，达灵，都是你的。[②]

> 安安结婚的时候，正是上海经济刚刚开始起飞的时候，那时候，商人的概念刚刚出现，那些为国家做生意的人，可以到广州去开开交易会，为家里人和朋友带一点南方粉红色的小家电来，那就是时髦了。那时候，小陈就是这样的人，安安那时候并没有嫁错人。[③]

---

① 唐颖：《丽人公寓》，《上海文学》1996 年第 6 期。
② 姜丰：《情人假日酒店》，《上海文学》1995 年第 12 期。
③ 陈丹燕：《女友间》，《上海文学》1996 年第 9 期。

值得注意的是，即便是倡导"新市民小说"的《上海文学》对这种写作时风也不能给予明确的态度。《上海文学》1994 年第 2 期《编者的话》提出一个问题，当人们的物质欲望被一种社会机制普遍激发的时候，我们看到了什么呢？编者给的答案是"看到了一个农业社会向现代化前进的步姿。但同时，我们也切切实实看到了金钱、性、享受对整个民众世界的诱惑"。这一期推介的郑建华的小说《红玫引》是一篇"初探'诱惑'的小说，反映了大陆上近年来开始普遍谈论的'情人现象'"。编者特别提及这篇小说的"趣味是市民化的"。"市民化"是新市民，还是旧市民？其趣味相差是很大的。郑建华的《红玫引》，包括同时代活跃的殷慧芬的作品，基本上是"旧市民"趣味更多，比如殷慧芬的《纪念》《红颜》，前者是一个始乱终弃的故事；后者处理成纯洁无比、不涉欲望的男女之情。唐颖、陈丹燕、潘向黎、姜丰之间也有细微的不同，潘向黎的小说更多强调有结果的性爱，这种"有结果"一般而言还是婚姻的承诺。而唐颖、陈丹燕、姜丰则不一定，比如，她们的小说中的女性可以选择做"丽人公寓"的情人。从这种意义上，唐颖的"丽人公寓"和王安忆的《长恨歌》的"爱丽丝公寓"，属于两个时代的"公寓"，小说家都肯定它们和女性自由之间的关联性，但 20 世纪 90 年代的"丽人公寓"最后类似"女性公社"，合住的女性是真正意义的个人的、独立和自由的新女性。如何评价这些"新市民小说"依靠红颜和情人兑现的中产阶级物质梦想？最简单的办法就是批判这些小说里的新市民/新女性的行为有违社会道德、公序良俗，但恰恰值得反思的是，我们的公序良俗为什么最大可能地庇护男性拥有最多的社会资源且主宰着社会资源的分配，而女性要争取自己的权利，只有被编织进男性权力网络，才能通向自己的中产阶级梦想？而且，像姜丰的小说《爱情错觉》《情人假日酒店》以及陈丹燕的《女友间》所言，男女之间关系的缔约始于都市社会的契约精神，但最终违背契约的都是男性，女性最终成为被侮辱和被伤害者。从这种角度，"新市民小说"的批判性所针对的是当下中国发育不成熟的都市社会，这个都市社会恰恰最大程度地释放了男性的欲望，甚至像《女友间》中所说，女友之间的伤害也是起源于男性的欲望。需要指出的是，"新市民小说"女性和市民之新，首先在于新女性/新市民都是对自身处境和社会现实清醒的和自觉的感受者和反思者。

《丽人公寓》《爱情错觉》，包括不放在"新市民小说"里面讨论的同时期王安忆的《我爱比尔》和稍晚一些卫慧的《上海宝贝》以及安妮宝贝的《彼岸花》，分别涉及了"跨国恋"或异地恋情。和20世纪三四十年代的世界主义的上海不同，90年代之后的上海处于中国主动和充分地融入"全球化"的时期。如果说男性和女性之间存在资源分配的差异，在跨国资本主义世界，中国和世界的资源分配也存在着不公平。那些异国（发达地区）的男人，从开埠以来就负载了世界主义的幻觉，及至90年代中国融入"全球化"时代，他们则现实地成为发达资本主义国家和地区的象征，就像王安忆谈到陈丹燕的《女友间》的安安用英语骂脏话时说的："这个细节很好，包含着第三世界的处境"①。

王安忆的《我爱比尔》里，这种"第三世界的处境"感更强

---

① 参见王安忆《女友间》（序），上海文艺出版社2001年，第14页。

烈。阿三对比尔说："我爱比尔"，既是女性的一厢情愿，也是第三世界的一厢情愿的幻觉。因此，女性在"全球化"和"都市化"的第三世界生存，作为女性的处境就是第三世界女性的处境。如果用食物链作比方，她们的女性/第三世界身份使得她们处身于食物链的下游。而《我爱比尔》里的阿三不但无法反制这种双重压迫，反而让自己身陷囹圄。只有到了《上海宝贝》和《彼岸花》里的倪可和小至，她们作为女性，经济独立、不依附他人，才可能主宰自己的情欲故事。某种意义上，阿三的故事还是《倾城之恋》里白流苏的故事，但倪可和小至的故事已经完全不是了。所以，同样是发明自己时代的"自己的文明"，甚至对于都市乌托邦的想象都差不多，如果在"新市民小说"中，她们的物质乌托邦还是诗意的、克制的，那么在《上海宝贝》和《彼岸花》中，她们则可谓已经无所不用其极了。有研究表明："1998 年、1999 年，上海酒吧迎来了它的黄金岁月，一个标志性的事件就是衡山路酒吧一条街的崛起。衡山路这条承继了丰厚的历史遗产，又堆砌了过多的关于历史的想象的马路，在短短两三年时间里从纯居住性的街区迅速转变为繁华的商业街区。"① 相应地，写于同一时期的《上海宝贝》里的城市空间，几乎构成了一幅上海酒吧地图。她们以西方发达都市作为想象的目的地，"恋物癖"和"拜物教"式地迷恋都市浮华。她们的小说中描述的都市的物质层面，就像一部"时尚指南"。20 世纪 90 年代，这些小说再造"上海摩登"，不是简单地回归，而是对新都市和

---

① 包亚明：《导论：都市文化研究与上海酒吧》，包亚明、王宏图、朱生坚：《上海酒吧——空间、消费与想象》，江苏人民出版社 2001 年，第 8 页。

新阶层的想象性再造。富有意味的是，从表面来看"新市民小说"的价值内核和同一时代的"人文精神"讨论，前者正是后者所反对和批判的，但两者的倡导者又多有交集。如何理解这两者之间的关系？参与其中的周介人对它们的逻辑线索有过阐发：

> 可能是"人文精神"话题的确触及到了文学生命体的某些穴位，后来便见许多报刊接过了这个话题。这其中，有些议论深化了这个话题，例如王蒙认为：媚俗固然不好，媚雅就好吗？纯洁可以作为要求自己的尺子，但要文坛纯洁，就有走向专断的危险；崇高是一种美，但美不全是崇高等等，就非常有启发性。然而，也有一些议论则把原先是一个从实际出发的话题，变得玄秘而虚空，以致有一次学界前辈徐中玉先生对我感叹：什么是人文精神？越弄越糊涂了！还有个别的论者则视争论为争吵，把一个可以具有生产性与建设性的话题，变成了纯粹消费性，宣泄性甚至表演性的话匣子。既然"人文精神"已经变得面目全非，那么我们只得向这个老话题告别了。①

"人文精神"讨论的发起本是针对当下语境的"文学的危机"，最终走向"玄秘而虚空"，显然有违发起者的初衷。比如陈思和从知识分子的岗位意识和自身的精神建设问题出发，主编"火凤凰"文库和新批评文丛，他是带着他的"民间"观参与讨论的。和"人文精神"的讨论几乎同时，他连续发表了《民间的

---

① 周介人：《最近的话题》，原载《上海文学》1995年第5期，后略作增改，收入周介人、陈保平主编：《几度风雨海上花》，上海三联书店1996年，第192—195页。

浮沉》(《上海文学》1994年第1期)、《民间的还原》(《文艺争鸣》1994年第1期)、《民间和现代都市文化——兼论张爱玲现象》(《上海文学》1995年第10期)等。所以,"张爱玲"被重读和再发现,其实是呼应了上海20世纪90年代新都市的现实图景。周介人认为:

> 上海的作家与评论家中,最近也有一个热门的话题,那便是张爱玲与苏青。这二位40年代的海上女作家之所以为90年代的海上文人重新关注,并不是因为她们的"主义""信仰"正确,"品行"纯洁,而仅仅是由于她们当年的作品至今仍散发出艺术的魅力。
>
> ……
>
> 所以,今天有些作家在学张爱玲,有些电影在改编张爱玲旧作,比较容易的是一把抓住了其中的男女情爱故事,但渗透在故事中的那种零零碎碎的折磨,那种在局外人看来像是生命的浪费,在局内人自己却觉得是生死攸关的心血战的体验;还有人物间既交心又隔肚皮的相互摸索,相互靠拢又相互躲开的历程;还有在奢华的排场中透出来的素朴的苍凉等等,这些只有将人生之壳敲开才能获取的"核",如不备深刻的洞察力,都是不易学得的。另外,张爱玲对旧上海的生活气氛的渲染也是令今天的我们折服的。这不仅仅是"怀旧",还因为相隔半个世纪之后,有"似曾相识燕归来"的意思。但张爱玲对饮食,起居、服饰、礼仪、社交应对等的兴趣,并不仅为在作品中渲染某种气氛,而是因为她的灵魂中除此便少了一份依托。正如王安忆在一篇文章中所说:"张爱玲也是能领略生活细节的,可那是当作救命稻草的,

好把她从虚空中领出来，留住。"

......

　　要写好上海人，写出上海的都市味，在文学史上，主要是有两条艺术路子，一条是从茅盾《子夜》到周而复《上海的早晨》写上海这座城市飞扬的社会变革生活的路子；另一条便是张爱玲，苏青写上海日常的、安稳的市民世俗生活的路子。我们过去不太谈这第二条路子，认为把人生写得太琐碎，没有力度。到了改革开放的今天，我们突然发现，生活原本是非常琐碎的，对付这琐碎的生活，不仅需要力，还需要悉心做人，能够应付，不可失掉以生计为重的平常心等等。因此，我们便开始感到了张爱玲与苏青的"实用"。张爱玲与苏青是带有浓重的上海女人的"枝枝节节"味道的，希望到了我们手中，这枝枝节节上能多开一点花，而不要让它枯萎。①

　　周介人的这篇《编者的话》发表在《上海文学》1995年第5期，正是"新市民小说"征文时间过半之时，他以如此长的篇幅从"人文精神"讨论谈到张爱玲、苏青的"似曾相识燕归来"，显然是有所针对的，进而，《上海文学》的第10期，在"新市民小说"征文临近结束的时候，总结出"阶级斗争—革命范式"与"唤醒民众—启蒙范式"之外的"民间—市民范式"。这种"民间—市民范式"的观点，其出场背景是：

_____

① 周介人：《最近的话题》，原载《上海文学》1995年第5期，后略作增改收入周介人、陈保平主编：《几度风雨海上花》，上海三联书店1996年，第192—195页。

"启蒙范式"的内在矛盾——主要是无根与寻根的矛盾，抽象信仰与真切体验的矛盾——日趋明显，创作愈发圈子化、书斋化、理念化，覆盖面呈萎缩之势；另一部分搞文体启蒙的先锋作家又率先转向，冲出内心感受而热衷于叙述历史的与现实的世俗层面的故事。其社会背景则是中国社会由意识形态型向市场经济型的根本转型，都市化已成为从沿海到内陆的经济文化趋势。由此，"民间—市民范式"在文坛之复出便是水到渠成了。①

　　《上海文学》指出的"民间—市民范式"这样的登场背景当然没有问题，但有一点还需要强调，那就是"唤醒民众—启蒙范式"和"民间—市民范式"的主体其实都是现代城市知识分子，但在两种范式里，知识分子的立场、姿态和位置有着差别。前者是居高临下式的，而后者则是"在民间"式的。当然，民间，尤其是现代都市民间是复杂的，新感觉派作家和张爱玲分享的又是不同的民间。就 20 世纪 90 年代上海而言，也是这样。有研究者曾经指出上海都市文化的两歧性，这种两歧性体现在城市人的气质上，一种是布尔乔亚文化和波希米亚文化。张爱玲近前者，而新感觉派作家和同时代的亭子间左翼作家近后者。亭子间作家并不都是左翼作家，亭子间左翼作家和新感觉派作家的波希米亚气质也有差异，左翼作家批判现代都市有强烈的政治性，而新感觉派作家则从都市人的孤独、陌生和边缘体验到都市对人的异化，更多是审美现代性意义上的批判。

　　如果细分 20 世纪 90 年代的上海作家，卫慧和棉棉因其另

────────────

①《编者的话》，《上海文学》1995 年第 10 期。

类、边缘、出位地挑战主流体系和社会秩序，无论是小说人物，还是日常生活，都呈现出青年亚文化的"反社会性"异端的"酷"和"怪异"，可以称为"剧烈的波希米亚"，而安妮宝贝则以其幽闭的方式和社会"非暴力不合作"，可以称为一种"轻型的波希米亚"。"轻型的波希米亚"其实是波希米亚和布尔乔亚的结合体。"新市民小说"的那些女作家往往都是有布尔乔亚式想象的，因为在她们写作"新市民小说"的20世纪90年代，作为年轻的都市女性写作者，她们还没有在真正意义上成为中产阶级。一直到世纪之交，她们一般还被称为"小资"。

这中间除了小说，还应包括主阵地不在上海而在广州的所谓"小女人散文"。1995年，上海人民出版社出版的"都市女性随笔"被研究界认为是"小女人散文"集结的一个重要标志。1996年第3期《广州文艺》"小女人散文特辑"编者按认为，从谱系看："小女人乃产于广东，她们红将起来，却先是在大老远的沪上。"[①]"小女人散文"和上海的勾连应该和张爱玲、苏青等的散文再发现有关。张念描写作为"时尚与视觉符号"的"上海女人"时，就用了"大上海，小女人"做了文章的题目。[②]"小女人散文"是一种自我命名，但大众传媒和研究界往往聚焦在其小和琐碎上。这种小和琐碎也不专属于"小女人散文"。王安忆在"小女人散文"成气候之前，借谈余秋雨的散文批评"今天的散文真是糟透了。不知是我们对散文的定义错了。还是散文本来就不是个东西。它给我们带来有害的空气，风花雪月。它充满对生

---

①《广州文艺》编者按，参见《广州文艺》1996年第3期。
② 张念：《大上海 小女人》，《黄金时代》2007年第4期。

活的浅释，使我们回避庄重严肃的本质"。① 但女性自甘其
"小"，区别于文学传统和现实写作的"大"，与都市崛起和新都
市女性群体的出现存在关联性。而且，"小女人散文"和20世纪
90年代后期都市生活类报刊专栏的复兴亦有很大关系。因此，
和"新市民小说"一样，它的写作者和期待读者都是所谓的白领
阶层，也只有在后者中间才有所谓的新的自觉的女性意识。在物
质主义和消费主义被媒体"高举"的背景下，都市自然成为"小
女人散文"和"新市民小说"的温床。

这些"小资"写作者也不一定专指女性写作者，也可能是像
沈宏非、王宏图这样的男性作家。他们也不一定专门为传统的文
学期刊写作，《申江服务导报》《上海壹周》《外滩画报》等等的
专栏也是他们的天下。和王安忆这些写上海的前辈作家不同，都
市不只是他们写作的对象，也是需要在此间通过他们自己的写作
发明和生产出的"自己的文明"。因此，这些20世纪90年代上
海的新都市新作者，他们的写作也在发明和塑造自己的"小
资"/白领/近中产阶级的阶层形象。只有明乎此，我们才能理解
为什么他们的写作和"小资"同时走红。应该看到，和《上海摩
登》的时代不同，一方面，全球化时代跨国资本主义时期，资本
取代军事侵略，对第三世界（后发展）国家的影响愈演愈烈，被
世界主义激发的个人欲望、想象、幻觉，和坚硬的现实之间的沟
壑越来越大，冲撞也越来越激烈；另一方面，不像20世纪30年
代上海的新感觉派作家等"纨绔子弟"（"浪荡子"），或者像张爱

---

① 王安忆：《余秋雨的散文》，原载《新民晚报》1993年4月15日，参见萧朴编
　《感觉余秋雨》，文汇出版社1996年，第1页。

玲那样有家族余荫提供庇护，90年代的上海"小资"写作者的写作，就是都市里残酷的个人奋斗。因而，和20世纪三四十年代的"上海摩登"相比，90年代再造上海摩登，有着更多的个人失败者的故事，就像陈思和所指出的："在90年代的新的意识形态话语笼罩下，全民性的追逐财富的假象掩盖了个体与现实的严重对立，欲望似乎是共同的社会追求。不能说卫慧她们没有焦虑，但那是另一种意义上的焦虑。如《像卫慧那样疯狂》里一再提示的她们面临的困境：'过去的已过去，现在的还不属于自己，未来的却更不可知。'欲望越追求越遥远而生出耻辱与虚无的痛感，以致对自身的无归属感产生无穷无尽的焦虑。我们不能为作家预设如何的焦虑才有意义，作家也只能从自己与生俱来的痛感出发才能找到自己的个性。"①

---

① 陈思和：《"现代都市社会的欲望"文本——以卫慧和棉棉的创作为例》，陈思和：《谈虎谈兔》，广西师范大学出版社2001年，第226页。

结　语

本研究将 20 世纪八九十年代的上海复兴理解成某种意义上的再造上海摩登，认为这一时期的上海和李欧梵《上海摩登》中的 1930—1945 年的上海，构成了互为镜像的"上海"和"上海"的双城记。如我们的研究指出的，李欧梵对 20 世纪 30 年代上海的发现和勘探，起点是为施蛰存主编的《现代》及其中国现代主义文学的生成寻找理由。关于实验性现代主义文学作为"城市的艺术"的表现，20 世纪 30 年代的上海提供了一个欧美之外的典型案例。

在欧美之外的上海，能够产生出可以与世界现代主义文学比肩对话的现代主义文学，上海的都市性自然会被纳入观察的视野。李欧梵从卡林内斯库的《现代性的五副面孔》和本雅明的《发达资本主义时代的抒情诗人》得到启示，转而辨识出施蛰存小说中的色、幻、魔，刘呐鸥和穆时英小说中的脸、身体和城市，邵洵美和叶灵凤小说中的颓废和浮纨，以及张爱玲小说中的都会传奇。其实这些都是 20 世纪三四十年代上海都市文学的几副面孔。值得注意的是，李欧梵的《上海摩登》虽然是为中国现代主义找寻理由，但它具体论述的作家其实已经溢出了预设的现代主义文学疆域，尤其是张爱玲。当然，张爱玲的小说不能说和现代主义完全没有关系，但它们更贴切的定位还是应该放在都市新市民文学或者鸳鸯蝴蝶派文学、海派文学的文学史谱系中。《上海摩登》第一章讨论的"都市文化的背景"的四个方面，其中"印刷文化与现代性建构"部分可以讨论的内容甚广，李欧梵的话题集中在《东方杂志》、教科书、文库、《良友》、广告和月份牌，加上单独一章"上海电影"，关涉的应该是现代性建构和市民文化。电影和李欧梵选择性的印刷文化想象地建构了一个上海都市的新市民阶层。因此，1930—1945 年的上海现代主义文学和新市民文学有着相当的亲缘性。但是，"上海复兴"时期以"海上诗群""先锋小说"和沙叶新、张献的探索戏剧等为代表的实验性先锋文学，却是疏离大众的少数精英的"极端主义"文学。先锋文学和新市民文学在两个上海阶段的合与分，是不同的都会语境使然。

20 世纪 30 年代，"东方巴黎"上海作为世界资本主义地理版图上的一个重要城市地标，自然不只在于其城市营建和空间生产，也不只在于其工商业和城市消费，它的文化和文学也是在同一共振带上的。因此，20 世纪 30 年代的上海成为实验性现代主义城市不是偶然，而是世界现代主义文学地图的一部分。有研究认为，欧洲现代主义的繁荣是从 19 世纪末到 20 世纪 30 年代，"在这以后，由于历史愈来愈吸引着知识分子，由于失去了目的和社会联系，以及技术变革的速度加快，现代性成了可以简明描述的可见场景，而且由于世界的萧条逐渐把政治和经济决定论带回思想中，现代主义的某些成分又似乎得到了重新评价。"[1] 这样看来，现代主义的消歇其实是世界性的，这也可以证明1930—1945 年的中国处于"一个世界主义时代"。

和论述上海市民文化的启蒙产业与新市民文学之间的关系相比，李欧梵对现代主义和上海都市性之间关系的论证并不充分。其实他恰恰应该从世界主义都市和"冒险家乐园"的角度，证明

---

[1]【英】马尔科姆·布雷德伯里、【英】詹姆斯·麦克法兰编：《现代主义》，胡家峦等译，上海外语教育出版社 1992 年，第 38 页。

上海和 20 世纪 20 年代末到 30 年代早期的现代主义兴盛之间的关系，就像考察巴黎那样：巴黎之所以成为 20 世纪 20 年代现代主义文学的中心，是因为巴黎是"逃亡者、宽容忍让的、波希米亚式豪放不羁的生活方式的源泉"，而当巴黎变得"文雅、宽容、狂热、活跃、激进而又节制"之后，"从某种程度上说，在第二次世界大战之后，只有纽约才能继承巴黎的地位"。① 在这一点上，李欧梵恰恰不该把亭子间左翼作家和他们当时的新兴文学排斥到"上海摩登"之外。在一定意义上，这些确实是 20 世纪 30 年代"上海摩登"的重要建构力量。正是上海作为马赛克城市的混杂、混居和混乱的城市性，才促成了现代主义在中国的回响，仅仅论证"上海摩登"的商业化和消费性，是难以揭示其复杂性和多面向的特征的。

在李欧梵提供的都市文化背景中，20 世纪八九十年代的上海复兴时期，最先得到复兴和再造的上海摩登是"书刊里发现的文学现代主义"，可能还包括电影的都会语境（关于 20 世纪 80 年代上海电影的都会语境，有待进一步考察）。对于上海而言，"文本置换"在 20 世纪 80 年代远比 1930—1945 年来得复杂，20 世纪 80 年代不只是对同时代世界文学的"文本置换"，还涉及对更长时段世界现代主义文学和中国现代文学的"文本置换"。发生在 20 世纪 80 年代上海的"文本置换"是上海复兴的前锋，它提前促成了上海与马赛克世界地图的重合。除了"文本置换"，20 世纪 80 年代上海城市空间提供给现代主义文学的是小范围的

① 【英】马尔科姆·布雷德伯里、【英】詹姆斯·麦克法兰编：《现代主义》，胡家峦等译，上海外语教育出版社 1992 年，第 82—83 页。

文艺社群的"飞地"。对城市空间非均质的"飞地"的宽容，可以从 20 世纪 80 年代改革开放的时代语境中找到原因。对上海而言，这肯定和上海的现代性和都市性脱不了关系，而且其对应的 80 年代正处于上海"文本置换"的盛大场景中。因为这诸种原因的合力，20 世纪 80 年代的上海文艺社群占有的城市飞地得以在马赛克城市上海存在。这些飞地造就了 20 世纪 80 年代上海现代主义文学的"海上蜃景"。值得注意的是，这些文艺飞地从精神气质上致敬着 20 世纪前中期的世界现代主义大城市巴黎、柏林、维也纳、布拉格、伦敦、芝加哥和纽约，以及 1930—1945 年的上海。上海 80 年代的现代主义文学似乎证明，现代主义文学的城市并不必然是同时代的文化和政治中心。大学、出版、文学期刊也可以造就想象性的文化中心，聚集起波希米亚的文学社群和文学"飞地"。就整个城市而言，80 年代上海的都市性和现代主义并不对等。而且，在世界范围内，20 世纪 80 年代，现代主义文学早已不是潮流，此际发生在中国的现代主义文学，无论是翻译还是创作，正是因为时间上的非对等性，其源自发达资本主义城市的现代主义情绪不是体验性的，其现代主义主题自然也不是原生经验的，其所谓现代主义文学，更多是一种文学观念的补课和技术的模仿，已经很难产生如 20 世纪 30 年代上海现代主义文学那样的"几副面孔"了。

20 世纪 90 年代，上海进入了通过都市重建、跨国资本引进、上海怀旧、新市民阶层形成等方面全方位再造上海摩登的时期，这也是李欧梵所想象的上海全面复兴时期。事实上，真正的精神和审美共同建构的现代主义也有它的历史时刻。20 世纪 30

年代的上海就处于那一历史时刻。相比较而言，20世纪90年代的上海，在城市气质上越来越接近李欧梵所描述的消费主义的上海摩登，那些体现在波希米亚精神上的反叛性和边缘性，经过城市时尚改造和包装，也成为城市时尚的一部分。因此，20世纪90年代的"摩登"上海自然迎来了"新市民小说"的黄金时代。"新市民文学"关心的往往是上升期的新市民阶层的一己之私，缺乏历史感和现实深度，甚至小说的场景也从弄堂日常生活转移到城市公共空间的写字楼、咖啡馆、酒吧和酒店。新市民小说之新，在于它们是全球化跨国资本主义时代的欲望故事。20世纪八九十年代文学的再造上海摩登，在现代主义文学和新市民小说方面，严格意义上并没有产生多少经典性文本。事实上，20世纪30年代，李欧梵视野中的"现代文学的想象"更多是城市知识分子与新市民心态和心理症候式的写作。进而，我们的研究提出一个问题：上海这座完整地遭遇了中国现代性的城市，一座近现代具体而微的中国城市，为什么没有产生堪与这座伟大城市匹配的伟大文学？

王安忆是20世纪八九十年代上海值得研究的经典作家。自20世纪80年代中后期，尤其是《纪实和虚构》《长恨歌》之后，她持续地寻根上海和重述历史，包括对李欧梵意义上的上海摩登的当代流向和命运进行了田野调查式的勘探和精准的现实主义书写。值得注意的是，王安忆续写和再造上海摩登，从来都是在历史和现实的复杂性中展开。在一定意义上，她小说创作最有价值的部分，已经构成了一部个人的、微观的上海城市史诗。

2003年10月31日的《东方早报》以160个版面描写了上海

的动力、人文、细节和创意四副面孔。这一期《东方早报》的总标题是《160 年：上海青春的秘密和成长（1843—2003）》。160年，几乎与中国现代性进程等长，也几乎与上海近现代城市史等长。160 年，对一个城市的文明史而言，确实仍刚刚走到"青春"。

附　录

所涉作家、作品（集）

安妮宝贝：《告别薇安》，中国社会科学出版社 2000 年。

安妮宝贝：《八月未央》，作家出版社 2001 年。

巴金：《探索集》，人民文学出版社 1981 年。

巴金：《真话集》，人民文学出版社 1983 年。

巴金：《病中集》，人民文学出版社 1984 年。

巴金：《无题集》，人民文学出版社 1986 年。

陈丹燕：《心动如水》，上海文艺出版社 1993 年。

陈丹燕：《遥远地方的音乐声》，文汇出版社 1996 年。

陈丹燕：《纽约假日》，上海文艺出版社 1996 年。

陈丹燕：《独自狂舞》，上海文艺出版社 1996 年。

陈丹燕：《公家花园》，作家出版社 2009 年。

陈丹燕：《公家花园的迷宫》，上海文艺出版社 2014 年。

陈丹燕：《外滩的影像与传奇》，上海文艺出版社 2014 年。

陈丹燕：《上海的风花雪月》，上海文艺出版社 2015 年。

陈丹燕：《上海的红颜遗事》，上海文艺出版社 2015 年。

陈丹燕：《上海的金枝玉叶》，上海文艺出版社 2015 年。

陈丹燕：《成为和平饭店》，上海文艺出版社 2020 年。

陈丹燕：《陈丹燕的上海》，上海文艺出版社 2020 年。

陈东东：《词的变奏》，东方出版中心 1997 年。

陈东东：《黑镜子》，北京邮电大学出版社 2014 年。

陈东东：《略多于悲哀：陈东东四十年诗选（1981—2021）》，上海三联书店 2023 年。

程乃珊：《女儿经》，花城出版社 1988 年。

程乃珊：《金融家》，上海文艺出版社 1990 年。

程乃珊：《山水有相逢》，上海文艺出版社 1999 年。

程乃珊：《洪太太》，上海文艺出版社 2019 年。

程乃珊：《蓝屋》，上海文艺出版社 2019 年。

戴厚英：《人啊，人！》，花城出版社 1980 年。

丁丽英：《时钟里的女人》，上海文艺出版社 2001 年。

傅星：《怪鸟》，上海文艺出版社 2018 年。

黄宗英：《我公然老了》，文汇出版社 1996 年。

京不特：《同驻光阴》，学林出版社 1994 年。

姜丰：《爱情错觉》，浙江文艺出版社 1996 年。

姜丰：《情人假日酒店》，作家出版社 1996 年。

姜丰：《1998 年的爱情》，江苏文艺出版社 2000 年。

姜丰：《玫瑰心》，中国文联出版社 2001 年。

姜丰：《相爱到分手》，中国文联出版社 2001 年。

金宇澄：《繁花》，上海文艺出版社 2014 年。

李春平：《上海是个滩》，上海文艺出版社 1996 年。

李劼：《丽娃河》，内蒙古人民出版社 1999 年。

李其纲：《股潮》，上海文艺出版社 1996 年。

李肇正：《无言的结局》，百花文艺出版社 1997 年。

陆忆敏：《出梅入夏 陆忆敏诗集 1981—2010》，北岳文艺出版社 2015 年。

陆星儿：《一撇一捺的人》，文汇出版社 1996 年。

马长林：《老上海城记：弄堂里的大历史》，上海锦绣文章出版社 2010 年。

棉棉：《盐酸情人》，上海三联书店 2000 年。

棉棉：《糖》，中国戏剧出版社 2000 年。

南妮：《花如情人》，文汇出版社 1996 年。

南妮：《所谓女人》，上海文化出版社 2002 年。

潘向黎：《无梦相随》，上海书店出版社 1998 年。

潘向黎：《纯真年代》，东方出版社 1998 年。

潘向黎：《轻触微温》，上海文艺出版社 2001 年。

潘向黎：《白水青菜》，山东文艺出版社 2007 年。

任晓雯：《飞毯》，上海文艺出版社 2006 年。

任晓雯：《她们》，江苏文艺出版社 2006 年。

任晓雯：《好人宋没用》，北京十月文艺出版社 2017 年。

任晓雯：《浮生二十一章》，北京十月文艺出版社 2019 年。

沙叶新：《耶稣·孔子·披头士列侬》，上海文艺出版社
1989 年。

沈西蒙等：《霓虹灯下的哨兵》，解放军文艺出版社 1963 年。

宋琳等：《城市人》，学林出版社 1987 年。

宋琳：《俄尔甫斯回头》，北京大学出版社 2014 年。

苏青：《结婚十年》，漓江出版社 1987 年。

孙颙：《烟尘》，上海文艺出版社 1996 年。

孙甘露：《呼吸》，花城出版社 1993 年。

孙甘露：《访问梦境》，长江文艺出版社 1993 年。

孙甘露：《在天花板跳舞》，文汇出版社 1997 年。

孙甘露：《上海的时间玩偶》，学林出版社 2003 年。

孙甘露：《忆秦娥》，中国文联出版社 2003 年。

孙甘露：《比缓慢更慢》，百花文艺出版社 2004 年。

孙甘露：《上海流水》，上海书店出版社 2006 年。

孙甘露：《我又听到了郊区的声音》，华东师范大学出版社
2021 年。

孙甘露：《千里江山图》，上海文艺出版社 2022 年。

施蛰存：《沙上的脚印》，辽宁教育出版社 1995 年。

沈嘉禄：《上海皮壳》，上海辞书出版社 2011 年。

唐颖：《美国来的妻子》，上海远东出版社 1995 年。

唐颖：《丽人公寓》，上海书店出版社 1998 年。

唐颖：《多情一代男》，作家出版社 2001 年。

唐颖：《无性伴侣》，作家出版社 2001 年。

唐颖：《纯色的沙拉》，上海文艺出版社 2001 年。

唐颖：《红颜》，上海文艺出版社 2006 年。

唐颖：《上东城晚宴》，浙江文艺出版社 2017 年。

唐颖：《家肴》，江苏凤凰文艺出版社 2019 年。

唐颖：《个人主义的孤岛》，上海文艺出版社 2021 年。

王安忆：《海上繁花梦》，花城出版社 1989 年。

王安忆：《流水三十章》，上海文艺出版社 1990 年。

王安忆：《米尼》，江苏文艺出版社 1990 年。

王安忆：《纪实和虚构》，人民文学出版社 1993 年。

王安忆：《长恨歌》，作家出版社 1995 年。

王安忆：《人世的浮沉》，文汇出版社 1996 年。

王安忆：《我爱比尔》，南海出版公司 2000 年。

王安忆：《富萍》，湖南文艺出版社 2000 年。

王安忆：《寻找上海》，学林出版社 2001 年。

王安忆：《忧伤的年代》，新世界出版社 2002 年。

王安忆：《桃之夭夭》，上海文艺出版社 2003 年。

王安忆：《现代生活》，云南人民出版社 2002 年。

王安忆：《流逝》，春风文艺出版社 2002 年。

王安忆：《启蒙时代》，人民文学出版社 2007 年。

王安忆：《天香》，人民文学出版社 2011 年。

王安忆：《"文革"轶事》，上海文艺出版社 2013 年。

王安忆：《匿名》，人民文学出版社 2015 年。

王安忆：《王安忆的上海》，生活、读书、新知三联书店 2016 年。

王安忆：《王安忆自选集》，天地出版社 2017 年。

王安忆：《小说与我》，广西师范大学出版社 2017 年。

王安忆：《成长初始革命年》，译林出版社 2019 年。

王安忆：《一把刀，千个字》，人民文学出版社 2021 年。

王安忆：《儿女风云录》，人民文学出版社 2024 年。

王晓玉：《我要去远方》，文汇出版社 1996 年。

王晓鹰：《前巷深后巷深》，文汇出版社 1996 年。

王唯铭：《欲望的城市》，文汇出版社 1996 年。

王寅：《王寅诗选》，花城出版社 2005 年。

王寅：《刺破梦境》，古吴轩出版社 2005 年。

王周生：《笑过的印记》，文汇出版社 1996 年。

卫慧：《蝴蝶的尖叫》，湖南文艺出版社 1999 年。

卫慧：《上海宝贝》，春风文艺出版社 1999 年。

卫慧：《卫慧作品全编》，漓江出版社 2000 年。

吴亮：《城市笔记》，浙江文艺出版社 1990 年。

吴亮：《城市伊甸园》，上海文艺出版社 1993 年。

吴亮：《城市伊甸园：漫游者的行踪》，上海文艺出版社 1993 年。

吴亮：《另一个城市》，重庆大学出版社 2009 年。

吴亮：《不存在的信札》，长江文艺出版社 2020 年。

吴正：《上海人》，浙江文艺出版社 1987 年。

西飏：《青衣花旦》，中国华侨出版社 2000 年。

西飏：《河豚》，花山文艺出版社 2001 年。

夏商：《香水有毒》，湖北教育出版社 2000 年。

项慧芳：《上海老城厢、龙华与徐家汇寻旧》，人民文学出版社 2017 年。

项慧芳：《上海英租界寻旧》，人民文学出版社 2017 年。

项慧芳：《上海美法租界寻旧》，人民文学出版社 2017 年。

须兰：《思凡》，文汇出版社 1996 年。

徐蕙照：《水魇》，上海文艺出版社 1996 年。

许德民：《人兽共患病》，学林出版社 1989 年。

许德民：《时间只剩下一棵树》，上海文艺出版社 1989 年

殷慧芬：《纪念》，文汇出版社 1996 年。

殷慧芬：《欲望的舞蹈》，上海文艺出版社 1993 年。

俞天白：《大上海沉没》，人民文学出版社 1991 年。

俞天白：《大上海漂浮》，上海文艺出版社 1994 年。

俞天白：《金环套》，上海文艺出版社 1996 年。

俞天白：《大都会》，人民文学出版社 1997 年。

张爱玲：《怨女》，海峡文艺出版社 1987 年。

张爱玲：《惘然记》，花城出版社 1997 年。

张旻：《犯戒》，中国华侨出版社 1996 年。

张旻：《情》，华艺出版社 1995 年。

张旻：《自己的故事》，作家出版社 1995 年。

张生：《刽子手的自白》，中国华侨出版社 2000 年。

张姚俊：《老上海城记：河与桥的故事》，上海锦绣文章出版社 2010 年。

周佩红：《你的名字是什么》，文汇出版社 1997 年。

周嘉宁：《荒芜城》，上海人民出版社 2013 年。

周嘉宁：《密林中》，广西师范大学出版社 2015 年。

张怡微：《细民盛宴》，人民文学出版社 2017 年。

朱大可：《先知》，东方出版社 2013 年。

陈思和主编：《逼近世纪末小说选 1990—1993》，上海文艺出版社 1995 年。

程德培、吴亮编：《探索小说集》，上海文艺出版社 1986 年。

程永新编：《中国新潮小说选》，上海社会科学院出版社 1989 年。

金宏达、于青编：《张爱玲文集》（第 1—4 卷），安徽文艺出版社 1992 年。

李陀、冯骥才编：《当代短篇小说 43 篇》，四川文艺出版社 1985 年。

老木编选：《新诗潮诗集》（上、下），北京大学五四文学社未名湖丛书编委会 1985 年。

刘征泰等：《上海风情》，上海三联书店 1988 年。

毛时安主编：《百年留守》，汉语大词典出版社 1996 年。

《上海文学》编辑部选编：《归去来——〈上海文学〉小说选》，漓江出版社 1987 年。

上海文艺出版社编：《探索小说集》，上海文艺出版社 1986 年。

上海文艺出版社编：《探索戏剧集》，上海文艺出版社 1986 年。

收获文学杂志社编：《收获年轮》，复旦大学出版社 2013 年。

收获文学杂志社编：《绘本收获》，复旦大学出版社 2013 年。

收获文学杂志社编：《大家说收获》，复旦大学出版社 2013 年。

唐晓渡、王家新编选：《中国当代实验诗选》，春风文艺出版社 1987 年。

唐晓渡选编：《灯芯绒幸福的舞蹈：后朦胧诗选萃》，北京师范大学出版社 1992 年。

汤伟康、朱大路、杜黎编：《上海轶事——一本书把旧上海的真实面貌——重现在读者面前》，上海文化出版社 1987 年。

万夏、潇潇主编：《后朦胧诗全集：中国现代诗编年史》（上、下卷），四川教育出版社 1993 年。

王安忆主编：《上海街情话》，上海文艺出版社 2003 年。

王安忆、任仲伦主编：《上海作家作品双年选 2001—2002》（散文杂文卷），上海文艺出版社 2003 年。

王安忆、任仲伦主编：《上海作家作品双年选 2001—2002》（外国文学卷），上海文艺出版社 2003 年。

王安忆、任仲伦主编：《上海作家作品双年选 2001—2002》（诗歌卷），上海文艺出版社 2003 年。

王安忆、任仲伦主编：《上海作家作品双年选 2001—2002》（小说卷上），上海文艺出版社 2003 年。

王安忆、任仲伦主编：《上海作家作品双年选 2001—2002》（小说卷下），上海文艺出版社 2003 年。

王安忆、任仲伦主编：《上海作家作品双年选 2001—2002》（理论卷），上海文艺出版社 2003 年。

吴亮、程德培编：《新小说在 1985》，上海社会科学院出版社 1986 年。

吴立昌编：《施蛰存心理小说》，上海文艺出版社 2018 年。

徐敬亚等编：《中国现代主义诗群大观 1986—1988》，同济大学出版社 1988 年。

徐剑艺主编：《新都市小说选》，浙江文艺出版社 1993 年。

于青、晓蓝、一心主编：《苏青文集》（上），上海书店出版社 1994 年。

严家炎编选：《新感觉派小说》，人民文学出版社 1985 年。

袁可嘉、董衡巽、郑克鲁选编：《外国现代派作品选》（第一册上、下），上海文艺出版社 1980 年。

袁可嘉、董衡巽、郑克鲁选编：《外国现代派作品选》（第二册上、下），上海文艺出版社 1981 年。

袁可嘉、董衡巽、郑克鲁选编：《外国现代派作品选》（第三册上、下），上海文艺出版社 1984 年。

袁可嘉、董衡巽、郑克鲁选编：《外国现代派作品选》（第四册上、下），上海文艺出版社 1985 年。

周介人、陈保平主编：《都市消息》，生活、读书、新知三联书店 1996 年。

周介人、陈保平主编：《手上的星光》，生活、读书、新知三联书店 1996 年。

朱伟编：《中国先锋小说》，花城出版社 1990 年。

参考文献

一、报刊论文

[德] 爱德伍特·奎格、童明：《北京、上海、广州城市公共空间的三城记》，《时代建筑》2002 年第 3 期。

北新：《一次热烈而有益的座谈》，《诗刊》1987 年第 6 期。

柏桦：《旁观与亲历：王寅的诗歌》，《江汉大学学报（人文科学版）》2008 年第 6 期。

柏桦：《优雅而瘦削的漫游——论王寅的诗歌》，《青年作家》2009 年第 1 期。

毕旭玲：《21 世纪初上海城市民俗文化的新发展》，《上海文化》2013 年第 10 期。

蔡翔：《有关"杭州会议"的前后》，《当代作家评论》2000 年第 6 期。

蔡翔：《到死未消兰气息》，《书城》2009 年第 8 期。

蔡兴水：《关于〈收获〉的一组谈话》，《新文学史料》2003 年第 1 期。

陈东东：《"人并不绝对需要一座都市"》，《文学报》2014 年 11 月 13 日。

陈东东：《弄堂记忆：六十年代末屑》，《花城》2020 年第 6 期。

陈东东：《时间：1985—1994》，《作家》1995 年第 7 期。

陈方竞：《新兴都市上海文化·报刊出版·新小说流变——清末民初上海小说论》，《福建论坛（人文社会科学版）》2008 年第 9 期。

陈惠芬：《"文学上海"与城市文化身份建构》，《文学评论》2003 年第 3 期。

陈惠芬：《中国早期电影中的女性与上海大众文化》，《中国比较文学》2014 年第 2 期。

陈辽：《新时期首席女评论家李子云》，《齐鲁学刊》2012 年第 1 期。

陈平原、钱理群、吴福辉、赵园：《人文学者的命运及选择》，《上海文学》1993 年第 9 期。

陈思和、郜元宝、严锋、王宏图、张新颖：《当代知识分子的价值规范》，《上海文学》1993 年第 7 期。

陈思和：《杭州会议和寻根文学》，《文艺争鸣》2014 年第 11 期。

陈思和：《民间的浮沉——对抗战到"文革"文学史的一个尝试性解释》，《上海文学》1994 年第 1 期。

陈思和：《民间的还原——"文革"后文学史某种走向的解释》，《文艺争鸣》1994 年第 1 期。

陈思和：《民间和现代都市文化——兼论张爱玲现象》，《上海文学》1995 年第 10 期。

陈思和、杨庆祥：《知识分子精神与"重写文学史"——陈思和访谈录》，《当代文坛》2009 年第 5 期。

陈思和：《想起了〈外国文艺〉创刊号》，《博览群书》1998 年第 4 期。

陈思和：《复杂的叛逆性——现代海派文学的特点》，《郑州大学学报（哲学社会科学版）》2009 年第 1 期。

陈思和：《谈谈上海文化、海派文化和上海文学、海派文学——答

〈上海文化问〉》，《上海文化》2021 年第 1 期。

陈旭麓：《论海派》，《解放日报》1985 年 3 月 5 日。

陈志勤：《重塑"小世界"的"大上海"》，《社会科学报》2018 年 12 月 20 日。

程德培、白亮：《记忆·阅读·方法——程德培与新时期文学批评》，《南方文坛》2008 年第 5 期。

程德培：《我看吴亮》，《文学自由谈》1986 年第 1 期。

程光炜：《多元共生的时代——试论四十年代的文人集团》，《海南师范学院学报（社会科学版）》2003 年第 4 期。

程光炜：《小说探索浪潮中的批评家》，《文艺争鸣》2016 年第 10 期。

程光炜：《如何理解"先锋小说"》，《当代作家评论》2009 年第 2 期。

崔欣：《一本杂志和一座城市——浅析〈上海文学〉与上海书写》，《中国文艺家》2017 年第 3 期。

丁帆：《文学制度与百年文学史》，《当代作家评论》2016 年第 5 期。

戴翊：《社会阵痛与市民心态——评长篇小说〈大上海沉没〉》，《社会科学》1989 年第 7 期。

董国和：《〈上海文学〉的历史沿革》，《出版史料》2010 年第 2 期。

杜维明：《全球化与上海价值》，《史林》2004 年第 2 期。

杜信恩：《上海学研讨会闭幕词》，《上海大学学报（社会科学版）》1986 年第 1 期。

凤媛：《〈上海文学〉的都市想象：以 1990 年代为中心》，《文艺理论研究》2013 年第 4 期。

凤媛：《"比缓慢更缓慢"——孙甘露之于 90 年代以来先锋小说的转型》，《上海文学》2008 年第 9 期。

樊星：《当代"张爱玲热"与"小资情调"的演变》，《天津社会科学》2016 年第 4 期。

郜元宝：《一种新的上海文学的产生——以〈慢船去中国〉为例》，《文艺争鸣》2004年第1期。

格非：《师大忆旧》，《收获》2008年第3期。

格非：《李小林和〈收获〉杂志社》，《当代作家评论》1994年第2期。

葛红兵：《跨国资本、中产阶级趣味与当下中国文学》，《山花》2000年第3期。

葛亮：《"老上海"的前世今生——时尚文化与精英叙事的"怀旧"形态》，《学术月刊》2011年第9期。

顾渊颋：《一个时代的文化印记——20世纪50至70年代上海市第一百货商店的橱窗广告》，《公共艺术》2013年第6期。

桂兴华：《怎样发展"城市诗"——上海诗歌创作讨论会进行讨论》，《文学报》1986年4月17日。

龚丹韵：《重新打量"摩登上海"》，《解放日报》2015年4月10日。

郭春林：《当代先锋文学与都市现代主义——〈孙甘露研究资料集〉编后记》，《现代中文学刊》2013年第3期。

郭运恒、王安忆《"上海书写"中布尔乔亚情结的文化隐喻》，《小说评论》2010年第1期。

何平：《改革开放四十年文学：逻辑起点和阶段史建构》，《江苏社会科学》2018年第5期。

何平：《改革开放时代中国文学的命名、分期及其历史逻辑》，《南京社会科学》2020年第2期。

何平：《何为"我城"，如何"文学"》，《探索与争鸣》2011年第4期。

何平：《文学：上海青春的秘密和成长》，《上海文学》2015年第1期。

韩博：《文学培养了你看世界的方式——孙甘露访谈录》，《书城》2004 年第 11 期。

韩笑：《论王安忆上海题材小说的城市文化书写》，《文艺争鸣》2011 年第 18 期。

何顺民：《"城市"的重启：改革开放初期报纸之上海》，《新闻春秋》2019 年第 4 期。

何浩：《1980 年代袁可嘉重返现代主义的思想方式》，《中国现代文学研究丛刊》2014 年第 10 期。

何晶、李欧梵：《十六年后重新观察"摩登上海"》，《文学报》2015 年 4 月 16 日。

河西：《心灵之血和生存之暗：丁丽英短篇小说中的工具叙事》，《上海文化》2010 年第 1 期。

贺桂梅：《后/冷战情境中的现代主义文化政治——西方"现代派"和 80 年代中国文学》，《上海文学》2007 年第 4 期。

贺桂梅：《"纯文学"的知识谱系与意识形态——"文学性"问题在年代的发生》，《山东社会科学》2007 年第 2 期。

洪治纲：《我看七十年代出生的作家群》，《南方文坛》1998 年第 6 期。

侯丽、王宜兵：《大上海都市计划 1946—1949——近代中国大都市的现代化愿景与规划实践》，《城市规划》2015 年第 10 期。

胡端：《江南市镇与乡村关系变迁中的教育形塑与文化权势——以清至民国上海法华地区为例》，《史林》2019 年第 6 期。

胡霁荣：《改革开放 40 年来上海文化建设的回顾与展望》，《上海文化》2018 年第 12 期。

胡亮：《谁能理解陆忆敏》，《诗探索》2014 年第 7 期。

胡凌虹、孙甘露：《缓慢地铸造小说最险峻的风光》，《上海采风》

2014 年第 2 期。

胡桑：《隔渊望着人们：论陆忆敏》，《上海文化》2013 年第 1 期。

黄灿然：《王寅的裂变》，《读书》2005 年第 6 期。

黄发有：《"作协四大"的文学史考察》，《扬子江评论》2016 年第 3 期。

黄发有：《收获》与先锋文学，《当代作家评论》2014 年第 5 期。

黄秋宁：《论 1930 年代上海文化公共领域与审美意识形态之关系——读李欧梵〈上海摩登：一种新都市文化在中国〉》，《上海鲁迅研究》2012 年第 2 期。

黄颖：《城市发展中的文化自觉与文化创新——以"新天地"为例》，《城市问题》2007 年第 1 期。

黄安国：《开展"上海城市文化发展战略"研讨活动的动因》，《社会》1985 年第 6 期。

黄安国、魏承思、吴修艺、朱红：《宽松气氛下的"文化热"——上海文化发展战略研讨会述评》，《社会科学》1986 年第 6 期。

黄屏：《〈上海文学〉新时期办刊前后——兼怀钟望阳同志》，《上海文学》1987 年第 10 期。

季进：《作家们的作家——博尔赫斯及其在中国的影响》，《当代作家评论》2000 年第 3 期。

季凌霄：《从游戏场看近代上海的全球想象》，《史林》2017 年第 5 期。

姜红伟、宋琳：《大学与诗歌文化——宋琳访谈录》，《诗探索》2015 年第 7 期。

姜进：《断裂与延续：1950 年代上海的文化改造》，《社会科学》2005 年第 6 期。

金谷：《上海诗界探讨城市诗创作问题》，《诗刊》1986 年第 7 期。

敬文东：《灵魂在下边——张小波"权力三部曲"一解》，《现代中国文化与文学》2010 年第 1 期。

旷新年：《另一种"上海摩登"》，《中国现代文学研究丛刊》2004 年第 1 期。

李超：《卢湾之弧——相关上海城市历史记忆的文化地带调查》，《公共艺术》2014 年第 6 期。

李凤亮：《浪漫·颓废：都市文化的摩登漫游——李欧梵的都市现代性批判》，《宁夏社会科学》2006 年第 6 期。

李凤亮：《民族话语的二元解读——论李欧梵的文学现代性思想》，《文艺研究》2006 年第 6 期。

李今：《从理论概念到历史概念的转变和考掘——评〈摩登主义：1927—1937 上海文化与文学研究〉》，《中国现代文学研究丛刊》2011 年第 3 期。

李劼：《城市诗人与城市诗？——读〈城市人〉》，《诗刊》1989 年第 1 期。

李静、李陀：《李陀访谈——反思"纯文学"》，《上海文学》2001 年第 3 期。

李洁非：《新生代小说（1994—）》，《当代作家评论》1997 年第 1 期。

李杭育：《我的一九八四（之二）》，《上海文学》2013 年第 11 期。

李建春、丁丽英：《桂花树修剪的沉默——与丁丽英谈丁丽英》，《山花》2013 年第 8 期。

李建立：《新时期初期的"外国文学"形象——对〈外国文艺〉创刊号的研究》，《山西大学学报（哲学社会科学版）》2020 年第 1 期。

李萌羽、范开红：《1985：王蒙与〈人民文学〉》，《当代作家评论》2019 年第 3 期。

李楠：《1940 年代海派小说新旧融合的叙事传统》，《郑州大学学报

（哲学社会科学版）》2009 年第 1 期。

【美】李欧梵：《当代中国文化的现代性和后现代性》，《文学评论》1995 年第 5 期。

【美】李欧梵：《"我的时代早已过去了！"——文学大师施蛰存先生》，《当代作家评论》2004 年第 2 期。

【美】李欧梵：《从上海广告图片联想的二三事》，《广告大观》1999 年第 4 期。

【美】李欧梵：《当代中国文化的现代性和后现代性》，《文学评论》1999 年第 5 期。

【美】李欧梵：《关于我的几本新书和旧作》，《博览群书》2001 年第 3 期。

【美】李欧梵：《李欧梵近作五篇》，《美文》2006 年第 1 期。

【美】李欧梵：《上海，作为香港的"她者"——双城记之二》，《读书》1999 年第 1 期。

【美】李欧梵：《世界文学的两个见证：南美和东欧文学对中国现代文学的启发》，《外国文学研究》1985 年第 4 期。

【美】李欧梵：《"批评空间"的开创——从〈申报·自由谈〉谈起》，《二十一世纪》1993 年第 10 期；

【美】李欧梵：《漫谈中国现代文学中的"颓废"》，《今天》1993 年第 4 期。

【美】李欧梵：《双城记的文化记忆》，《上海采风》2013 年第 3 期。

【美】李欧梵：《现代性的构建：流行出版业的作用与意义》，《开放时代》1999 年第 5 期。

【美】李欧梵：《香港，作为上海的"她者"》，《读书》1998 年第 12 期。

【美】李欧梵：《重绘上海的心理地图——在华东师大的讲演（2002

年 5 月 21 日)》，《开放时代》2002 年第 5 期。

【美】李欧梵、罗岗：《视觉文化·历史记忆·中国经验》，《天涯》2004 年第 2 期。

【美】李欧梵、罗岗、倪文尖：《重返"沪港双城记"——关于"都市与文化"的一次对话》，《文艺争鸣》2016 年第 1 期。

【美】李欧梵、王宇平：《文化实践式的现代主义——关于施蛰存及"现代主义"的答问》，《现代中文学刊》2009 年第 6 期。

【美】李欧梵、张历君：《李欧梵先生访谈录》，《济南大学学报（社会科学版)》2020 年第 1 期。

【美】李欧梵、单正平：《知识源考：中国人的"现代"观》，《天涯》1996 年第 3 期。

【美】李欧梵、张历君：《世纪经验、生命体验与思想机缘——李欧梵和 20 世纪的现代文学》，《现代中文学刊》2019 年第 2 期。

【美】李欧梵、季进：《现代性的中国面孔》，《文艺理论研究》2003 年第 6 期。

【美】李欧梵、张学昕：《追寻现代文化的精神原味》，《作家》2006 年第 4 期。

李天纲：《简论上海开埠后的社会与文化变迁》，《史林》1987 年第 2 期。

李陀：《另一个八十年代》，《读书》2006 年第 10 期。

李陀：《"新小资"和文化领导权的转移》，《长江文艺》2013 年第 12 期。

李陀、柏琳：《历史和信念正是文学这条大河的两岸——李陀访谈录》，《青年作家》2019 年第 9 期。

李陀、杨建平：《失控与无名的文化现实——访"当代大众文化批评丛书"主编李陀》，《天涯》2000 年第 1 期。

李陀、张陵、王斌：《一九八七——一九八八：悲壮的努力》，《读书》1989 年第 1 期。

李万万：《"上海摩登（1900—1949）"——月份牌中都市文化的想象与视觉现代性建构》，《中国美术馆》2009 年第 11 期。

李杨：《重返"新时期文学"的意义》，《文艺研究》2005 年第 1 期。

李永东：《论"租界文化"概念的文学史意义》，《西南大学学报（社会科学版）》2007 年第 5 期。

李子云等：《须兰小说六人谈》，《小说界》1994 年第 1 期。

李子云：《我所认识的王元化》，《天涯》2001 年第 4 期。

练暑生：《如何想象"上海"？——三部文本和一九九〇年代以来的"上海怀旧叙事"》，《当代作家评论》2006 年第 4 期。

练暑生：《中国现代文学、文化中的颓废和城市——评李欧梵〈现代性的追求〉》，《文艺研究》2005 年第 8 期。

梁伟峰：《论 30 年代"亭子间"青年文化与上海文化的关系》，《海南师范大学学报（社会科学版）》2014 年第 7 期。

梁伟峰：《上海文化视野中的左翼文化》，《中国现代文学研究丛刊》2007 年第 3 期。

梁晓明：《王寅和他的诗歌》，《名作欣赏》2013 年第 19 期。

廖炳惠：《李欧梵的浪漫与现代探索》，《当代作家评论》2004 年第 2 期。

廖炳惠：《纽约：从惠特曼到伍迪艾伦》，《书城》1999 年第 1 期。

梁燕城：《中西文化视野看都市——关于当代城市文化的对话》（上、下），《北京规划建设》2014 年第 5、6 期。

林贤治：《王寅：从隐逸地到风暴角》，《黄河文学》2007 年第 9 期。

刘旭光：《1949 年—1979 年的中国城市文化：历程与反思——以上海为中心》，《上海师范大学学报（哲学社会科学版）》2011 年第 1 期。

刘永广、陈蕴茜：《从"殖民象征"到"文化遗产"：上海汇丰银行大楼记忆变迁》，《贵州社会科学》2018 年第 6 期。

刘新静：《改革开放以来上海空间文化变迁研究》，《艺术百家》2011年第 6 期。

刘晓伟：《现代上海（1927—1937）沙龙的文化功用》，《青海师范大学学报（哲学社会科学版）》2011 年第 4 期。

刘士林：《海派文化与新轴心时代的中国开端形态》，《上海大学学报（社会科学版）》2010 年第 5 期。

刘士林：《现代上海都市文化的早期经验与深层结构》，《上海师范大学学报（哲学社会科学版）》2011 年第 2 期。

刘鹏：《换装——解放初上海新闻文化变迁一瞥》，《新闻与传播研究》2013 年第 1 期。

刘锋杰：《民间概念也是遮蔽——读陈思和〈民间和现代都市文化——兼论张爱玲现象〉》，《文艺争鸣》2003 年第 2 期。

刘大先：《从世情书到风俗画》，《中国文学批评》2021 年第 3 期。

刘俊：《论二十世纪中国文学中的上海书写》，《文学评论》2002 年第 3 期。

陆伟芳：《世界视野中的大上海全球城市形象塑造初探》，《都市文化研究》2016 年第 1 期。

罗岗：《"摩登"的内与外：如何重新想象"上海"》，《中华读书报》2011 年 12 月 7 日。

马春花：《口红政治、性别上海与暧昧现代性——评〈现代性的姿容—性别视角下的上海都市文化研究〉》，《妇女研究论丛》2014 年第 5 期。

马思雨、左琰：《上海近代公寓马赛克装饰艺术研究》，《建筑与文化》2020 年第 4 期。

毛时安：《1985：语言、形式的骚动喧哗和上海文学》，《文艺理论研究》2001 年第 2 期。

孟繁华：《九十年代：先锋文学的终结》，《文艺研究》2000 年第
6 期。

木木：《一个陌生而混乱的世界——〈外国现代派作品选〉（第一、
二册）简评》，《外国文学研究》1983 年第 1 期。

倪伟：《虚假主体的神话及其潜台词》，《上海文学》1999 年第 4 期。

倪文尖：《上海/香港：女作家眼中的"双城记"——从王安忆到张
爱玲》，《文学评论》2002 年第 1 期。

彭新琪：《风雨百合花——怀念茹志鹃》，《上海文学》2001 年第
6 期。

蒲仪军：《现代性的呈现：上海近代建筑设备演进的文化功能探析》，
《时代建筑》2018 年第 1 期。

阮仪三、张晨杰：《上海里弄的世界文化遗产价值研究》，《上海城市
规划》2015 年第 5 期。

苏智良、江文君：《法国文化空间与上海现代性：以法国公园为例》，
《史林》2010 年第 4 期。

沈大方：《今日大上海》，《城市》1994 年第 3 期。

孙玮：《作为媒介的外滩：上海现代性的发生与成长》，《新闻大学》
2011 年第 4 期。

孙玮：《媒介融合与多元主体、多重叙事的民粹主义》，《探索与争
鸣》2016 年第 4 期。

孙晓刚：《当代城市诗的一次努力》，《上海文学》1986 年第 9 期。

孙晓忠：《1950 年代的上海改造与文化治理》，《中国现代文学研究
丛刊》2012 年第 1 期。

孙玮：《作为媒介的外滩：上海现代性的发生与成长》，《新闻大学》
2011 年第 4 期。

宋明炜：《终止焦虑与长大成人——关于七十年代出生作家的笔记》，《上海文学》1999 年第 9 期。

唐培吉、孙仪、刘克宗：《上海学研究的若干问题》，《上海大学学报（社会科学版）》1986 年 C1 期。

王爱松：《繁华中透着冷清——须兰小说创作论》，《东南大学学报（哲学社会科学版）》2001 年第 4 期。

王阿娟：《上海的摩登想象，文学的别样阐释——读〈上海摩登——一种新都市文化在中国 1930—1945〉》，《西安社会科学》2012 年第 2 期。

王德威：《文学的上海——一九三一》，《上海文学》2001 年第 4 期。

王富仁：《"现代性"辨正》，《北京师范大学学报（社会科学版）》2013 年第 5 期。

王蒙：《躲避崇高》，《读书》1993 年第 1 期。

王蒙：《人文精神问题偶感》，《东方》1994 年第 5 期。

王宁：《世界主义视野下的上海摩登（现代性）和上海后现代性》，《社会科学战线》2018 年第 8 期。

王晓明、张闳、徐麟、张柠、崔宜明：《旷野上的废墟——文学和人文精神危机》，《上海文学》1993 年第 6 期。

王晓明：《批判与反省——〈人文精神寻思录〉编后记》，《文艺争鸣》1996 年第 1 期。

王晓明：《从"淮海路"到"梅家桥"》，《文学评论》2002 年第 3 期。

王晓明、杨庆祥：《历史视野中的"重写文学史"》，《南方文坛》2009 年第 3 期。

王晓明、罗岗、陈金海、倪伟、李念、毛尖：《纸面上的金黄色——从后朦胧诗看八十年来的新诗发展》，《黄河》1994 年第 5 期。

王晓渔：《诗坛的春秋战国——当代上海的诗歌场域（1980—

1989)》,《扬子江评论》2007 年第 2 期。

王万鹏:《文化人类学视域下的城市文化书写研究——以"老北京"与"大上海"的文学考察为中心》,《兰州学刊》2014 年第 4 期。

王尧:《"'现代派'通信"述略——〈新时期文学口述史〉之一》,《文艺争鸣》2009 年第 4 期。

王尧:《〈上海文学〉的八十年代》,《美文》2006 年第 9 期。

王渝:《历史的乡愁——浅谈须兰》,《小说界》1994 年第 1 期。

王战华:《"怀旧",风靡了一个上海滩——谈谈耐人寻味的话题》,《社会》2003 年第 6 期。

王琢:《迎接亚太世纪的新时代 构建"大上海"开放经济圈》,《浦东开发》1994 年第 12 期。

汪朝光:《20 世纪上半叶的美国电影与上海》,《电影艺术》2006 年第 5 期。

汪朝光:《好莱坞的沉浮——民国年间美国电影在华境遇研究》,《美国研究》1998 年第 2 期。

汪朝光:《上海繁华梦——1949 年前中国最大城市中的美国电影》,《电影艺术》1999 年第 2 期。

吴福辉:《大陆文学的京海冲突构造》,《上海文学》1989 年第 10 期。

吴福辉:《多棱镜下有关现代上海的想象——都市文学笔记》,《湖北大学学报（哲学社会科学版）》2003 年第 4 期。

吴福辉:《海派文学与现代媒体:先锋杂志、通俗画刊及小报》,《东方论坛（青岛大学学报）》2005 年第 3 期。

吴福辉:《老中国土地上的新兴神话——海派小说都市主题研究》,《文学评论》1994 年第 1 期。

吴福辉:《现代商业文明吹拂下的海派小说》,《文艺争鸣》1993 年第 6 期。

吴福辉：《洋泾浜文化·吴越文化·新兴文化——海派文学的文化背景研究》，《中州学刊》1994 年第 3 期。

吴福辉：《作为文学（商品）生产的海派期刊》，《中国现代文学研究丛刊》1994 年第 1 期。

吴汉仁、白中琪：《双城故事——从上海到台北的一次文化平移（1949—2013）》，《档案春秋》2013 年第 4—12 期。

吴俊：《中国当代文学评奖的制度性之辨——关于茅盾文学奖、鲁迅文学奖之类"国家文学"评奖》，《当代作家评论》2011 年第 6 期。

吴俊：《三十年文学片断：一九七八—二○○八我的个人叙事》，《当代作家评论》2008 年第 6 期。

吴俊：《三十年文学片断：一九七八—二○○八我的个人叙事（续）》，《当代作家评论》2009 年第 1 期。

吴俊：《上海：我们的文学资源》，《当代作家评论》2002 年第 5 期。

吴亮、李陀、杨庆祥：《八十年代的先锋文学和先锋批评》，《南方文坛》2008 年第 6 期。

吴亮：《周介人印象》，《文学自由谈》1986 年第 3 期。

吴亮：《时间之妖——对城市生活的文学沉思（一）》，《文艺评论》1987 年第 1 期。

吴亮：《空间：城市的魔匣——对城市生活的文学沉思（二）》《文艺评论》1987 年第 2 期。

吴亮：《缺乏耐心的城市人——对城市生活的文学沉思（三）》，《文艺评论》1987 年第 3 期。

吴亮：《城市人精神上的徘徊者——对城市生活的文学沉思（四）》《文艺评论》1987 年第 4 期。

吴亮：《一个语言化了的世界——对城市生活的文学沉思（五）》，《文艺评论》1987 年第 5 期。

吴亮：《一个崇拜视听和热衷于行动的时代——对城市生活的文学沉思（六）》《文艺评论》1987 年第 6 期。

吴亮：《告别 1986》，《当代作家评论》1987 年第 2 期。

吴桐：《先锋是一种态度——对话孙甘露》，《江南》2015 年第 6 期。

吴晓明、吴澄：《租界文化的窗口：上海文化街》，《上海师范大学学报（哲学社会科学版）》1986 年第 2 期。

吴修艺：《上海要振兴，认识要深化》，《上海大学学报（社会科学版）》1986 年 C1 期。

吴修艺：《振兴改造上海的三幅蓝图与"上海学"研究》，上海大学学报（社会科学版）1987 年第 4 期。

吴义勤：《语言·历史·想像力——新长篇小说讨论之五：须兰〈千里走单骑〉、〈奔马〉》，《小说评论》2001 年第 5 期。

吴中杰：《怀旧意识与文化蓝图》，《新民周刊》2002 年第 26 期。

吴果中：《从〈良友〉画报广告看其对上海消费文化空间的意义生产》，《国际新闻界》2007 年第 4 期。

吴云溥、黄安国、吴修艺、魏承思、朱红：《关于制定"上海城市文化发展战略"的思考》，《社会科学》1986 年第 5 期。

吴亚生：《石库门里弄——上海区域文化特色的源起与展望》，《装饰》2016 年第 4 期。

魏承思：《历史学家庞朴谈上海文化发展战略》，《社会科学》1985 年第 11 期。

汪雨萌：《上海女作家近作中的家庭叙事变革》，《当代作家评论》2024 年第 3 期。

夏衍：《上海在前进中》，《人民画报》1952 年第 2 期。

夏伟：《"都市叙事群"与"非西方的现代性"——兼论李欧梵〈上海摩登〉的颓废观与现代文学学科的关系》，《华东师范大学学报（哲学社会科学版)》2014 年第 2 期。

夏伟:《美国汉学对中国现代文学学科的审美性碰撞——以夏志清、李欧梵、王德威为人物表》,《探索与争鸣》2019 年第 11 期。

夏光武、詹春花:《从"公共领域"到中国的"批评空间"——读李欧梵〈"批评空间"的开创〉与陈建华〈申报·自由谈话会〉》,《中文自学指导》2005 年第 1 期。

谢尚发:《"杭州会议"开会记——"寻根文学起点说"疑议》,《中国现代文学研究丛刊》2017 年第 2 期。

熊月之:《论近代上海城市文化的异质性》,《中国名城》2008 年第 1 期。

许纪霖:《崇高与优美》,《上海文学》1995 年第 12 期。

许纪霖:《近代上海城市"权力的文化网络"中的文化精英(1900—1937 年)》,《复旦学报(社会科学版)》2012 年第 6 期。

许纪霖、倪文尖、罗岗、毛尖:《"营造"怎样的"都市"形象?——2002 年上海双年展与都市的自我想像》,《书城》2003 年第 2 期。

许子东:《〈郁达夫新论〉跋》,《现代中文学刊》2014 年第 6 期。

薛毅:《关于个人主义话语》,《上海文学》1999 年第 4 期。

薛毅、金定海、詹丹:《上海文学》1995 年第 11 期。

薛羽:《"现代性"的上海悖论——读〈上海摩登——一种新的都市文化在上海 1930—1945〉》,《博览群书》2004 年第 3 期。

徐安琪:《性别观的变迁:上海离先进文化有多远?》,《社会科学》2013 年第 4 期。

徐明旭:《观照上海城市的一面镜子——〈大上海沉没〉纵横谈》,《社会科学》1989 年第 5 期。

徐蕾:《十六年,在大上海屋檐下》,《社会观察》2006 年第 4 期。

许江：《文化研究与文学研究的距离：重读〈上海摩登〉》，《中国图书评论》2013 年 12 月。

姚霏、苏智良、卢荣艳：《大光明电影院与近代上海社会文化》，《历史研究》2013 年第 1 期。

姚士谋、赵梅、许秀敏：《建设大上海国际性城市的若干建议》，《城市规划汇刊》1997 年第 1 期。

姚伊文：《时尚类报纸的文化分析——以〈上海壹周〉为样本》，《东南传播》2011 年第 3 期。

叶祝弟：《过渡现代性、中间地带与城乡中国的文学想象》，《当代文坛》2025 年第 1 期。

杨小滨：《飞翔：修辞与意义——论孟浪的诗》，《江汉大学学报（人文科学版）》2007 年第 5 期。

也斯：《时空的漫游——访问上海》，《上海文学》2001 年第 2 期。

叶中强：《想象的都市和经济话语的都市——论当前文学文本中的一种"都市"及其元话语》，《上海社会科学院学术季刊》1998 年第 4 期。

殷慧芬：《文坛女杰茹志鹃印象记》，《上海档案》1998 年第 4 期。

尤乙：《远东最华贵的财富堡垒——上海汇丰银行大楼》，《档案春秋》2011 年第 9 期。

俞子林：《艰难的历程——出版〈中国现代文学史参考资料〉的回忆》，《出版史料》2009 年第 1 期。

俞天白：《上海和上海作家的本位——关于〈大上海漂浮〉》，《书城》1995 年第 2 期。

俞天白：《上海文化：拿什么打造品牌形象》，《探索与争鸣》2007 年第 7 期。

俞天白：《心态：比政令的检讨更有深度和力量——〈大上海沉没〉创作琐谈之一》，《社会科学》1989 年第 7 期。

余夏云：《出梅入夏：陆忆敏的诗》，《江汉大学学报（人文科学版）》2008 年第 6 期。

余夏云：《"接枝"与"偶合"的跨文化诗学：评李欧梵〈现代性的想象：从晚清到当下〉》，《中国比较文学》2020 年第 2 期。

余夏云：《魅感表面和空白主体：从〈上海摩登〉到〈银幕艳史〉的表层现代主义》，《现代中国文化与文学》2019 年第 1 期。

袁可嘉：《我与现代派》，《诗探索》2001 年 3 至 4 辑。

袁可嘉：《中国与现代主义：十年新经验》，《文艺研究》1988 年第 4 期。

袁进：《叛逆性——近代上海文学的特点》，《郑州大学学报（哲学社会科学版）》2009 年第 1 期。

杨剑龙：《论上海文化与二十世纪中国文学》，《文学评论》2006 年第 6 期。

杨华：《海外中国学家中的"摩登教授"——简评李欧梵的文学与文化学研究》，《清华大学学报（哲学社会科学版）》2012 年第 6 期。

杨经建：《90 年代"城市小说"：中国小说创作的新视角》，《文艺研究》2000 年第 4 期。

杨庆祥：《"读者"与"新小说"之发生——以〈上海文学〉（一九八五年）为中心》，《当代作家评论》2007 年第 4 期。

杨庆祥：《"新潮批评"与"重写文学史"观念之确立》，《中国现代文学研究丛刊》2011 年第 6 期。

杨庆祥：《如何理解"重写文学史"的"历史性"》，《文艺争鸣》2009 年第 5 期。

杨庆祥：《上海与"重写文学史"之发生》，《现代中文学刊》2010 年第 3 期。

杨庆祥：《审美原则、叙事体式和文学史的"权力"——再谈"重写文学史"》，《文艺研究》2008 年第 4 期。

杨小滨：《飞翔：修辞与意义——论孟浪的诗》，《江汉大学学报（人文科学版）》2007 年第 5 期。

杨扬：《我曾见过这样的风景——关于李子云老师》，《南方文坛》2007 年第 2 期。

赵李娜：《当代上海石库门的文化功能与精神内核》，《文化遗产》2016 年第 5 期。

赵兰英：《远见卓识，宏伟工程——上海城市文化发展战略研讨活动》，《瞭望周刊》1986 年第 23 期。

詹述仕：《上海和香港文化事业现状初析——兼谈上海城市文化建设的几个问题》，《社会科学》1985 年第 12 期。

张蓓蓓：《"海派"妓女服饰文化探微——清末民初娱乐文化、"舶来"的摩登与审美情趣》，《艺术设计研究》2017 年第 2 期。

张春田：《现代文化研究中的"上海摩登"》，《粤海风》2009 年第 2 期。

张闳：《文化精神的解剖学——访文学批评家张闳》，《山花》2004 年第 8 期。

张闳：《丽娃河上的文化幽灵》，《大学人文》2005 年第 3 辑。

张闳：《上海怀旧风潮与文化地标》，《上海采风》2006 年第 9 期。

张鸿声：《文学中的上海想象》，《文学评论》2005 年第 4 期。

张鸿声：《"上海怀旧"与新的全球化想象》，《文艺争鸣》2007 年 10 月。

张鸿声、胡洪春：《城市现代性文化的性别呈现》，《中国图书评论》2014 年第 9 期。

张鸿声：《海派文学的"小叙事传统"》，《郑州大学学报（哲学社会科学版）》2009 年第 1 期。

张鸿声：《"十七年"与"文革"时期文学中上海的城市空间叙述》，《文学评论》2010年第2期。

张济顺：《社会文化史的检视：1950年代上海研究的再思考》，《华东师范大学学报（哲学社会科学版）》2012年第2期。

张济顺：《大动荡年代的上海摩登》，《华东师范大学学报（哲学社会科学版）》2019年第5期。

张济顺：《国家治理的最初社会空间——二十世纪五十年代前期的上海居民委员会》，《中共党史研究》2015年第10期。

张济顺：《上海里弄：基层政治动员与国家社会一体化走向（1950—1955）》，《中国社会科学》2004年第2期。

张济顺：《五十年代初的上海报业转制：从民办到党管》，《炎黄春秋》2012年第4期。

张济顺：《新革命史与1950年代上海研究的新叙事》，《华东师范大学学报（哲学社会科学版）》2015年第2期。

张济顺：《转型与延续：文化消费与上海基层社会对西方的反应》，《史林》2006年第3期。

张雷：《现代上海都市文化之"舞厅舞"的再解读》，《北京舞蹈学院学报》2014年第5期。

张桃洲：《聆听的眼——宋琳诗歌中的看与听》，《当代作家评论》2013年第1期。

张旭东：《上海的意象：城市偶像批判与现代神话的消解》，《文学评论》2002年第5期。

张旭东：《20世纪90年代中国的民族主义、大众文化与知识策略》，《杭州师范大学学报》2012年第1期。

张旭东：《王安忆、上海与"小文学"》，《书城》2002年第8期。

张旭东：《上海的意象：城市偶像批判与现代神话的消解》，《文学评论》2002 年第 5 期。

张亚运：《上海近代小报对其文化公共空间的构造——以〈晶报〉为例》，《新闻传播》2016 年第 20 期。

张颐武：《人文精神：最后的神话》，《作家报》1995 年 5 月 6 日。

张英：《访上海作家施蛰存、王安忆、格非、孙甘露》，《作家》1999 年第 9 期。

张勇：《"摩登"考辨——1930 年代上海文化关键词之一》，《中国现代文学研究丛刊》2007 年第 6 期。

郑克鲁：《多卷集中的一朵奇葩——上海文艺出版社〈外国现代派作品选〉编选经过》，《小说界》2012 年第 2 期。

钟浴曦：《上海"国际大都市"文化构建及其"世界主义"内涵》，《理论观察》2013 年第 3 期。

钟鸣：《上海外滩原汇丰银行大楼镶嵌画研究》，《美术》2008 年第 4 期。

周佩红：《城市诗发展走向漫议》，《文学自由谈》1987 年第 6 期。

周介人：《谈谈"新市民小说"》，《当代作家评论》1996 年第 1 期。

周春玲：《时尚杂志与大众文化》，《天涯》2000 年第 4 期。

周伟鸿：《但开风气不为师——〈火凤凰文库〉与当代散文》，《南方文坛》1998 年第 3 期。

周武：《从全国性到地方化：1945 至 1956 年上海出版业的变迁》，《史林》2006 年第 6 期。

邹振环：《西餐引入与近代上海城市文化空间的开拓》，《史林》2007 年第 4 期。

褚云侠：《格非与华东师大——大学、读书及文学圈子》，《文艺争鸣》2019 年第 2 期

朱军：《上海摩登、都市乡土与都市中国——当代城市文学研究的范

式转换》，《中国社会科学评价》2023 年第 3 期。

朱军：《新世纪上海城市书写中的意象抒情传统》，《文学评论》2021 年第 2 期。

朱崇科：《重构与想象：上海的现代性——评李欧梵〈上海摩登——一种都市文化在中国 1930—1945〉》，《浙江学刊》2003 年第 1 期。

朱大可、张献、宋琳、孙甘露、杨小滨、曹磊：《保卫先锋文学》，《上海文学》1989 年第 5 期。

朱大可：《慵懒的自由——宋琳及其诗论》，《当代作家评论》1988 年第 3 期。

朱晶：《旷新年，九十年代的"上海怀旧"》，《读书》2010 年第 4 期。

朱立元：《我记忆中的 1985 年"方法论热"》，《文艺争鸣》2018 年第 12 期。

朱其：《前卫·上海——上海当代艺术 30 年文献展（1979—2010）第一单元重启现代主义（1979—1985）》，《艺术当代》2018 年第 1 期。

庄颖：《上海的咖啡馆文化》，《公共艺术》，2011 年第 1 期。

子东：《"三城记小说系列"中的两城》，《读书》2001 年第 12 期。

曾一果：《关于上海"现代性"想象》，《文学评论》2010 年第 2 期。

二、学位论文

硕士学位论文

陈桃霞：《文学中的"上海怀旧"现象分析》，华中师范大学，2008 年。

高奕兰：《"他者"视野中的上海意象》，华东师范大学，2008 年。

江维：《现代性蜃楼：文化怀旧氛围下的"三十年代上海"意象》，华中师范大学，2010 年。

金哲羽：《从"暗恐"出发的自我找寻》，上海师范大学，2017年。

李丹：《知识社会学视野下的"张爱玲热"现象研究》，西北大学，2017年。

李阳：《当代文学生产机制转型初探》，华东师范大学，2011年。

刘影：《九十年代以来城市文学中的"上海怀旧"现象研究》，南京师范大学，2003年。

卢志宏：《新时期以来翻译文学期刊译介研究》上海外国语大学，2011年。

倪嘉源：《1978—1980〈外国文艺〉译介与文学观念的变革》，上海外国语大学，2008年。

田卓文：《论李欧梵〈上海摩登〉对"上海现代性"的建构》，西安外国语大学，2018年。

王祥生：《从魅影到世象》，安徽大学，2010年。

吴双：《论〈收获〉与先锋小说的历史生成》，辽宁大学，2019年。

邢婧：《略论女性身体与民国上海"摩登"文化意象的关系》，复旦大学，2010年。

徐志强：《论李欧梵的上海现代性研究》，郑州大学，2007年。

赵静：《"上海梦"的契合与差异》，华东师范大学，2010年。

张光华：《追忆消逝的"摩登时代"》，上海师范大学，2009年。

博士学位论文

崔庆蕾：《1980年代先锋文学批评研究》，山东师范大学，2019年。

董倩：《断裂与延续：〈新民晚报〉与社会主义上海日常生活空间建构（1949—1966）》，复旦大学，2013年。

房芳：《平民世界的人性书写》，山东大学，2011年。

韩敏：《〈收获〉的90年代》，四川大学，2004年。

吕甍：《电影声景：流动的城市文化》，华东师范大学，2015年。

魏枢:《"大上海计划"启示录》,同济大学,2007年。

汪黎黎:《当代中国电影的上海想象(1990—2013)》,南京大学,2015年。

徐冠群:《流亡者的城市漫游》,上海外国语大学,2019年。

夏伟:《李欧梵与中国现代文学学科——对其〈铁屋中的呐喊〉、〈上海摩登〉、〈中国现代作家的浪漫一代〉作学术史解读》,华东师范大学2013年。

俞世恩:《现代性与民族性:1929年"大上海计划"研究》,华东师范大学,2017年。

张鸿声:《文学中的上海想象》,浙江大学,2005年。

张鹏:《都市形态的历史根基:上海公共租界都市空间与市政建设变迁研究》,同济大学2005年。

张雪伟:《日常生活空间研究》,同济大学,2007年。

张屏瑾:《上海新感觉:中国现代文学史中"新感觉"的发生与发展研究(1928—1936)》,华东师范大学,2007年。

许振江:《上海改革开放研究的研究》,华东师范大学,2019年。

孙荣:《摩登·革命·女性——上海女工文艺形象研究(1900—1949)》,华东师范大学,2021年。

三、论著

包亚明等:《上海酒吧——空间、消费与想象》,江苏人民出版社2001年。

柏桦:《左边:毛泽东时代的抒情诗人》,江苏文艺出版社2009年。

蔡翔:《日常生活的诗情消解》,学林出版社1996年。

陈超南、刘天华、姚全兴:《都市审美与上海形象》,上海社会科学出版社2008年。

陈丹青:《退步集》,广西师范大学出版社 2006 年。

陈惠芬等:《现代性的姿容——性别视角下的上海都市文化》,南开大学出版社 2013 年。

陈立旭:《都市文化与都市精神——中外城市文化比较》,东南大学出版社 2002 年。

陈思和:《鸡鸣风雨》,学林出版社 1996 年。

陈思和:《告别橙色梦》,广东人民出版社 2018 年。

陈思和:《谈虎谈兔》,广西师范大学出版社 2001 年。

陈思和:《秋里拾叶录》,山东友谊出版社 2005 年。

陈思和:《草心集》,广东教育出版社 2004 年。

陈思和:《在场笔记》,广东人民出版社 2018 年。

陈思和:《新文学整体观续编》,山东教育出版社 2010 年。

陈思和:《昙花现集》,上海人民出版社 2015 年。

陈思和:《营造精神之塔》,广东人民出版社 2018 年。

陈思和:《海派与当代上海文学》,复旦大学出版社 2021 年。

程童一:《开埠:中国南京路 150 年》,昆仑出版社 1996 年。

程德培:《小说家的世界》,浙江文艺出版社 1985 年。

程光炜:《文学史二十讲》,东方出版中心 2016 年。

程永新:《一个人的文学史》,天津人民出版社 2007 年。

蔡翔:《写在边缘》,四川人民出版社 1997 年。

戴翊:《新时期的上海小说》,上海社会科学院出版社 1992 年。

登琨艳:《失忆的城市:一个建筑师对当代城市的痛与爱》,华东师范大学出版社 2006 年。

邓正来:《市民社会理论的研究》,中国政法大学出版社 2002 年。

杜心源:《城市中的"现代"想象——对 20 世纪 20、30 年代上海"现代主义"文学及其都市空间的关系的研究》,中国福利会出版社

2007 年。

费冬梅：《沙龙：一种新都市文化与文学生产（1917—1937）》，北京大学出版社 2016 年。

傅葆石：《双城故事：中国早期电影的文化政治》，北京大学出版社 2008 年。

傅国涌：《1949 年：中国知识分子的私人记录》，长江文艺出版社 2005 年。

郜元宝：《拯救大地》，学林出版社 1996 年。

葛剑雄：《上海极简史》，上海人民出版社 2019 年。

顾骧：《晚年周扬》，文汇出版社 2003 年。

贺桂梅：《"新启蒙"知识档案：80 年代中国文化研究》，北京大学出版社 2010 年。

贺照田：《并非自明的知识与思想（上）》，吉林人民出版社 2011 年。

胡河清：《灵地的缅想》，学林出版社 1996 年。

侯凯：《上海早期影迷文化史（1897—1937）》，中国电影出版社 2020 年。

华霄颖：《市民文化与都市想象：王安忆上海书写研究》，上海文化出版社 2009 年。

黄宗仪：《面对巨变中的东亚景观：大都会的自我身份书写》，广西师范大学出版社 2011 年。

金理：《中国当代文学 60 年 1949—2009》，上海大学出版社 2010 年。

江文君：《都市社会的兴起：近代上海的中产阶级与职业团体》，上海辞书出版社 2017 年。

靳路遥：《上海文学的都市性 1990—2015》，上海文艺出版社 2021 年。

李天纲：《义化上海》，上海教育出版社 1998 年。

李天纲：《人文上海——市民的空间》，上海教育出版社 2004 年。

李天纲：《南京路：东方全球主义的诞生》，《上海人民出版社》2009 年。

李辉：《绝响八十年代亲历记》，生活、读书、新知三联书店 2013 年。

李建周：《先锋小说的兴起》，中国社会科学出版社 2014 年。

李今：《海派小说与现代都市文化》，北京大学出版社 2019 年。

李劼：《个性·自我·创造》，浙江文艺出版社 1989 年。

【美】李欧梵：《上海摩登——一种新都市文化在中国 1930—1945》，毛尖译，北京大学出版社 2001 年。

【美】李欧梵、季进：《李欧梵、季进对话录》，苏州大学出版社 2003 年。

【美】李欧梵：《徘徊在现代和后现代之间》，上海三联书店 2000 年。

李孝悌：《恋恋红尘：中国的城市、欲望和生活》，上海人民出版社 2007 年。

李振声：《季节轮换》，学林出版社 1996 年。

黎霞：《老上海城记：马路传奇》，上海锦绣文章出版社 2010 年。

刘禾：《跨语际实践——文学，民族与被译介的现代性》（中国，1900—1937），宋伟杰等译，生活·读书·新知三联书店 2002 年。

刘禾：《帝国的话语政治：从近代中西冲突看现代世界秩序的形成》，杨立华等译，生活·读书·新知三联书店 2009 年。

刘建辉：《魔都上海：日本知识人的"近代"体验》，甘慧杰译，上海古籍出版社 2003 年。

刘永丽：《被书写的现代：20 世纪中国文学中的上海》，中国社会科学出版社 2008 年。

连玲玲：《打造消费天堂：百货公司与近代上海城市文化》，社会科学文献出版社 2018 年。

罗苏文：《近代上海：都市社会与生活》，中华书局 2006 年。

孟悦：《人·历史·家园：文化批评三调》，人民文学出版社 2006 年。

明锐、逸峰：《江泽民在上海 1985—1989》，上海人民出版社 2011 年。

孟繁华：《众神狂欢——当代中国的文化冲突问题》，今日中国出版社 1997 年。

马国川：《我与八十年代》，生活、读书、新知三联书店 2011 年。

马杰伟：《酒吧工厂：南中国城市文化研究》，江苏人民出版社 2006 年。

钱理群、吴福辉、温儒敏、王超冰：《中国现代文学三十年》，上海文艺出版社 1987 年。

谯枢铭、杨其民、王鹏程、郑祖安、卢汉超：《上海史研究》，学林出版社 1984 年。

秦晓：《当代中国问题：现代化还是现代性》，社会科学文献出版社 2009 年。

邱明正：《上海文学通史》（上、下），复旦大学出版社 2005 年。

任平：《时尚与冲突——城市文化结构与功能新论》，东南大学出版社 2000 年。

单霁翔：《从"功能城市"走向"文化城市"》，天津大学出版社 2007 年。

谭桂林：《转型期的中国审美文化批判》，江苏文艺出版社 2001 年。

滕云：《八十年代文学之思》，天津社会科学院出版社 1992 年。

王彬彬：《文坛三户：金庸·王朔·余秋雨——当代三大文学论争辨析》，大象出版社 2000 年。

王安忆、张新颖：《谈话录》，译林出版社 2019 年。

王安忆：《王安忆说》，湖南文艺出版社 2003 年。

王蒙、王元化总主编：《中国新文学大系1976—2000》（第29集史料·索引卷1），上海文艺出版社2009年。

王蒙、王安忆等：《作家谈译文》，上海译文出版社1997年。

【美】王德威：《中国现代小说十讲》，复旦大学出版社2004年。

【美】王德威：《史诗时代的抒情声音：二十世纪中期的中国知识分子与艺术家》，生活、读书、新知三联书店2019年。

王彬彬：《在功利与唯美之间》，学林出版社1996年。2007年。

王晓渔：《文学、文化与公共性》，上海书店出版社2018年。

王宏图：《深谷中的霓虹》，花山文艺出版社2002年。

王宏图：《都市叙事与欲望书写》，广西师范大学出版社2005年。

汪民安：《现代性》，南京大学出版社2002年。

汪晖、余国良：《上海：城市、社会与文化》，香港中文大学出版社1998年。

吴亮：《批评的发现》，漓江出版社1988年。

吴亮：《文学的选择》，华东师范大学出版社2014年。

吴义勤：《中国当代新潮小说论》，江苏文艺出版社1997年。

吴福辉：《都市漩流中的海派小说》，湖南教育出版社1995年。

许苗苗：《大都市小空间——写字楼阶层的诞生与新都市文化》，知识产权出版社2011年。

薛理勇：《外滩的历史和建筑》，上海社会科学院出版社2002年。

薛毅：《无词的言语》，学林出版社1996年。

许纪霖、罗岗等：《城市的记忆：上海文化的多元历史传统》，上海书店出版社2011年。

许江：《文与画：当代画人的心灵渡筏》，上海锦绣文章出版社2011年。

徐锦江：《〈申〉报关键：〈申江服务导报〉关键词解读》，上海文化出版社 2003 年。

徐甡民：《上海市民社会史论》，文汇出版社 2007 年。

夏中义：《思想实验》，学林出版社 1996 年。

熊月之、周武主编：《海外上海学》，上海古籍出版社 2004 年。

熊月之：《上海租界与近代中国》，上海交通大学出版社 2019 年。

熊月之：《解析上海人》，上海教育出版社 2019 年。

徐静波：《魔都镜像》，上海大学出版社 2021 年。

颜峻等：《波西米亚中国》，广西师范大学出版社 2004 年。

严家炎：《论现代小说与文艺思潮》，湖南人民出版社 1987 年。

严家炎：《中国现代小说流派史》，人民文学出版社 1989 年。

杨洪承：《"人与事"中的文学社群：现代中国文学社团和作家群体文化生态研究》，人民出版社 2014 年。

杨东平：《城市季风：北京和上海的文化精神》，东方出版社 1994 年。

杨扬：《浮光与掠影：新世纪以来的上海文学》，上海文艺出版社 2014 年。

杨剑龙：《上海文化与上海文学》，上海人民出版社 2007 年。

叶中强：《从想象到现场 都市文化的社会生态研究》，学林出版社 2005 年。

叶文心：《上海繁华：都会经济伦理与近代中国》，时报出版 2010 年。

杨黎：《灿烂：第三代人的写作和生活》，青海人民出版社 2004 年。

查建英：《八十年代访谈录》，生活、读书、新知三联书店 2006 年。

张济顺：《远去的都市：1950 年代的上海》，社会科学文献出版社 2015 年。

张旭东：《改革时代的中国现代主义：作为精神史的 80 年代》，北京大学出版社 2014 年。

张旭东：《全球化与文化政治：90 年代中国与 20 世纪的终结》，朱羽等译，北京大学出版社 2014 年。

张旭东、王安忆：《对话启蒙时代》，生活·读书·新知三联书店 2008 年。

张旭东：《文化政治与中国道路》，上海人民出版社 2015 年。

张旭东：《批评的踪迹：文化理论与文化批评，1985—2002》，生活·读书·新知三联书店 2003 年。

张新颖：《20 世纪上半期中国文学的现代意识》，生活、读书、新知三联书店 2001 年。

张新颖：《栖居与游牧之地》，学林出版社 1996 年。

张鸿雁：《侵入与接替——城市社会结构变迁新论》，东南大学出版社 2000 年。

张英进：《电影的世纪末怀旧——好莱坞·上海·新台北》，湖南美术出版社 2006 年。

张英进：《民国时期的上海电影与城市文化》，北京大学出版社 2011 年。

张英进：《中国现代文学与电影中的城市：空间、时间与性别构形》，秦立彦译，江苏人民出版社 2007 年。

张真：《银幕艳史——都市文化与上海电影 1896—1937》，沙丹等译，上海书店出版社 2019 年。

周介人、陈保平主编：《几度风雨海上花》，生活·读书·新知三联书店 1996 年。

周介人：《新尺度》，浙江文艺出版社 1989 年。

周介人：《周介人文存》，广西师范大学出版社 2004 年。

周礼红：《消费主义文化与 90 年代都市小说白领书写》，中央编译出版社 2014 年。

朱晓进：《政治文化与中国二十世纪三十年代文学》，人民出版社
2006 年。

朱大可：《燃烧的迷津》，学林出版社 1991 年。

朱伟：《重读八十年代》，中信出版社 2018 年。

朱军：《上海文学空间论：忧郁、理想与存在》，上海人民出版社
2021 年。

包亚明主编：《现代性与都市文化理论》，上海社会科学院出版社
2008 年。

包亚明主编：《后大都市：城市和区域的批判性研究》，上海教育出
版社 2006 年。

鲍宗豪、［新西兰］燕·雪莉主编：《文明与后现代亚太都市》，学林
出版社 2010 年。

柏桦等：《与神语：第三代人批评与自我批评》，中华工商联合出版
社 2014 年。

陈子善编：《作别张爱玲》，文汇出版社 1996 年。

陈子善、罗岗主编：《丽娃河畔论文学》，华东师范大学出版社
2006 年。

程光炜主编：《文学史的多重面孔——八十年代文学事件再讨论》，
北京大学出版社 2009 年。

程光炜主编：《都市文化与中国现当代文学》，人民文学出版社
2005 年。

程光炜主编：《八十年代文学史料研究》，中国社会科学出版社
2019 年。

蔡来兴主编：《上海：创建新的国际经济中心城市》，上海人民出版

社 1995 年。

高瑞泉、［日］山口久和主编：《中国的现代性与城市知识分子》，上海古籍出版社 2004 年。

郭春林编：《为什么要读孙甘露》，上海人民出版社 2014 年。

贺照田、高士明主编：《人间思想·作为人间事件的 1949》，金城出版社 2014 年。

贺桂梅编：《"50—70 年代文学"研究读本》，上海书店出版社 2018 年。

何望贤编选：《西方现代派文学问题论争集》（上、下），人民文学出版社 1984 年。

季季、关鸿编：《永远的张爱玲》，学林出版社 1996 年。

今冶编：《张迷世界》，花城出版社 2001 年。

乐黛云、王宁主编：《西方文艺思潮与二十世纪中国文学》，中国社会科学出版社 1990 年。

李骏、朱妍编：《上海都市社会实录 1987—2017》，上海人民出版社 2018 年。

刘东主编：《中国学术》第 3 辑，商务印书馆 2000 年。

刘复生编：《"80 年代文学"研究读本》，上海书店出版社 2018 年。

罗思编：《写在钱钟书边上》，文汇出版社 1996 年。

罗钢、王中忱主编：《消费文化读本》，中国社会科学出版社 2003 年。

马逢洋编：《上海：记忆与想象》，文汇出版社 1996 年。

马钦忠编：《中国上海 2000 年双年展及外围展文献》，湖北美术出版社 2002 年。

邱明正主编：《上海文学通史》，复旦大学出版社 2005 年。

孙福庆、杨剑龙主编：《双城记：上海、纽约都市文化》，格致出版社 2011 年。

孙逊主编：《城市史与城市社会学》，上海三联书店出版社 2013 年。

孙逊主编：《文学艺术之城》，上海三联书店出版社 2013 年。

孙逊主编：《都市文化研究第一辑都市文化史：回顾与展望》，上海三联书店出版社 2005 年。

孙逊、杨剑龙主编：《都市、帝国与先知》，上海三联书店出版社 2006 年。

孙逊、杨剑龙主编：《全球化进程中的上海与东京》，上海三联书店出版社 2007 年。

孙逊、杨剑龙主编：《都市空间与文化想象》，上海三联书店出版社 2008 年。

孙逊、杨剑龙主编：《网络社会与城市环境》，上海三联书店出版社 2010 年。

孙逊、杨剑龙主编：《阅读城市：作为一种生活方式的都市生活》，上海三联书店出版社 2007 年。

孙逊、陈恒主编：《城市与城市生活》，上海三联书店出版社 2017 年。

孙晔主编：《上海：灯红酒绿下的沪上风情》，北方文艺出版社 2016 年。

苏智良、陈恒主编：《文化体验：城市、公民与历史》，上海三联书店出版社 2017 年。

苏智良、陈恒主编：《城市：历史、现实与想象》，上海三联书店出版社 2019 年。

苏七七、王犁主编：《时钟突然拨快——生于 70 年代》，中国美术学院出版社 2017 年。

沈开艳、屠启宇、杨亚琴主编：《聚焦大都市——上海城市综合竞争力的国际比较》，上海社会科学院出版社 2001 年。

上海证大研究所编：《上海人》，学林出版社 2002 年。

上海社会科学院文学研究所编：《新时期上海作家论集》，上海社会科学院出版社 1989 年。

"上海'95'社会发展问题思考"课题组：《上海跨世纪社会发展问题思考》，上海社会科学院出版社 1997 年。

上海统计局编：《新上海四十年》，中国统计出版社 1989 年。

《上海词典》编委会编：《上海词典》，复旦大学出版社 1989 年。

《上海全书》编纂委员会编：《上海全书》，学林出版社 1989 年。

《上海文化年鉴》编辑部：《1988 上海文化年鉴》，上海人民出版社 1988 年。

《上海文化年鉴》编辑部：《1989 上海文化年鉴》，上海人民出版社 1989 年。

《上海文化年鉴》编辑部：《1990 上海文化年鉴》，上海人民出版社 1990 年。

唐磊、鲁哲主编：《海外学者视野中的中国城市化问题》，中国社会科学出版社 2013 年。

唐振常主编：《上海史》，上海人民出版社 1989 年。

唐振常、沈恒春主编：《上海史研究（二编）》，学林出版社 1988 年。

王尧：《"新时期文学"口述史》，生活·读书·新知三联书店 2024 年。

王仲伟主编：《上海文化发展规划研究》，上海人民出版社 2007 年。

王晓明主编：《二十世纪中国文学史论 第 1 卷》，东方出版中心 1997 年。

王晓明主编：《二十世纪中国文学史论 第 2 卷》，东方出版中心 1997 年。

王晓明主编：《在新意识形态的笼罩下：90年代的文化和文学分析》，江苏人民出版社2000年。

王晓明、蔡翔主编：《热风学术》（第1—12），广西师范大学出版社2008年。

王晓明编：《人文精神寻思录》，文汇出版社1996年。

王宁编：《全球化与文化：西方与中国》，北京大学出版社2002年。

王宁、薛晓源主编：《全球化与后殖民批评》，中央编译出版社1998年。

汪民安、陈永国、马海良主编：《城市文化读本》，北京大学出版社2008年。

汪熙、魏斐德主编：《中国现代化问题——一个多方位的历史探索》，复旦大学出版社1994年。

萧朴编：《感觉余秋雨》，文汇出版社1996年。

薛毅主编：《西方都市文化研究读本》（第1—4卷），广西师范大学出版社2008年。

许纪霖主编：《公共空间中的知识分子》，江苏人民出版社2007年。

熊月之、周武主编：《上海：一座现代化都市的编年史》，上海书店出版社2007年。

杨宏海主编：《全球化语境下当代都市文学》，社会科学文献出版社2007年。

杨扬：《浮光与掠影：新世纪以来的上海文学》，上海文艺出版社2014年。

张旭东、王安忆：《对话启蒙时代》，生活·读书·新知三联书店2008年。

张鸿声主编：《上海文学地图》，中国地图出版社2012年。

张鸿雁主编：《城市·空间·人际——中外城市社会发展比较研究》，

东南大学出版社 2003 年。

张京媛主编:《后殖民理论与文化批评》,北京大学出版社 1999 年。

张新颖、金理主编:《王安忆研究资料(上、下)》,天津人民出版社 2009 年。

周武主编:《上海学(第三辑)》,上海人民出版社 2016 年。

朱文华、许道明主编:《上海文学志稿》,上海社会科学院出版社 2014 年。

中共上海市委党史研究室编著:《上海改革开放史话》,上海人民出版社 2018 年。

中共上海市委党史研究室编:《奇迹:浦东早期开发亲历者说(1990—2000)》,上海人民出版社 2020 年。

中共上海市委宣传部编:《现代意识与城市研究》,上海人民出版社 2006 年。

中共上海市浦东新区委员会党史办公室编:《口述:浦东新区改革开放 1978—2018》,上海人民出版社、学林出版社 2018 年。

中共上海市浦东新区委员会党史办公室编:《口述:崇明改革开放 1978—2018》,上海人民出版社、学林出版社 2018 年。

中共上海市浦东新区委员会党史办公室、上海市浦东新区地方志办公室编:《浦东开发开放 20 年大事记(1990—2009)》,上海人民出版社 2010 年。

上海浦东新区管理委员会编:《上海市浦东新区手册》,上海远东出版社 1993 年。

中共上海市委党史研究室编著:《上海改革开放史话》,上海人民出版社 2018 年。

【英】马尔科姆·布雷德伯里、【英】詹姆斯·麦克法兰编:《现代主义》，胡家峦等译，上海外语教育出版社 1992 年。

中国国家发展计划委员会地区经济司编著：《城市化：中国现代化的主旋律》，湖南人民出版社 2001 年。

政协上海市委员会文史资料委员会、中共上海市委党史研究室、政协上海市浦东新区委员会编著：《浦东开发开放》，上海教育出版社 2014 年。

［美］阿德里安·富兰克林：《城市生活》，何文郁译，江苏教育出版社 2013 年。

［英］阿什·阿明、［英］奈杰尔·斯里夫特：《城市的视角》，川江译，江苏教育出版社 2018 年。

［法］安克强：《1927—1937 年的上海——市政权、地方性和现代性》，张培德、辛文锋、肖庆璋译，上海古籍出版社 2004 年。

［美］安东尼·M. 奥罗姆、陈向明：《城市的世界：对地点的比较分析和历史分析》，曾茂娟、任远译，上海人民出版社 2005 年。

［法］白吉尔：《上海史：走向现代之路》，王菊、赵念国译，上海社会科学院出版社 2014 年。

［德］瓦尔特·本雅明：《发达资本主义时代的抒情诗人》，张旭东、魏文生译，生活·读书·新知三联书店 1989 年。

［德］瓦尔特·本雅明：《巴黎，19 世纪的首都》，商务印书馆 2013 年。

［加］贝淡宁、［以］艾维纳：《城市的精神：全球化时代，城市何以安顿我们》，吴万伟译，重庆出版社 2017 年。

［加］贝淡宁、［以］艾维纳主编：《城市的精神 2：包容与认同》，刘勇军译，重庆出版社 2017 年。

［法］贝尔纳·布里塞：《上海：东方的巴黎》，刘志远译，上海远东

出版社 2014 年。

[美] 彼得·盖伊：《现代主义：从波德莱尔到贝克特之后》，骆守怡、杜冬译，译林出版社 2017 年。

[美] 保罗·诺克斯、[美] 琳达·迈克卡西：《城市化》，顾朝林、汤培源、杨兴柱等译，科学出版社 2009 年。

[美] 赫伯特·洛特曼：《左岸：从人民阵线到冷战期间的作家、艺术家和政治》，薛巍译，新星出版社 2008 年。

[美] 史书美：《现代的诱惑：书写半殖民地中国的现代主义（1917—1937）》，江苏人民出版社 2007 年。

[法] 亨利·列斐伏尔：《空间与政治（第二版）》，李春译，上海人民出版社 2015 年。

[法] 亨利·列斐伏尔：《都市革命》，刘怀玉、张笑夷、郑劲超译，首都师范大学出版社 2018 年。

[美] 萨利·贝恩斯：《1963 年的格林尼治村——先锋派表演和欢乐的身体》，华明译，广西师范大学出版社 2001 年。

[美] 刘易斯·芒福德：《城市发展史：起源、演变与前景》，宋俊岭、宋一然译，上海三联书店出版社 2018 年。

[英] 彼得·奥斯本：《时间的政治：现代性与先锋》，王志宏译，商务印书馆 2014 年。

[英] 彼得·布鲁克：《现代性和大都市：写作、电影和城市的文艺社群》，杨春丽译，江苏凤凰教育出版社 2015 年。

[英] 彼得·霍尔：《更好的城市——寻找欧洲失落的城市生活艺术》，袁媛译，江苏凤凰教育出版社 2015 年。

[英] 多琳·马西：《空间、地方与性别》，毛彩凤、袁久红、丁乙译，首都师范大学出版社 2017 年。

[美] 戴安娜·克兰：《文化生产、媒体与都市艺术》，赵国新译，译

林出版社 2001 年。

[美] 大卫·G·格林:《再造市民社会——重新发现没有政治介入的福利》,邬晓燕译,陕西人民出版社 2011 年。

[美] 大卫·布鲁克斯:《BOBOS 布波族:一个社会新阶层的崛起》,徐子超译,中国对外翻译出版公司 2002 年。

[美] 大卫·哈维:《巴黎城记:现代性之都的诞生》,黄煜文译,广西师范大学出版社 2010 年。

[美] 戴维·哈维:《叛逆的城市:从城市权利到城市革命》,叶齐茂、倪晓晖译,商务印书馆 2014 年。

[英] 迪耶·萨迪奇:《城市的语言》,张孝铎译,东方出版社 2020 年。

[美] 顾德曼:《家乡、城市和国家——上海的地缘网络与认同,1853—1937》,宋钻友译,上海古籍出版社 2004 年。

[美] 汉娜·阿伦特编:《启迪:本雅明文选》,张勋东、王斑译,生活·读书·新知三联书店 2014 年。

[荷] 哈利·邓·哈托格主编:《上海新城:追寻蔓延都市里的社区和身份》,李等译,同济大学出版社 2013 年。

[德] 哈贝马斯:《公共领域的结构转型》,曹卫东等译,学林出版社 1999 年。

[美] 简·德·弗里斯:《欧洲的城市化 1500—1800》,朱明译,商务印书馆 2015 年。

[英] 库寿龄:《上海史》 (第一卷),朱华译,上海书店出版社 2020 年。

[英] 库寿龄:《上海史》 (第二卷),朱华译,上海书店出版社 2020 年。

[美] 卡尔·休斯克:《世纪末的维也纳》,李锋译,江苏人民出版社

2013 年。

［英］克里斯托弗·巴特勒：《现代主义》，朱邦芊译，译林出版社
2018 年。

［英］凯文·杰克逊：《天才群星闪耀：1922，现代主义元年》，唐建清译，南京大学出版社 2024 年。

［英］科尔姆·托宾：《王尔德、叶芝、乔伊斯与他们的父亲》，张芸译，上海译文出版社 2025 年。

［美］李成编著：《中产中国》，许效礼、王祥钢译，上海译文出版社
2013 年。

［美］琳达·约翰逊主编，《帝国晚期的江南城市》，成一农译，上海人民出版社 2005 年。

［美］罗伯特·阿尔特：《想象的城市：都市体验与小说语言》，邵文实译，江苏教育出版社 2013 年。

［美］罗伯特·劳伦斯·库恩：《中国 30 年：人类社会的一次伟大变迁》，吕鹏、李荣山等译，上海人民出版社 2008 年。

［美］罗丽莎：《另类的现代性：改革开放时代中国性别化的渴望》，黄新译，江苏人民出版社 2006 年。

［美］罗兹·墨菲：《上海：现代中国的钥匙》，上海社会科学院历史研究所编译，上海人民出版社 1986 年。

［英］雷蒙德·威廉斯：《现代主义的政治——反对新国教派》，阎嘉译，商务印书馆 2002 年。

［美］雷蒙德·威廉斯：《乡村与城市》，韩子满、刘戈、徐珊珊译，商务印书馆 2013 年。

［美］卢汉超：《霓虹灯外：20 世纪初日常生活中的上海》，山西人民出版社 2018 年。

［英］玛丽·格拉克：《流行的波希米亚：十九世纪巴黎的现代主义

与都市文化》，罗靓译，安徽教育出版社 2009 年。

〔美〕马歇尔·伯曼：《一切坚固的东西都烟消云散了：现代性经验》，徐大建、张辑译，商务印书馆 2013 年。

〔美〕马泰·卡林内斯库：《现代性的五副面孔：现代主义、先锋派、颓废、媚俗艺术、后现代主义》，顾爱彬、李瑞华译，译林出版社 2015 年。

〔美〕马克·戈特迪纳：《城市空间的社会生产》，任晖译，江苏凤凰教育出版社 2014 年。

〔美〕马克·戈特迪纳、〔英〕莱斯利·巴德：《城市研究核心概念》，邵文实译，江苏凤凰教育出版社 2013 年。

〔美〕马尔科姆·考利：《流放者归来：二十年代的文学流浪生涯》，张承谟译，重庆出版社 1986 年。

〔日〕内山完造：《上海下海：上海生活 35 年》，杨晓钟等译，陕西人民出版社 2012 年。

〔法〕让·鲍德里亚：《物体系》，林志明译，上海人民出版社 2019 年。

〔英〕斯蒂芬·迈尔斯：《消费空间》，孙民乐译，江苏教育出版社 2013 年。

〔英〕斯蒂夫·派尔：《真实城市：现代性、空间与城市生活的魅像》，孙民乐译，江苏凤凰教育出版社 2014 年。

〔比〕斯特凡·赫特曼斯：《大都市：空间与记忆》，张善鹏译，北京大学出版社 2018 年。

〔美〕维托尔德·雷布琴斯基：《嬗变的大都市》，叶齐茂、倪晓晖译，商务印书馆 2020 年。

〔日〕小熊英二：《改变社会》，王俊之译，上海译文出版社 2017 年。

〔英〕约翰·汤姆林森：《全球化与文化》，郭英剑译，南京大学出版社 2002 年。

[美] 约翰·伦尼·肖特：《城市秩序：城市、文化与权力导论》，郑娟、梁捷译，上海人民出版社 2015 年。

[美] 萨利·贝恩斯：《1963 年的格林尼治村——先锋派表演和欢乐的身体》，华明等译，广西师范大学出版社 2001 年。

[美] 泰勒·考恩：《创造性破坏：全球化与文化多样性》，王志毅译，浙江大学出版社 2017 年。

[美] 唐·德里罗：《大都会》，韩忠华译，上海文艺出版社 2014 年。

[美] 周蕾：《妇女与中国现代性——西方与东方之间的阅读政治》，蔡青松译，上海三联书店出版社 2008 年。

[美] 张鹂：《城市里的陌生人：中国流动人口的空间、权力与社会网络的重构》，袁长庚译，江苏人民出版社 2014 年。

四、外文文献

Leo Ou-fan Lee, "In Search of Modernity: Some Reflections on a New Mode of Consciousness in Twentieth-Century Chinese History and Literature", Paul A. Cohen, Merle Goldman, *Ideas across Cultures: Essays on Chinese Thought in Honor of Benjamin I. Schwartz*, Cambridge: Council on East Asian Studies, Harvard University, 1990.

Leo Ou-fan Lee, *The Romantic Generation of Modern Chinese Writers*, Massachusetts: Harvard University Press, 1973.

Walter Benjamin, Charles Baudelaire: A *Lyric Poet in the Era of High Capitalism*, Suhrkamp: Verlag, 1971.